KRISTINA GÜNAK

Wer weiß schon, wie man Liebe schreibt

KRISTINA GÜNAK

Wer weiß schon, wie man Liebe schreibt

Roman

LYX

LYX in der Bastei Lübbe AG
Dieser Titel ist auch als eBook erschienen.

MIX
Papier aus verantwortungsvollen Quellen
FSC® C014496

Redaktion: Dr. Katja Bendels
Umschlaggestaltung: ZERO Werbeagentur, München unter Verwendung
von Motiven von © FinePic ®, München
Satz: Greiner & Reichel, Köln
Gesetzt aus der New Caledonia
Druck und Verarbeitung: GGP Media GmbH, Pößneck
Printed in Germany
ISBN 978-3-7363-0465-9

4 6 8 7 5

Sie finden uns im Internet unter lyx-verlag.de
Bitte beachten Sie auch: luebbe.de und lesejury.de

1

Prima!

Das habe ich jetzt von meiner großen Klappe. Ein echt großes Problem.

»Abgemacht. Dann wirst du dich also um Tim Bergmann kümmern. Prima!« Carola, meine Chefin, ist hocherfreut.

Ja. Prima. Ich möchte mich ungefähr so gerne um Tim Bergmann kümmern wie mich einer Wurzelresektion beim Zahnarzt zu unterziehen. Trotzdem lächle ich in die Runde. Meine Möglichkeiten, jetzt noch etwas anderes zu tun, sind in den letzten Minuten auf null gesunken. Ich hätte vielleicht nicht ganz so enthusiastisch erklären sollen, dass man das Problem schon irgendwie in den Griff bekommen wird. Aus *man* ist dann ganz plötzlich *ich* geworden.

»Wir brauchen Bergmann. Dringend. Er ist quasi unsere Rettung!«, sagt Carola und sieht uns alle der Reihe nach mit ernstem Blick an. Für einen Moment herrscht absolute Ruhe im Besprechungsraum, und es schaffen auch tatsächlich alle, den abgebissenen Besprechungskeks still in der Backentasche einzuspeicheln und nicht zu kauen.

Doch dann ist der ernste Moment vorbei, und wir widmen uns mit jeglicher zur Verfügung stehenden Tatkraft endlich den wirklich wichtigen Dingen in unserem Leben: unseren vorzüglichen Besprechungskeksen und den vor uns liegenden pastellfarbenen Buchcovern mit Blumen, schwungvoll gezeichneten

Helden und sanft rollenden südenglischen Hügeln, die allesamt tiefgründige Liebesgeschichten versprechen.

Wir verlegen nämlich Liebesromane. Wir, das sind alle um den Tisch versammelten Mitarbeiter von LOVE Books, sozusagen der Romantikabteilung des kleinen, aber feinen Königstein Verlags. Und wir lieben, was wir tun. Wenn es nach mir ginge, hätten wir auch einfach damit weitermachen können. Wir sind nämlich ausgesprochen gut darin – schließlich machen wir das schon seit fast dreißig Jahren. Ich gebe zu, die ersten Jahre noch ohne mich, aber seit ich vor ungefähr sechs Jahren beim Marketing an Bord gegangen bin, wurde alles noch besser. Seitdem gibt es bei LOVE Books nämlich nicht nur Liebesromane, nein, seitdem gibt es auch Lesungen, zu denen unsere Leserinnen zu Hunderten herbeiströmen, Gewinnspiele, Liebesroman-Tage, einen eigenen Blog einschließlich Facebook-Auftritt – und unsere Messe-Events sind legendär. Leserinnen-Bindung 2.0. Letztes Jahr haben wir für die Leipziger Buchmesse ein männliches Model gebucht, das doch tatsächlich genauso aussah wie der Held aus Amy McConnors Büchern, unsere absolute Starautorin. Ein zum Leben erwachter Bücherheld. Unsere Leserinnen waren begeistert, und unsere Fantasy-Kollegen haben das Geschehen neidvoll und mit offenem Mund bestaunt. Aber damit ist jetzt offenbar Schluss. Seit wir zwei unserer wichtigsten Autorinnen an die Konkurrenz verloren haben, sind die Absatzzahlen von LOVE Books in den Keller gerutscht. Und wenn wir nicht bald einen umsatzstarken Ersatz finden, sieht es schlecht aus für den Verlag. Das allein kann einem schon mal kräftig den Vormittag vermiesen, und jetzt habe ich auch noch diesen durchgeknallten Fantasy-Schreiberling an der Backe. Der liebe Herr Bergmann kann schreiben, keine Frage. Sein letztes Buch hat sich mittlerweile über sechzigtausendmal verkauft. Aber menschlich muss er eine mittlere Katastrophe sein. Und weil die Schwangerschaftsvertretung der Marketingabteilung ihm nicht gewachsen ist, muss die liebe Bea ran. Weshalb ab heute wohl eine Nahkampfausbildung hilfreich wäre.

»Prima!«, wiederholt Carola, unsere Programmchefin, und löst damit die Runde auf. »Prima« ist ihr unangefochtenes Lieblingswort. Wenn sie es nicht in mindestens jedem dritten Satz verwendet, gibt es irgendein Problem. Und weil sie es den ganzen Morgen während unseres Meetings nicht einmal benutzt hat, sind meine Kolleginnen schon ganz nervös geworden. Nun holt sie das »Prima«-Defizit schnell nach, denn ihr Problem ist ja gelöst. Durch mich.

Hannah, eine unserer Lektorinnen, klopft mir im Vorbeigehen auf die Schulter und flüstert: »Tapfere Frau!«

Alle gehen schnell in ihre hübschen Büros in unserer hübschen Altbau-Stuck-Parkett-Etage, schließen ihre Türen hinter sich und lassen mich allein im Konferenzraum hocken. Ehrlich gesagt, habe ich keine Ahnung, wie man durchgeknallte und testosteronübersteuerte Arschlöcher, die dazu auch noch Bücher schreiben, die sich leider auch noch wesentlich besser verkaufen als unsere Liebesromane, auf den Pfad der Tugend führt. Aber ich bin ja stets bemüht.

2

Auf in den Kampf

Als ich ins Büro zurückkomme, finde ich meine Kollegin Diana mit der Nase am Bildschirm ihres Laptops kleben.

»Das ist so unglaublich!«, sagt sie, blickt mich über den Rand ihres Computers an und steckt sich einen Besprechungskeks in den Mund, den sie offenbar heimlich hat mitgehen lassen. »Völlig irre!«

Ich nicke und möchte das, was sie sich da gerade ansieht, eigentlich nicht noch mal sehen. Ich habe die Talkshow am Samstag live verfolgt und brauchte einen halben Liter Häagen-Dazs Macadamia Nut Brittle und zwei Tassen heiße Schokolade (einschließlich Sahne), um in der Nacht irgendwie in den Schlaf zu finden.

»Aber irgendwie auch … lässig.« Diana lehnt sich zurück und setzt ihre Brille wieder auf. »Hat er dem Obermann doch glatt eiskalt ins Gesicht gesagt, dass der keine Ahnung von seinem Job hat.« Sie grinst. Ich grinse nicht zurück. *Er* ist natürlich Tim Bergmann, und der hat Dr. Carsten Obermann, einem der wichtigsten Literaturkritiker dieses Landes (der natürlich den Namen unseres Verlags bisher noch nicht einmal in den Mund genommen hat, weil wir ja »nur« kitschige Liebesromane verlegen), im gleichen Atemzug noch eine unerkannte, narzisstische Störung attestiert und ihm erklärt, dass er chronisch untervögelt sei. Dann hat er sein drittes Glas Rotwein auf ex geleert, ist aufgestanden und hat die Sendung verlassen. Vor laufender Kamera. Daraufhin sind noch in der Nacht die Verkaufszahlen seines Buches explodiert, was ihn automatisch auf Platz eins der Spiegel-Bestsellerliste katapultiert hat. Und die Boulevardpresse hat ihn umgehend zum Enfant terrible der deutschen Literaturszene ernannt. Und um exakt diesen Tim Bergmann soll ich mich also ab sofort kümmern, damit er in der Öffentlichkeit niemanden mehr beleidigt.

»Iss einen Keks.« Diana wirft mir einen dicken Cookie mit Schokolade rüber, und ich stecke ihn komplett in den Mund. Kauend konnte ich die schweren Dinge des Lebens immer schon viel besser verarbeiten. Diana weiß das, denn sie kennt mich.

»Er fasziniert, weil er sich gegen alle Regeln benimmt und sich dabei auch noch gut ausdrücken kann. Er wirkt so ernsthaft und nachdenklich und im nächsten Moment wie ein komplett durchgeknallter Rocker …« Mit einem entrückten Lächeln im Gesicht bindet sie sich in aller Seelenruhe ihren weißen Schleifenkragen neu.

»Ja«, murmle ich und wecke meinen Computer aus dem Schlaf. »Er ist ein dummer Prolet, der das Glück hat, sich ausdrücken zu können. Purer Zufall. Das gibt es manchmal.« Und er könnte sich als meine neue Lebensaufgabe entpuppen. Dabei habe ich schon mehr als genug.

»Und sexy ist er auch«, verkündet meine Kollegin, während sie sich offenbar weitere Fotos von ihm anschaut.

»Da kann man geteilter Meinung sein«, murmle ich und wische einmal über die vielen Unterlagen, die auf meinem Schreibtisch verteilt sind, in der Hoffnung, dass dadurch ein wenig Ordnung eintritt.

»Hast du sein Buch eigentlich gelesen?«, fragt Diana, und nun blicke *ich* über den Rand des Computers zu meiner Lieblingskollegin hinüber, um zu ergründen, ob das eine ernstgemeinte Frage gewesen ist.

»Dass ICH so was nicht lese, ist klar. Aber du musst jetzt wohl, oder?«, fragt sie arglos und nippt an ihrem schwarzen Tee. Mit Milch. Diana tut alles mit Stil, und das äußerst korrekt. Sie fängt schon im Oktober an, ihre Weihnachtskarten selber zu basteln. Ich schreibe erst gar keine. Und ich lese normalerweise auch keine Fantasy, zumal *Rache über Xalanton* fast sechshundert Seiten hat. So viel Eis und Kekse kann ich gar nicht essen, um mich dazu zu motivieren.

»Klar, werde ich es lesen«, sage ich schließlich, weil sie mich immer noch anguckt und auf eine Reaktion wartet.

»Und, was wirst du noch tun?« In dieser Frage schwingt eine gehörige Portion Sensationslust mit. Sie wird garantiert heute Abend ihren Freundinnen erzählen, was für eine schreckliche Aufgabe ich zu bewältigen habe und wie froh sie ist, dass sie sich stattdessen mit der emotionalen Entwicklung des neuen Helden von Amy McConnor beschäftigen darf. Der wiederum ist fast zwei Meter groß, extrem gut gebaut, dunkelhaarig und hatte eine schwere Kindheit. Und das Beste an ihm: Er ist nicht real.

»Ich werde mir eine neunschwänzige Katze zulegen, ein Buch über Hundeerziehung kaufen und sehen, was der Tag noch bringt«, antworte ich.

Der Tag bringt mir neuen unerwünschten Lesestoff.

»Es ist keine Fantasy!« Markus Drebel sieht mich entgeistert an und scheint kurz zu überlegen, wie er mich jetzt augenblicklich öffentlichkeitswirksam belehren kann. Das tut er gerne. Ist sein Hobby. Menschen belehren. Er hätte auch gut Notar werden können. Nun ist er aber Lektor geworden und seit sechs Monaten bei uns im Verlag. Mit einem Einzelbüro. Leider sind wir im Moment alleine in seinem Einzelbüro, und so wird niemand mitbekommen, wie er mir erklärt, dass ich mit meiner Einschätzung mal wieder völlig danebenliege.

»Es ist eine DYS-TO-PIE«, sagt er betont langsam und zieht dabei einen Mundwinkel missbilligend nach unten. Kein Mensch kann seinen Mund so komisch bewegen wie er. Er benutzt ihn, um abwertende und manchmal auch reichlich arrogante Grimassen zu produzieren. Wie eine Comicfigur. Theoretisch wäre das lustig. Da er jedoch unser aller Kollege ist und diese Grimassen immer in Bezug auf eine von uns »Liebesroman-Tanten« aufsetzt, ist das leider überhaupt nicht lustig.

»Weiß ich. Schwarzes Cover. Komische Figuren vorne drauf. Ist bei mir trotzdem alles Fantasy. Gib mir bitte ein Exemplar, damit ich mich weiterbilden kann und eine umfassende Betreuung des Autors durch mich gewährleistet wird.«

Er sieht mich düster an, was völlig normal ist. Er sieht uns alle düster an und hält uns für oberflächliche Tussis mit komischen Klamotten. Während er mich also finster anstarrt, atme ich flach und nur durch den Mund. Ich hasse das Rasierwasser, in dem er sich offenbar jeden Morgen wälzt. Endlich steht er auf und geht zu seinem Regal in der Ecke, in dem sich ungefähr tausend Exemplare tummeln. Er zieht eines hervor, streicht fast liebevoll über das Cover und reicht es mir.

»Ich finde ihn sprachlich außerordentlich talentiert und wunderbar sozialkritisch«, sagt er, als ich das Ding entgegennehme. »Der Erfolg gibt mir da recht.«

»Warum kümmerst du dich dann nicht um ihn? Du bist sein Lektor.«

»Du sagst es. Ich bin sein Lektor, nicht sein Kindermädchen. Abgesehen davon … ich habe hier eine ziemlich anspruchsvolle Sparte zu betreuen, die – ganz nebenbei bemerkt – die rückläufigen Verkaufszahlen der Liebesromane auffängt, damit ihr alle weiter eure Heftchen machen könnt. Dieses Buch wird euer aller Überleben sichern«, erklärt er, und die Theatralik in seinen Worten hallt in seinem Einzelbüro von Wand zu Wand. »Und für eine emphatische Eins-zu-eins-Betreuung haben wir schließlich unsere fleißige Arbeitsbiene.«

Ich lächle höflich, obwohl ich ihm für den letzten Satz gerne gegen das Schienbein treten möchte, klemme mir den Dystopie-Schinken unter den Arm und verlasse sein Büro.

3

Goldesel und Kaffee

Dicke Socken, heiße Schokolade, Sofa, Eis, *Rache über Xalanton*. Das passt nicht zusammen. Ich kann das Ding noch nicht einmal aufschlagen. Eine mächtige Instanz in mir verweigert sich komplett und befiehlt meinen Händen, stattdessen den Becher mit der heißen Schokolade zu umklammern. Vom Buchcover blickt mir eine verzweifelt dreinblickende Mittzwanzigerin entgegen, die mit der Spitze ihres Schwertes eine sonderbare Maschine anpiekst. Damit haben wir übrigens gerade einen Leserpreis für das beste Cover des Jahres gewonnen. »Warum?«, möchte man schreien. Alle meine Kolleginnen wollen das schreien. Erst im Chor und dann im Kanon. Mehrstimmig. Wir haben die schönsten Cover im Angebot – pastellfarben, designtechnisch durchgestylt, mit schönen Männern oder Hundewelpen drauf –, und dieses Ding hier gewinnt.

Nun gut, es ist nicht mein Genre. Vielleicht erschließt es sich mir deshalb nicht. Außerdem besteht meine ästhetische Präferenz aus zartblau abgetönten Wänden, kleinen rosafarbenen Blümchen auf dem Sofa und weißen Möbeln. Mit einem tiefen Seufzer lege ich die Hand auf das Buch und will es gerade aufschlagen, als mein Handy klingelt.

»Sie haben mich viermal angerufen«, konstatiert eine männliche Stimme am anderen Ende. Er macht sich nicht die Mühe, seinen Namen zu nennen und klingt deutlich genervt.

Am liebsten würde ich sagen: »Ich bitte diese Unannehmlichkeit zu entschuldigen.« Und dann auflegen. Klick.

Stattdessen straffe ich die Schultern, stelle mit Wucht meine Füße auf den Boden – ein fester Stand ist bei jeglicher Art von Problemgesprächen wichtig – und sage: »Ah. Ja. Mein Name ist Bea Weidemann vom Königstein Verlag. Ihrem Verlag. Ich bin zuständig für Marketing und Presse.«

Er könnte jetzt etwas antworten wie: »Schön.« Ein »Nett, dass wir uns kennenlernen« wäre natürlich schon fast übertrieben, aber wenigstens ein »Guten Abend« könnte man schon erwarten. Es kommt aber: nix. Ich höre noch nicht mal, dass er atmet. Während ich überlege, wie ich ihm erklären soll, dass ich ab sofort seine persönliche und durchaus engagierte Nanny sein werde, sagt er doch endlich etwas: »*Sie* haben *mich* angerufen. Also?«

Es ist natürlich nicht so, dass Carola ihn schon von den weitreichenden Veränderungen, die mich und ihn betreffen, in Kenntnis gesetzt hätte. Nein. Der gesamte Verlag hat die Talkshow gesehen, ist vor Entsetzen vom Sofa gerutscht, hat sich an die drei Lesungen erinnert, zu denen er zweimal gar nicht und einmal eine Stunde zu spät erschienen ist, und beschlossen: Der Mann braucht Betreuung. Durch mich. Nicht durch die völlig überforderte Volontärin, die die Schwangerschaftsvertretung von Heidrun, ihres Zeichens Marketingfachfrau für sonderbare Bücher, übernommen hat. Schließlich bekomme ich jetzt sogar eine eigene Praktikantin, damit der Goldesel – pardon Bestsellerautor – adäquat und Face-to-Face und das 24/7 an image- und verlagsschädigendem Verhalten gehindert und in die richtigen, sprich verkaufsfördernden Bahnen gelenkt wird.

»Also«, sage ich und gebe meiner Stimme einen kleinen, feschen Schmiss. Ich räuspere mich. *Oh Gott.* Ich kann nicht mit solchen Typen. Ich befasse mich lieber mit freundlichen Liebesroman-Autorinnen, die mich sogar in ihren Danksagungen erwähnen und auf Facebook dann Katzenvideos posten. Mit denen funke ich sozusagen auf einer Wellenlänge. Tim Bergmann und sein Buch hingegen entstammen irgendeinem fremden Planeten.

»Ich kümmere mich um den öffentlichen Auftritt des Verlags und bin für alle Aktivitäten verantwortlich.« Außer für die missglückten Lesungen des lieben Herrn Bergmann und seinen Talkshow-Auftritt – Gott sei Dank.

»Das schließt ab sofort auch alles ein, was Sie in der Öffentlichkeit tun. Oder sagen. Oder nicht tun. Oder sagen.« Mein Konzept lässt zu wünschen übrig. Was er sofort glasklar erkennt.

»Was genau wollen Sie von mir?« Im Hintergrund fängt etwas an, lautstark zu brummen. Vor Schreck kippe ich mir den Rest der heißen Schokolade über die Pyjamahose.

»Was ist das?«, rufe ich entsetzt ins Telefon. Der Lärm verebbt, und mein Gesprächspartner antwortet in normaler Lautstärke: »Kaffeemaschine.« Ein Einwortsatz. Mehr hält er wohl für überflüssig. Und wer bitte trinkt um diese Uhrzeit Kaffee?

»Ich will gar nichts von Ihnen«, nehme ich den Faden wieder auf. »Ich werde Sie nur ab sofort zu allen Veranstaltungen begleiten und bei der Repräsentation unseres Verlags unterstützen.«

Er schweigt. Vielleicht trinkt er lautlos seinen Kaffee und lauscht derweil seinem ansteigenden Herzschlag? Koffein um diese Uhrzeit muss zwangsläufig zu Schädigungen führen.

»Sie wollen mir also einen Maulkorb verpassen«, sagt er schließlich.

»Nein«, erwidere ich energisch. »Wir wollen nur nicht, dass Sie den Verkauf Ihres Buches durch unachtsame und nicht durchdachte Auftritte in der Öffentlichkeit gefährden.«

Er lacht.

»Bringen Sie auch meinen Müll raus?«, fragt er, als er sich wieder eingekriegt hat.

»Ist das eine Metapher?«, frage ich argwöhnisch zurück.

»Nein.«

»Dann nicht.«

Wieder Schweigen. Das hier ist das bekloppteste, anstrengendste und unangenehmste Telefonat, das ich in den vergangenen dreißig Jahren geführt habe. Und ich habe bereits im zarten Alter von zwei Jahren intensive Telefonate geführt, also kann ich da auf eine lange Erfahrung zurückblicken.

»Ich möchte mich möglichst bald mit Ihnen treffen. Gerne im Verlag oder in einem Café. Ganz wie Sie möchten. Wir müssen über die nächste Lesung sprechen«, sage ich so unterkühlt wie möglich. Ich habe eine Aufgabe. Alle halten mich für fähig, diese Aufgabe brillant zu meistern, und deshalb sollte tunlichst niemand merken – Autoren eingeschlossen –, dass mir der Hintern just in diesem Moment gewaltig auf Grundeis geht.

Und wieder lacht Tim Bergmann. Über mich. Was mich derart aufregt, dass ich einen Schluckauf bekomme.

Kaum habe ich erbost aufgelegt, klingelt es auch schon wieder. Vor Schreck gehe ich sofort dran, was ich exakt eine Sekunde später bitter bereue. Meine Freundin Marlene aus München möchte mit mir sprechen. Und das geht nicht unter einer Stunde. Außerdem gleichen unsere Gespräche meistens eher einem Verhör.

»Hallo meine Liebe, wie geht es dir im drögen Braunschweig?«, flötet sie ins Telefon, und ich höre die Sensationsgier in ihren Worten.

»Prima!«, bemühe ich Carolas Lieblingswort und rufe mir

gleichzeitig in Erinnerung, mir nur ja nix an internen Informationen aus der Nase ziehen zu lassen.

»Was ist denn bei euch los?«, fragt Marlene, und schlagartig schwingt in ihrer Stimme ein Mix aus Mitgefühl und blanker Neugierde mit. Ich bin augenblicklich auf der Hut. Ich kenne Marlene. Sie arbeitet bei Freidenburg, einem der größten Verlage in Deutschland. Dort, wo ich auch mal gearbeitet habe. Solange, bis ich aufgrund diverser komplexer Sachverhalte fast einer Depression anheimgefallen bin. Ich war unfassbar einsam, und der Leistungsdruck hat es geschafft, mir einen wochenlang grellrot blühenden Hautausschlag ins Dekolleté zu zaubern. Ich weiß, dass ich mir mit meiner Rückkehr nach Braunschweig und dann auch noch zu einem Mini-Verlag meinen Lebenslauf auf das Äußerste versaut habe, aber mir geht es hier besser. Ich brauche zum Leben nette Menschen um mich herum. Und meine Familie. In München war nur der Pförtner nett zu mir. Marlene versteht das nicht, was ich wiederum verstehen kann, weil doch niemand freiwillig von Freidenburg in München zu Königstein in Braunschweig wechseln würde. Also niemand außer mir. Und meiner Mutter. Aber die versteht sowieso alles, was ich tue, weil sie die Beste ist.

»Och, alles ganz okay hier«, sage ich lapidar und höre, wie Marlene scharf einatmet. Damit fängt es immer an. Sie befeuert ihr Gehirn mit einer Überdosis Sauerstoff und wird dann versuchen, höchst eloquent und einfühlsam in die Tiefen der Verlagsgeheimnisse einzutauchen. Meines Verlags, versteht sich. Denn schließlich weiß mittlerweile die komplette Verlagswelt, dass Tim Bergmann bei Königstein veröffentlicht. Wir sind jetzt so interessant, dass München sich für uns interessiert. Das hier ist kein Privatgespräch, das ist Wirtschaftsspionage!

»Du«, sage ich schnell, denn Marlene hat mittlerweile schon dreimal tief ein- und wieder ausgeatmet, was bedeutet, ihr Hirn muss bereits unter einer Sauerstoff-Überdosis leiden.

»Ich habe hier noch ein Manuskript liegen, das ich bis morgen lesen muss. Kann ich dich zurückrufen? Tschüss, meine Liebe!« Und *zack* habe ich aufgelegt und beeindrucke mich selber mit dieser Tat. Normalerweise höre ich mir mindestens eine Stunde lang an, wie bedauernswert mein Leben ist und wie großartig Marlene die Herausforderungen ihres großartigen Lebens meistert. Sie meint das gar nicht so, wie es jetzt klingt. Sie ist eigentlich ganz nett. Aber Marlene braucht das wohl irgendwie. Aber heute brauche ich meine Ruhe.

4

Viel hilft viel

Am nächsten Morgen fällt mir beim ersten Kaffee im Büro ein, dass ich mit Tim Bergmann nicht über die Lesungen gesprochen habe. Also über die pünktliche Anreise zum Beispiel. Was ungünstig ist, denn die nächste Lesung ist heute Abend um acht in der Buchhandlung Baumann. Zweihundertfünfzig Karten sind verkauft, es hat sich viel Presse angesagt, und natürlich warten alle darauf, dass sich Tim Bergmann wieder danebenbenimmt – den Moderator mit harten Gegenständen beschmeißt, Menschen öffentlich beleidigt oder vielleicht irgendwann auch mal die Hosen runterlässt. Auf der einen Seite ist das durchaus medienwirksam, und ich vertrete den Standpunkt, dass auch schlechte Werbung manchmal ganz gute Werbung sein kann, aber ich würde solches Verhalten natürlich nicht akzeptieren. Weil es um den guten Ruf meines Verlags geht. Meines Zuhauses. Dieser Verlag ist mein Ein und Alles. Insofern muss ich mir eine geeignete Gegenmaßnahme überlegen, falls Tim Bergmann öffentlich zu entgleisen droht. Bisher bin ich mit meiner strategischen Planung allerdings noch nicht sonderlich weit.

Als ich am Abend in der Buchhandlung ankomme, stehen Carola und Markus Drebel leicht angespannt herum und beobachten, wie das Team von Baumann schnell und effizient zweihundertfünfzig Stühle aufbaut. Übrigens ist das hier die einzige Buchhandlung in Braunschweig mit einer solchen Anzahl von Stühlen – und den entsprechenden Räumlichkeiten.

»Wann kommt er?«, raunt Carola mir zu und leert dann nahtlos ihr Sektglas.

»Ich habe dir doch gesagt, dass er nicht mehr ans Telefon gegangen ist«, antworte ich. Nach meiner frühen Erkenntnis am Vormittag habe ich ihn natürlich etliche Male angerufen. »Er hat nur auf die Mail geantwortet. Also auf eine der zwanzig.« Ich trinke selten Alkohol, deswegen nippe ich an meinem Tee, den mir eine freundliche Buchhändlerin aus ihrem privaten Vorrat gekocht hat.

»Kannst du anhand dieser Mail mit hundertprozentiger Sicherheit ableiten, dass er hier auftauchen wird?« Meine Chefin knallt ihr Sektglas auf den Stehtisch und verknotet ihre Finger ineinander. Das tut sie, um nicht an den Nägeln zu kauen. Ich fasse in meine Tasche und reiche ihr einen Schokoriegel. Und auch gleich noch ein Taschentuch – prophylaktisch.

»›Ich habe Ihre Information zur Kenntnis genommen‹«, gebe ich den Inhalt der knappen Antwort-Mail wieder.

»Bedeutet das, dass er kommt?« Carola fixiert mich mit ihren stechend blauen Augen und schnauft einmal viel Luft durch die Nase aus. Irgendeine fernöstliche Entspannungsübung. Wenn man das nicht weiß, klingt sie wie Antje, das Walross.

»Chefin. Ich weiß es nicht«, sage ich akzentuiert. »Ich mache diesen Job ›Betreuung eines höchst unkooperativen Autoren, der leider unser einziger Bestsellerautor ist, war und vermutlich bleiben wird‹ auch erst seit gestern. Du erinnerst dich?«

»Diese Verkaufszahlen machen mir Angst«, sagt sie und knabbert jetzt doch an ihrem Daumennagel.

»Ja«, sage ich. Wir alle befinden uns in einer Schockstarre. Tim Bergmanns Roman hat sich in den vergangenen drei Wochen besser verkauft, als alle anderen Titel des Programms im ganzen Jahr. Die dritte Auflage ist mittlerweile im Druck, und dabei war die zweite mit fünfzigtausend Exemplaren schon mutig hoch kalkuliert. »Wenn er sich weiter so gut verkauft, können wir die eventuellen Schadensersatzforderungen für eine ausgefallene Lesung allerdings locker zahlen«, sage ich und versuche ebenfalls eine Atemübung, die aber misslingt. Ich klinge wie Bambi mit Asthma. Carola sieht mich erschüttert an, ob jetzt wegen der Annahme, die Lesung könnte ausfallen und uns trotzdem nicht in den Ruin stürzen, oder wegen meines Schnaufens, weiß ich nicht.

»Darum geht es nicht!«, erwidert sie scharf. »Es geht darum, dass heute zweihundertfünfzig Leser kommen. Sie freuen sich, haben sich freigenommen, Babysitter organisiert, Geld bezahlt, und wenn er dann nicht auftaucht, ist das kein unpassendes Verhalten, das man voyeuristisch im Fernsehen betrachten kann, sondern dann wird das schnell sehr persönlich.«

Auch eine Art, die Sachlage zu betrachten. Ich nicke langsam und schiele auf die Uhr. Halb sieben. In einer Stunde geht es los. Gleich werden unten die Türen geöffnet und die vielen Menschen, die schon draußen stehen, hereingelassen.

»Zur Not lese ich«, erkläre ich forsch, und meine Chefin blickt mich böse an, woraufhin wir beide schweigen. Nach ungefähr drei Minuten sage ich: »Gib mir deine Autoschlüssel.« Sie gibt sie mir nicht nur, sie bewirft mich förmlich damit, und ich rase los. Erst zu Fuß, dann mit dem Auto. Zum Glück ist meine Kollegin Diana chronisch neugierig und hat Tim Bergmanns Privatadresse heute Morgen noch gegoogelt, um zu sehen, wo er wohnt. Sie kann nämlich nicht glauben, dass er tatsächlich in Braunschweig wohnt. Und das noch nicht einmal weit von der Innenstadt entfernt. Ich hätte ihn ja eher in Berlin oder Hamburg erwartet. Markus Drebel tut so, als wäre es sein Verdienst, dass unser Goldesel in der Nähe seines Verlags wohnt, dabei scheint es purer Zufall zu sein. Zumindest kenne ich so den Weg zu ihm, was mir viel Zeit erspart, weil ich nicht erst umständlich das Navi programmieren muss.

Allerdings muss ich dafür an der Ausfahrt der Tiefgarage lange herumstehen, weil vor mir ein Mann seine Luxuskarosse nicht dicht genug an den Schrankenautomaten manövrieren kann, um die Parkkarte hineinzuschieben. Ich habe zwar auch eine ziemliche Karosse (Chefins Auto), doch mir gelingt dieses Manöver nach der Warterei problemlos und unter drei Sekunden, dann gebe ich Gas. Da ich vor Tim Bergmanns Haus keinen Parkplatz finde, stelle ich mich in die zweite Reihe, mache den Warnblinker an, steige aus und jage los, nur um dann frontal gegen die Haustür von Hausnummer einhundertzehn zu prallen. Ich kenne mich nicht aus mit geschlossenen Haustüren, meine steht immer auf, und so drücke ich erst mal sämtliche zur Verfügung stehenden Klingelknöpfe. Irgendjemand reagiert auf mein hektisches Klingeln mit dem Betätigen des Türöffners, und ich rase die Treppe hoch. Laut Klingelschild wohnt Tim Bergmann ganz oben. Wie könnte es anders sein. Keuchend komme ich in der vierten Etage an und drücke wieder einen Klingelknopf. Diesmal den richtigen. Drinnen bleibt es ruhig. Ich klingele erneut und zücke gleichzeitig mein Handy, um ihn auch noch anzurufen – ich war schon immer eine Verfechterin der These: Viel hilft viel! Und sie bestätigt sich, denn nach gefühlten zwanzig Minuten (es waren wohl eher nur drei), öffnet sich die Tür.

Vor mir steht ein Mann. Ich trete einen Schritt zurück, und der Mann sagt: »Das Grauen hat doch tatsächlich ein menschliches Antlitz.«

5

Sachstandsbericht

Ich trete noch einen Schritt zurück, weil der Typ für einen kleinen Moment und wirklich nur vorübergehend so aussah wie etwas, das in mein Beuteschema passen könnte. Das passiert nicht so häufig, deswegen bin ich ganz kurz ein ganz klein wenig irritiert. Aber: mein Fehler. Vor mir steht tatsächlich Tim Bergmann. In einer alten Jogginghose und einem verwaschenen Shirt. Er sieht anders aus als im Fernsehen. Handfester. Größer. Ein echter Kerl. Und Diana hatte recht. Er ist durchaus sexy. Bis man ihm in die kalten, grauen Augen sieht.

»Bea Weidemann«, sagt er und kneift besagte Augen zusammen, während er mir irgendwie anklagend sein Handy vor die Nase hält. »Wieso rufen Sie mich an und klingeln gleichzeitig an meiner Tür?« Er kann auf fast kunstvolle Art seine linke Augenbraue hochziehen. »Hätten Sie als Nächstes die Tür eingetreten?« Sein Blick ist stechend, und mir ist nach Luftschnappen. Mach ich aber nicht.

»Sie lesen in exakt fünfunddreißig Minuten in der Buchhandlung Baumann. Dort sitzen zweihundertfünfzig Menschen und warten auf Sie!« Es kann sein, dass ich die letzten Worte ein wenig schärfer ausgesprochen habe, zumindest sieht er so aus, als wolle er die Tür wieder zumachen, was ich durch einen energischen Schritt, der mich einiges an Überwindung kostet, zu verhindern weiß. Ich gucke Krimis ja nicht nur zum

Spaß. Tim Bergmann zieht jetzt auch die andere Augenbraue hoch und betrachtet mich wie eine achtbeinige Kreatur, die aus Versehen über seine Türschwelle gekrochen ist.

»Wie spät ist es denn?«, fragt er, und ich schnauze ihm ein »fast sieben!« entgegen. Was mich selbst beeindruckt.

»Hm«, sagt er, bewegt sich aber nicht. Mein Zeigefinger fuchtelt vor seiner Nase herum, und ich schnauze weiter: »Wenn wir JETZT losfahren, können wir es noch halbwegs pünktlich schaffen!«

»Hm.«

»Warum sind Sie noch nicht fertig? Warum sind Sie überhaupt noch nicht auf dem Weg?«

Er presst kurz missbilligend die Lippen aufeinander. »Ich habe die Zeit vergessen.«

»Sie haben die Zeit vergessen«, wiederhole ich schwach. Nicht dass wir irgendwie Zeit hätten, um schweigend herumzustehen, trotzdem tun wir das einen Moment lang. Ich, weil ich nicht fassen kann, dass jemand eine Lesung, also *seine* Lesung, vergisst, er weil er mich für das sonderbarste Wesen links des Mittellandkanals hält. Das erkenne ich glasklar in seinem Gesicht.

»Ich habe geschrieben. Wissen Sie, wie das geht? Wissen Sie, dass das eben nicht geht, wenn man ständig Zeitdruck hat? Ach nee …« Er macht eine kurze Pause und beugt sich ein paar Zentimeter zu mir hinunter, weil er wirklich groß ist. Ich möchte ausweichen, und mein Herz macht einen heftigen Hüpfer, aber ich bleibe stehen. Keine Angst zeigen. Sonst wird man gefressen. So läuft das im Leben. »Sie verkaufen ja nur den ›Content‹.« Er malt mit den Fingern Gänsefüßchen in die Luft. »Vom Entstehungsprozess haben Sie ja keine Ahnung.«

Ich denke: »Arschloch!«, und sage: »Das stimmt nicht.« Ich habe sehr wohl Ahnung vom Schreiben. Und für mich war noch kein einziges Buch einfach nur Content. Abgesehen von seinem. Alle anderen waren Herzblutprojekte. Geschrieben von Herzblut-Autoren, die es nicht nötig haben, sich so aufzuführen wie er. Profis eben. Keine durchgeknallten Zufalls-Schreiberlinge.

»Wir müssen jetzt fahren«, erkläre ich mit fester Stimme. Er dreht sich um, geht zurück in seine Wohnung und lässt mich stehen. Ohne auch nur den Ansatz einer Erklärung. Was soll ich jetzt tun? Und was soll ich denn bitte tun, wenn er sich einfach verweigert? Den Drang, ihn an den Füßen die Treppe hinunterzuschleifen, werde ich wohl unterdrücken müssen. Er wird so viel wiegen wie ein mittlerer Grizzly.

Mein Handy klingelt. Carola. »Sachstandsbericht«, fordert sie knapp, als ich abnehme.

»Wir sind quasi unterwegs.«

»Definiere quasi!«

»Fast losgefahren. Bis gleich«, sage ich und lege auf. Ich beschließe, den widerspenstigen Schreiberling zu suchen und die Nummer mit dem Hinterherschleifen zumindest gedanklich schon mal durchzuspielen. Es geht hier um meinen Verlag, ich muss meine persönlichen Befindlichkeiten hintanstellen. Die Wohnung ist recht klein und rumpelig. Durchaus gemütlich rumpelig. Er lebt eindeutig alleine, es ist nämlich eine Kerle-Wohnung, und gearbeitet hat er tatsächlich. Im Wohnzimmer steht ein riesiger Tisch, auf dem zwei Laptops und mindestens zwei explodierte Schreibblöcke wild durcheinander liegen, mit einem grellgrünen Tacker in Froschform als Krönung obendrauf. Dazwischen steht eine geöffnete Flasche Wein und ein halbvolles Glas. Die Flasche ist allerdings leer. Ob er die alleine getrunken hat? Gerade eben? Ist er eventuell betrunken?

»Hallo?!«, rufe ich in den Flur, und tatsächlich kommt er prompt um die Ecke geschlendert. Irritiert starre ich ihn an.

Vor exakt fünf Minuten sah dieser Mann noch so aus, als hätte er die vergangenen Tage unter einer Brücke verbracht. Jetzt ist er optisch plötzlich ein echter Knaller. Um so auszusehen, würden vermutlich sehr viele Männer direkt ihre Seele verkaufen. Andere Männer bräuchten vermutlich Stunden, um dem nur nahe zu kommen. Nur dass der Bad Boy Look bei Tim Bergmann absolut authentisch wirkt. Nicht nur das, man könnte meinen, er hat ihn erfunden. Er trägt Biker-Stiefel, eine verwaschene Jeans und eine alte, schwarze Lederjacke. In Kombination mit den millimeterkurzen Haaren, dem Dreitagebart und einer großen Tätowierung, die sich offenbar von seiner Schulter bis in den Nacken zieht, wirkt er durchaus furchteinflößend. Ich unterdrücke meinen innerlichen Fluchtinstinkt. Sein Anblick ist zwar durchaus beängstigend, weil er quasi einen Testosteron-Tsunami durch den viel zu kleinen Flur jagen lässt, aber er ist da!

Halleluja!

»Wo sind Ihre Lesungsunterlagen?«, frage ich schnell und werfe einen suchenden Blick über seinen Schreitisch.

»Was?«

»Lesung!«, sage ich knapp und mache dann eine gelungene pantomimische Darstellung von Blättern in meiner Hand, woraufhin er abwertend und äußerst gekonnt wieder eine Augenbraue hochzieht.

»Buchhandlung!«, antwortet er, und ich bin mir sicher, dass seine Stimme eine Spur schneidender geworden ist. »Verkaufen die mein Buch nicht? Die werden doch wohl eins für mich übrig haben, damit ich daraus vorlese, was?«

Ich atme tief ein. Es ist egal. Er ist da. Vielleicht erzählt er statt zu lesen einen Schwank aus seiner Jugend. Oder er kann einen irischen Stepptanz aufführen. Lesen wird sowieso überbewertet.

Ich stürze also aus der Wohnung, und er folgt mir. Ruhig und entspannt. Ohne erkennbare Form von Eile. Was mich rasend macht.

»Los, los, los!«, feure ich ihn an, doch jetzt bleibt er auch noch stehen, mitten auf dem Fußweg, während das Auto meiner Chefin immer noch in der zweiten Reihe vor sich hin blinkt. Wenigstens ist es noch nicht abgeschleppt oder über den Haufen gefahren worden.

»Bea Weidemann«, sagt er und fixiert mich mit einem vernichtenden Blick. In mir regt sich der leise Verdacht, dass dies der ideale Zeitpunkt wäre, um genau jetzt doch noch das Weite zu suchen. Reflexartig. Mit meinen Reflexen ist nämlich nicht zu spaßen. Allerdings habe ich etwas entdeckt. Oder besser, mein Instinkt, der ja ständig mit meinen Reflexen unter einer Decke steckt. Tim Bergmann sieht mich immer noch an, und das Rohe, Furchteinflößende an ihm, das mich so erschreckt hat, verwandelt sich in eine sonderbare Ernsthaftigkeit, die eigentlich gar nicht zu ihm passt. Oder zu dem, wie ich ihn bisher gesehen habe. Was er der Welt zeigen will. Es ist diese sonderbare Andersartigkeit, die mich stocksteif stehen bleiben lässt. Er verschränkt die Arme und knurrt: »Wenn Sie mir auf den Sack gehen, können Sie Ihre Lesung alleine machen.« Das reißt mich zwar nicht aus meiner Starre, aber mir bleibt doch die Spucke weg.

»Sie werden dafür bezahlt!«, stoße ich schließlich hervor.

»Der Verlag, also Sie, möchten, dass ich diese ganzen Lesungen abhalte. Ich habe eingewilligt. Obwohl ich das hasse. Meine Bedingung lautete: keine großen Sachen. Nur kleine Lesungen. Das hier ist nicht klein. Ich komme mit, aber wir machen es so, wie ich es will.«

Er ist ganz eindeutig sauer, und augenblicklich mischt sich mein Reflex wieder ein und befiehlt nachdrücklich: Rückzug! Leider liefert er mir keine konkrete Angabe, wohin, und wovon ich dann, nach dem Rückzug, meine Miete zahlen soll. Deswegen straffe ich den Rücken, stemme die Füße in den Asphalt und erkläre: »Wir müssen jetzt fahren!«

Der schlecht gelaunte Kerl in der Lederjacke brummt und knurrt, steigt dann aber tatsächlich ein, und ich jage los. Während der kurzen Fahrt schweigen wir. Was vermutlich auch besser ist. Ich bin noch so sehr mit meinem klitzekleinen Blick hinter seine Fassade beschäftigt, dass mir erst vier Ampeln später auffällt, dass es im Auto gut riecht. Da es auf der Hinfahrt noch nicht so gerochen hat, ist anzunehmen, dass Tim Bergmann der Grund für den Wohlgeruch ist. Wie kann es sein, dass ich ausgerechnet diesen Kotzbrocken gut riechen kann?

Glücklicherweise habe ich keine Zeit, mich mit dieser sonderbaren Fragestellung zu befassen, denn als wir in der Buchhandlung ankommen, ist der gesamte Raum mit Menschen gefüllt. Bis auf den letzten Platz. Bei den Lesungen, die ich normalerweise organisiere, besteht das Publikum hauptsächlich aus Frauen, die manchmal noch ihre Männer mitschleifen. Hier und heute aber ist das Publikum bunt gemischt. Viele junge Leute, viele mittelalte Leute, viele alternative Leute, viele total normale Leute. Ich dirigiere Tim Bergmann zur Bühne, und der Moderator, der so aussieht, als würde er sonst Möbelhauseröffnungen und Modenschauen moderieren, sackt vor Erleichterung über unser Auftauchen ein wenig in sich zusammen. Ich geselle mich zu meiner Chefin an einen der hinteren Stehtische.

»Wo war der Kerl?«, fragt sie und knabbert an ihrem Daumennagel.

»Er hat die Zeit vergessen«, antworte ich, und sie zieht theatralisch die Luft durch die Schneidezähne ein und lässt dann ihren Kopf auf die Tischplatte sinken.

6

Bea in Xalanton

Er ist gut. Das muss ich ihm lassen. Ich habe schon Lesungen erlebt, bei denen der Autor mit monotoner Stimme und komplett betonungsfrei seinen Text heruntergerasselt hat, sodass es nicht weiter aufgefallen wäre, wenn er aus dem Hamburger Telefonbuch vorgelesen hätte. Die Zuhörer haben das durch leises Schnarchen honoriert. Tim Bergmann hingegen hört man gerne zu. Er hat eine angenehme Stimme und zieht seine Zuhörer förmlich in seinen Bann. Selbst ich lasse mich nun auf diesen Fantasy-Roman ein. Äh … Dystopie. Sorry.

Zwei Brüder leben in einer scheinbar perfekten Welt. In der Zukunft. Es gibt zwar keine Kriege, keine Krankheiten, keine Konflikte, dafür aber eine diktatorische Herrschaftsform, aber auf den ersten Blick scheint es der Gesellschaft ganz gut zu gehen. Viele der alltäglichen Handlungen und Ereignisse in Tim Bergmanns Roman erinnern an die Lebenswirklichkeit seiner Leser, und genau diese Passagen liest er anfangs auch vor. Äußerst geschickt, wie ich finde. Denn dann lässt der Protagonist allmählich durchblicken, was mit den Menschen in seiner Welt passiert, die nicht so sind, wie das Regime vorschreibt: Alles, was nicht perfekt funktioniert, wird abtransportiert. Weggesperrt. Für wertlos erklärt. Die Konsequenz? Eine Gesellschaft, in der es keine offensichtlichen sozialen und persönlichen Probleme zu geben scheint – aber dementsprechend auch keine wirklichen Menschen mit widersprüchlichen Gefühlen, Mängeln und Bedürfnissen.

Tim Bergmann liest ganz gezielt einzelne Passagen aus seinem Buch, und ja, ich gebe zu, dass ich in einem Werk dieses Genres nicht unbedingt eine solch poetische Sprache erwartet hätte. Und schon gar nicht von diesem Mann.

Die meisten Autoren präparieren sich ein Exemplar ihres Buches für die Lesungen, streichen gewisse Passagen, um den Text zu straffen, und markieren sich Teile, wo sie noch etwas erklären wollen. Tim Bergmann macht das einfach so aus dem Stegreif, und es ist wie ein Sog, ihm zuzuhören. Er hat echte Bühnenqualitäten, das ist mir schon bei seinem Talkshow-Auftritt aufgefallen. (Okay, bis zu dem Moment, als er Dr. Carsten Obermann gesagt hat, er hätte unverhältnismäßig wenig Geschlechtsverkehr, und von der Bühne marschiert ist.) Die Zuhörer hängen an seinen Lippen, und endlich hört Carola auf, ihren Daumen zu benagen und entspannt sich etwas.

Als Tim Bergmann zu Ende gelesen hat, brandet Applaus auf, und der Moderator gesellt sich zu ihm auf die Lesungsbühne – woraufhin Tim Bergmann augenblicklich die Schotten runterlässt. Er verschränkt seine muskulösen Arme und lehnt sich zurück. Körpersprachlich sehr eindrucksvoll. Carolas Daumen findet wieder seinen Weg zu ihren Schneidezähnen, und ich sehe, wie die gesamte anwesende Presse alles zückt, was sie an Arbeitsgerät mitgebracht hat. Unauffällig werden Diktiergeräte in Stellung gebracht und Kameras gehoben. Solange er gelesen hat, waren wir sicher. Jetzt scheint der schwierige Teil zu kommen.

Der Moderator scheint sich selbst nicht ganz wohl in seiner Haut zu fühlen. Er setzt ein leicht irres Lächeln auf und spult ein paar Fakten zum Buch ab. Dann wendet er sich an Tim Bergmann.

»Wie erklären Sie sich den spontanen Erfolg von *Rache über Xalanton*?« Der Moderator ist wirklich tapfer, das muss man ihm lassen. Der Autor hat nämlich leicht die Augen verengt und fixiert ihn nun wie ein Wolf das Schaf, kurz bevor er ihm die Kehle durchbeißt. So hat er vorhin auch mich auf dem Gehsteig angestarrt.

»Ja, total sonderbar und eigentlich unvorstellbar«, sagt Tim Bergmann und grinst. Es ist kein nettes Grinsen. Eher eins, bei dem man befürchten muss, dass er gleich irgendwelche Dinge sagt, die mich veranlassen werden, auf die Bühne zu stürzen und ihm das Mikro zu entwenden.

»Ist nämlich schon mein fünftes Buch. Hat nur bisher keinen interessiert, was ich schreibe, obwohl in den anderen Büchern ähnliche Dinge stehen. Vielleicht wachen die Menschen langsam auf und stellen fest, dass wir von der Welt in Xalanton gar nicht so weit entfernt sind.«

»Ah«, sagt der Moderator hektisch und blättert seine Moderationskarten durch, auf denen wohl keine weiteren passenden Fragen zu finden sind.

»Vielleicht gab es einfach eine kleine Lücke im Mainstream-Scheiß, der sonst alles verstopft, auch die Hirne der Leser. Und ich hatte Glück. Oder die Leser. Wie man es nimmt.«

Mit diesen Worten steht Tim Bergmann geschmeidig auf und geht. Auf dem Weg von der Bühne blickt er in meine Richtung und tippt sich an den imaginären Hut. In seinen Augen liegt etwas, das ich nicht deuten kann.

»Er muss noch signieren!«, raunt Carola, und so flitze ich los, um den lieben Herrn Bergmann zur Not mit roher Gewalt daran zu hindern, wieder unterzutauchen. Doch als ich endlich am Ende der Bühne angekommen bin, ist er weg. Ich suche ihn überall, nur das Männerklo spare ich aus, aber er hat sich eindeutig in Luft aufgelöst.

Das Publikum scheint ob dieser Tatsache zum Glück nicht sehr ungehalten zu sein. Vielmehr gibt es Verständnis, denn Tim Bergmann sei ja nun mal ein außergewöhnlicher Autor. Da sei es verständlich, dass er die Massen scheue. Das ist es, was ich höre, während seine Bücher wie warme Brötchen über den Ladentisch gehen.

»Den größten Idioten vergibt man offenbar alles«, bemerkt meine Chefin trocken und verschwindet dann ebenfalls.

Ich betreibe noch ein wenig Small Talk mit den durchweg freundlichen Buchmenschen, die sogar ein wenig enttäuscht zu sein scheinen, dass Tim Bergmann heute nur ein einziges Fäkalwort benutzt hat, und mache mich auf den Weg nach Hause. Es ist dunkel und spät, und ich ärgere mich, dass ich zu Fuß unterwegs bin. Um diese Uhrzeit könnte schließlich hinter jeder Straßenlaterne ein Unhold lauern, deswegen mache ich auch einen entsetzten Satz zur Seite, als mein Handy klingelt.

Ich angle es aus meinem Mantel und werfe einen Blick auf das Display. Meine Mutter. Um diese Uhrzeit herrscht in ihrem Haus eigentlich strenge Bettpflicht, und schon gar nicht wird um halb elf Uhr abends noch telefoniert.

»Mama?«

»Bea, wir haben hier einen kleinen Notfall. Papa ist in Amsterdam, und Fritzi hatte einen Fieberkrampf, und ich habe gerade den Notarzt gerufen. Kannst du kommen?«

Ich bin schon unterwegs. Vier Blöcke später schließe ich mit brennender Lunge mein Auto auf, schmeiße meine Tasche auf die Rückbank und fahre los.

Meine Eltern wohnen nur zehn Minuten von der Innenstadt entfernt in einem klitzekleinen Kaff, wo sie bekannt sind wie die bunten Hunde. Einige halten sie für verrückt, andere für

Helden. Ich tendiere eher in Richtung »denn sie wussten noch nie, was sie taten, aber das spielt keine Rolle, weil sie es mit Herzblut tun«.

Sie machen immer Dinge, von denen andere Menschen sagen, es könne nicht funktionieren, und es klappt doch irgendwie. Sie sind mutig und unerschrocken und die besten Eltern, die man sich vorstellen kann. Insbesondere meine Mutter ist mein Kompass im Leben. Vielleicht liegt es an den besonderen Umständen in unserer Familie, vielleicht ist sie einfach nur sehr weise, aber durch sie habe ich es geschafft, ein völlig normaler Mensch zu werden. Was definitiv keine Selbstverständlichkeit war.

Als ich in ihre Straße einbiege, sehe ich schon den Rettungswagen, der sein bedrohliches blau flackerndes Licht auf die umstehenden Häuser wirft. Ich parke direkt dahinter und renne ins Haus.

»*Contenance*«, begrüßt mich meine Mutter. »Alles unter Kontrolle.« Während sie das sagt und durchaus so etwas wie Zuversicht ausstrahlt, kramt sie hektisch in ihrer Handtasche. Doch dann hört sie abrupt auf zu kramen, nimmt mich in den Arm und drückt mich fest an sich. »Sie nehmen ihn zur Überwachung mit. Kannst du die restliche Brut unter Kontrolle und dann ins Bett bringen?«

Sie schiebt mich ein Stück von sich weg und sieht mich an. Dann seufzt sie abgrundtief. »Tut mir leid, Bea-Schatz«, sagt sie leise, und ich schenke ihr ein warmes Lächeln.

»Kein Problem«, sage ich ebenso leise und drücke ihre Hand.

Ich werfe einen Blick ins Wohnzimmer, wo gleich drei Männer in grellorangefarbenen Klamotten herumhantieren, und entdecke Fritzi erst gar nicht, der schon festgeschnallt auf der

Trage liegt. Auf dem Riesending sieht er furchtbar klein und sehr zart aus. Aber er ist wach und hält ein Kuscheltier im Arm, und so laufe ich kurzerhand zu ihm.

»Hey Großer«, sage ich, als ich mich neben ihn knie. »Jetzt kannst du bestimmt mit Blaulicht fahren.« Aber Fritzi springt nicht auf meine Ermunterung an, sondern seufzt nur ebenso abgrundtief wie meine Mutter.

»Wir müssen jetzt los«, sagt einer der orangefarbenen Herren in gewichtiger Tonlage, und ich sage »okay« und springe zur Seite.

»Die anderen sind oben!«, ruft meine Mutter noch, während sie den orangefarbenen Menschen hinterhereilt, und so eile ich ebenfalls – ins Obergeschoss.

Das Erste, was man in diesem Haus lernt, ist das sofortige Aufsuchen des mütterlich erwünschten Aufenthaltsorts. Wenn sie »Küche!« ruft, sind alle im Bruchteil einer Sekunde in der Küche versammelt. Heute Abend wird sie gerufen haben: »Kinderzimmer!« Es muss sich dabei um eine besondere Gabe meiner Mutter handeln, denn bei mir geht nie einer dorthin, wo ich ihn haben möchte. Bei mir erscheinen noch nicht mal Autoren pünktlich und freiwillig zu ihrer Lesung.

Meine drei Geschwister haben sich strategisch in Miikels Zimmer verteilt.

»Stirbt Fritzi jetzt?«, fragt Karolina mich sofort, als ich die Tür öffne und einen Fuß in das hell erleuchtete Zimmer setze.

»Natürlich nicht!«, erwidere ich nachdrücklich und befinde mich im nächsten Moment im heftigen Klammergriff meiner Geschwister. Es sind eigentlich nicht meine richtigen Geschwister, sondern vielmehr kleine Menschen, die das große Glück haben, einen Teil ihrer Kindheit so zu verbringen, wie ich das tun durfte. Also sind es doch irgendwie meine Geschwister, denn die definieren sich doch durch gemeinsame

Eltern und damit durch eine gemeinsame Kindheit. Aus diesem Grund betrachte ich die Kinder meiner Eltern alle als meine Brüder und Schwestern. Und da immer neue dazukommen, habe ich unfassbar viele davon. Fritzi ist mit seinen vier Jahren zurzeit der Jüngste. Er heißt eigentlich Friedrich, was wir als schlechten Scherz seiner Eltern gewertet und ihn deshalb kurzerhand in Fritzi umgetauft haben. Dabei findet meine Mutter es sonst sehr wichtig, dass die Kinder ihre Namen behalten. Zur korrekten Identitätsfindung. Aber wenn man wie Fritzi in diesem Prozess wahre Felsbrocken in den Weg gelegt bekommt, ist selbst meine Mutter bereit, eine Ausnahme zu machen.

Karolina ist acht, Miikel ist zehn und Josef ist sieben. Alle anderen sind schon aus dem Haus, aber wir alle kehren immer wieder zurück.

Ich sehe in drei panische Augenpaare. Es ist nicht das erste Mal, dass der Notarzt da war, aber an so eine Situation kann man sich nicht gewöhnen.

»Heute Morgen ging es ihm noch gut!«, stellt Karolina fest, und ich sehe die Angst in ihrem Blick. Sie hat heute nicht zum ersten Mal erfahren, dass sich alles im Bruchteil einer Sekunde ändern kann.

»Höhle?«, frage ich, ohne weiter darauf einzugehen, und sogar Miikel, der Größte, nickt erleichtert. Wir sammeln alle auffindbaren Decken und Kissen zusammen und bauen die Höhle unter Karolinas Schreibtisch. Dann kriechen wir zusammen in das kuschelige Nest. Es ist eng, eigentlich zu eng, und somit genau richtig.

»Was ist denn PAPA?«, fragt Miikel mich, während er mit einem Kissen kämpft und sich dann einrollt wie ein kleiner Fuchs. Er meint PFAPA, die Krankheit, unter der sein kleiner Bruder Fritzi leidet, und die in der Medizin noch nicht gut erforscht ist. Was wir wissen, ist die Tatsache, dass sie sich in den meisten Fällen irgendwann verwächst, in der Regel, wenn die Kinder in die Schule kommen.

»Er kann nicht daran sterben«, meldet sich Josef zu Wort. Für ihn war das immer am wichtigsten. Gestorben sind in seinem jungen Leben nämlich schon zu viele Menschen. Seine Mutter ganz voran.

»Genau«, bekräftige ich. »Das Fieber heißt PFAPA, und es kommt alle vier Wochen. Und manchmal ist es so hoch, dass Fritzi ins Krankenhaus muss. Aber es geht wieder vorbei.«

»Okay. Jetzt eine Geschichte«, murmelt Karolina und legt mir ihren kleinen Lockenkopf auf die Schulter. Und so erzähle ich eine Geschichte. Über Monster, sprechende Autos und Wonder-Woman.

7

Retterin der Nacht

Eine Stunde später sind alle eingeschlafen. Außer mir. Geschichtenerzählen ist ein kreativer Akt, der mich hellwach macht. Außerdem kreisen in meinem Kopf noch unzählige wirre Gedanken. Ich kann solche Notfallsituationen nicht so gut aushalten. Doch seitdem Fritzi da ist, gibt es sie leider häufiger, und just seit er da ist, muss mein Vater häufig in die Außenstelle seines Unternehmens nach Amsterdam. Schlappe vierhundert Kilometer entfernt.

Eine geschlagene Stunde lang liege ich wie eine Ölsardine in der Dose zwischen meinen drei kleinen Geschwistern und versuche einzuschlafen. Doch als Miikel auch noch anfängt zu schnarchen wie ein Walross, gebe ich auf und schleiche mich ins immer noch hell erleuchtete Wohnzimmer.

Müde setze ich mich auf das Sofa mit den vielen Filzstiftstrichen, Handmalfarben und Kakaoflecken. In Berlin könnte man so ein kunstvoll gestaltetes Sofa sicherlich für viel Geld kaufen. Hier ist es das Zeugnis unserer Kindheit. Ein beiläufig entstandenes Kunstwerk, weil meine Mutter keine Zeit hatte, ihre Möbel gegen kindliche Angriffe zu verteidigen. Sie musste sich mit Angst- und Essstörungen, Zwängen und anderen Lasten befassen, die kleine Menschen mitbringen, wenn sie in Umständen aufgewachsen sind, in denen sie kein Vertrauen zum Leben fassen können.

Neben mir an der Wand hängen eine Menge Kinderfotos. Jedes in einem eigenen bunten Rahmen. Es sind die Fotos von allen Kindern, die schon in diesem Haus gelebt haben. Ich war die Erste. Mein Kinderbild hängt ganz oben links, und ich schiele zu meinem jüngeren Ich hoch. Äußerst misstrauisch habe ich vor vielen Jahren in die Kamera geblickt. Damals habe ich nie gelacht. Nie. Erst als ich verstanden habe, dass dieses Haus mir Sicherheit und Zuverlässigkeit schenkt, habe ich wieder damit angefangen.

Neben meinem Bild hängt das Foto von Max, der auch noch hier in Braunschweig lebt und in einer Werbeagentur arbeitet. Daneben grinst das jüngere Ich von Lukas in die Kamera. Er ist Automechaniker geworden. Auch hier in Braunschweig. Offenbar hat bisher niemanden von uns die Sogwirkung der großen weiten Welt erfasst. Vielleicht haben wir aber auch alle ein wenig Angst, den sicheren Wirkungsbereich dieses Hauses zu verlassen. Denn Sicherheit hatten wir alle am Anfang unseres Lebens viel zu wenig.

Hier auf dem Sofa kann ich endlich schlafen, das Handy für eventuell weitere Notfälle fest mit der linken Hand umklammert, und so werde ich um kurz vor sechs von einer SMS meiner Mutter aus meinen unruhigen Träumen geweckt.

Kannst du die Kleinen zur Schule schicken? Fritzi geht es gut! Wir müssen noch die Visite abwarten! Danke, du Retterin in der Nacht!!!

Meine Mutter ist die Frau der vielen Ausrufungszeichen, nicht nur in SMS, auch im echten Leben.

Ich klaube meinen müden Körper vom Sofa und wanke in die Küche, um die Kaffeemaschine zu suchen, die jede Woche einen neuen Platz zu haben scheint. Heute entdecke ich sie in der Abstellkammer. Ich zerre sie ans Tageslicht und finde den Kaffee im Kühlschrank. Fünf Minuten später flutet Koffein meinen Organismus, und ich fühle mich gewappnet, drei kleine Menschen schulfertig zu machen. Was sich als recht schwierig gestaltet. Keiner will hier das, was ich will. Frühstücken, Zähneputzen, Anziehen, Sachen packen, Haus verlassen. Ordnung und Struktur sind hier nur durch aktiven Kampf zu erreichen. Als ich endlich im Büro ankomme – nicht ohne vorher noch einen Abstecher zu mir nach Hause und einen Sprint unter die Dusche hinzulegen –, habe ich das Gefühl, der Tag müsste eigentlich mindestens schon zur Hälfte rum sein. Ist er aber nicht. Auf meinem Schreibtisch stapelt sich die Arbeit, und in meinem Postfach befinden sich sage und schreibe neun Interviewanfragen für Tim Bergmann. Offenbar will die ganze Welt mit ihm sprechen. Sogar ein Radio-Interview bei einem großen Sender ist dabei. Ich raufe mir kurz die Haare, drucke alles aus und stelle dann fest, dass es noch gar keine Presseunterlagen auf unserer Homepage für unseren Starautor gibt. Offenbar haben wir noch nicht einmal ein Autorenfoto! Erschütternd. Ich springe auf und laufe mit affenartiger Geschwindigkeit zu Markus Drebel.

»Wo sind denn die Autorenfotos von Tim Bergmann?«, frage ich ihn, kaum dass ich vor seinem Schreibtisch zum Stehen gekommen bin. Nur mit Mühe kann ich den Drang unterbinden, mir frische Luft zuzufächeln. Ich hasse dieses Rasierwasser. Er blickt kurz auf, macht wieder eine seiner gruseligen Gesichtsübungen und erklärt knapp: »Gibt keins.«

»Wie das?«, frage ich ebenso knapp. Bei unseren Liebesromanautorinnen bin ich natürlich für die ganzen Presseunterlagen zuständig. Bei der Fantasy-Sparte war das bisher Heidrun, und auch wenn die bisherigen Fotos ihrer Autoren bei mir fast einen Herzstillstand ausgelöst haben (lange Haare, bekiffter Blick, fehlte nur noch die erhobene Keule), gab es immerhin welche. Nur unser Shootingstar ist noch nicht im System.

»Er will nicht.« Wieder eine Grimasse.

»Was?«

»Sich fotografieren lassen.«

Abwehrend hebe ich eine Hand. »Moment«, sage ich. »Wir haben zum ersten Mal die Möglichkeit, mit einem unserer Bücher in allen möglichen Medien vertreten zu sein, und es gibt kein Foto vom Autor?«

Wieder eine Grimasse. Wenn er nicht gleich damit aufhört, haue ich ihm mit irgendetwas auf den Kopf.

»Und die Vita?«, frage ich weiter. Er deutet auf das Buch, das direkt vor ihm auf dem Tisch liegt, als wäre das die Antwort auf meine Frage.

»Da steht keine Vita. Da stehen bloß ein paar allgemeingültige Sätze. Wie alt ist er? Wo ist er geboren? Warum schreibt er? Seit wann schreibt er? Was ist der kleine Mehrwert in seinem Lebenslauf, der ihn noch interessanter macht?«, bombardiere ich Markus mit Fragen.

»Dir ist schon aufgefallen, dass er zuweilen ein wenig schwierig im Umgang ist?« Grimasse. »Ich war mir nicht sicher, ob ich das Lektorat überlebe oder nicht doch vorher mit einem Herzinfarkt unter den Tisch rolle. Da kann ich mich nicht auch noch ums Marketing kümmern.«

»Doch, es ist eure Aufgabe, mir die Fotos und die Vita zur Verfügung zu stellen«, konstatiere ich.

»Na, zum Glück ist das jetzt anders.« Markus atmet tief durch. »Für Tim Bergmann bist du ja jetzt allein zuständig.« Und dann zieht er wieder eine Grimasse, diesmal nach Art des selbstgefälligen Idioten. »Über den Fragebogen hat er übrigens gelacht. Herzhaft«, fügt er noch hinzu und wendet seine

Aufmerksamkeit wieder seinem Bildschirm zu. Das Gespräch ist in seinen Augen offenbar beendet.

Der Fragebogen, über den Tim Bergmann so herzhaft gelacht haben soll, wurde von mir persönlich entwickelt. Es ist ein guter Fragebogen. Er dient dazu, unsere Autorinnen ein wenig besser kennenzulernen, und beinhaltet ein paar durchaus persönliche Fragen. Bisher haben alle unsere Autorinnen uns gerne mitgeteilt, was für sie den Ausschlag gegeben hat, mit dem Schreiben anzufangen, wie ihre Lieblings-Romanhelden aussehen, ob sie lieber tagsüber oder abends schreiben und welches Getränk sie bevorzugen, wenn sie in die Tasten hauen. Diese Erkenntnisse machen es mir leichter, mit ihnen zu arbeiten, und ich freue mich, wenn ich bei einer Lesung eine Autorin mit ihrem Lieblingstee beglücken kann.

»Wo hast du Tim Bergmann überhaupt her?«, frage ich und lasse mich resigniert auf den Besucherstuhl sinken. Fangen wir mal ganz von vorne an.

»Ein Glücksgriff!« Er grinst, auf einmal völlig grimassenfrei. Dass er das überhaupt kann!

»Er hat drei Romane in einem kleinen Klitschenverlag rausgebracht. Der letzte wurde dann ganz unerwartet für den NOLAD nominiert.« Markus hält kurz inne, um meinen Gesichtsausdruck zu deuten, und ich nicke knapp. Natürlich weiß ich, was der NOLAD ist. Der Integrations-Bambi in der Buchbranche für sonderbare Literatur.

»Tja, und dann habe ich ihn ins Boot geholt.« Mein Kollege produziert wieder eine selbstzufriedene Grimasse, und ich stehe auf und verlasse dieses Büro, um mich auf die Suche nach etwas zu machen, mit dem ich den widerspenstigen Tim Bergmann unter Kontrolle bringen kann. Ich werde fündig. Nachdem ich seinen Vertrag gelesen habe.

Der Tag zieht sich wie ein altes Kaugummi. Gegen sieben beschließe ich, es einfach mal genauso zu machen wie alle anderen: Wenn Feierabend, dann Abflug! Normalerweise kann ich das nicht. Nicht solange noch Dinge auf meinem Schreibtisch liegen, die dringend zu erledigen sind. Auf dem Weg nach Hause ertappe ich mich dabei, wie ich die Begrenzungspfosten auf der Stadtautobahn zähle. Zum Glück fällt mir diese erschreckende Verhaltensweise, die immer dann zutage tritt, wenn ich wirklich zu erschöpft bin, um alles unter Kontrolle zu haben, schon bei Pfosten einundzwanzig auf.

Kaum zu Hause angekommen, streife ich mir die Schuhe von den Füßen, putze mir die Zähne, stürze kopfüber ins Bett und schlafe vermutlich noch im selben Moment ein.

Nur um eine knappe Stunde später klitschnass geschwitzt und zitternd wieder aufzuwachen. Bibbernd wälze ich mich aus dem Bett und laufe in die Küche. Dabei mache ich alle Lichter in der Wohnung an. Licht hilft. Und kalte Milch auch. Und der große Heizkörper in der Küche, vor dem ich mich jetzt mit einer Decke niederlasse.

Ich würde alles geben, um diese Träume loszuwerden. Alles.

8

Alle wollen Tim

In seinem Vertrag steht klipp und klar, eindeutig und schwarz auf weiß, dass er für jegliche Marketingaktivitäten zur Verfügung zu stehen hat. Ich drücke meiner persönlichen Assistentin Lisa, Dauerpraktikantin seit der Geburt Christi, alles in die Hand, was heute erledigt werden muss, instruiere sie eingehend und ziehe mich dann in den Besprechungsraum zurück, um Tim Bergmann anzurufen. Er geht nicht ran. Klar. Totale Verweigerungshaltung. Also rufe ich erst mal bei Klara an, unserer Haus- und Hof-Fotografin, und vereinbare einen Termin für heute Nachmittag. Wir brauchen umgehend Pressefotos. Dann fahre ich zur Wohnung meines Lieblingsautors. Auf dem Weg dorthin klingelt mein Handy siebenmal. Die ganze Welt möchte Tim Bergmann. Bestenfalls jetzt. Bestenfalls mit Alkoholfahne und Fäkalwort-Durchfall, aber das sagen sie natürlich nicht, und das werden sie auch nicht bekommen. Aber es wäre unfassbar dämlich, auf diesen Marketingzug nicht aufzuspringen. Dementsprechend energisch poltere ich die Treppe zu seiner Dach-Kemenate hoch und klingle Sturm.

Nach ungefähr zehn Minuten – ich habe tatsächlich schon über ein beherztes Eintreten der Tür nachgedacht – macht er endlich auf.

»Sie sind lästiger als eine Scheißhausfliege.« Er scheint direkt aus dem Bett zu kommen und trägt nur eine graue Jogginghose. Was bedeutet, dass der Rest dieses Mannes nicht bekleidet ist. Ich kenne meine Autoren aber nur im vollständig bekleideten Zustand, schließlich haben wir eine Geschäftsbeziehung. Zumal die Autoren, mit denen ich es üblicherweise zu tun habe, nicht aussehen wie vom Himmel herabgestiegene Kriegsgötter mit Tattoos auf jeder sichtbaren Fläche. Mir fehlen kurzfristig die Worte.

»Es ist halb elf«, sage ich schließlich, weil man ja auch in so einer Situation irgendwann mal was sagen muss. Plötzlich fühle ich mich verletzlich und klein und versuche das zu überspielen, indem ich die Schultern straffe und das Kinn hebe. Ich kann nicht so gut mit diesen überdominanten Männertypen mit Testosteron-Überschuss, der ihnen aus allen Poren quillt.

»Was wollen Sie?« Er zieht eine Augenbraue hoch und verschränkt dann auch noch die überaus muskulösen Arme vor der überaus muskulösen Brust. Schreiben scheint fit zu machen.

Ich starre ihm ins Gesicht und konzentriere mich auf seinen Bartschatten, auch Dreitagebart genannt. Den Rest blende ich aus. Zumindest bemühe ich mich, was nicht so gut funktioniert, denn Tim Bergmann hat ein eisiges Glitzern in den Augen.

»Was wollen Sie?«, wiederholt er ziemlich barsch seine Frage, und meine Bemühungen, den Rest von ihm auszublenden, misslingen endgültig.

»Könnten Sie sich vielleicht was anziehen?«

Er sieht mich durchdringend an. »Sie tauchen hier zu nachtschlafender Zeit auf, um mir zu sagen, dass ich mir was anziehen soll? Ich glaube, bei Ihnen gibt es eine dysfunktionale Störung im Oberstübchen.«

»Möglich«, antworte ich. »Wir müssen reden.«

»Jetzt?« Mein Ansinnen scheint ihn ernsthaft zu verwirren. Um es nicht noch schlimmer zu machen, nicke ich. Aufmunternd. Freundlich und professionell. Während ich den Teil von mir, der mich zur sofortigen Flucht auffordert, in die hinterste Ecke meines Gehirns sperre. Ich bin ja schließlich erwachsen.

Er brummt etwas und klingt dabei wie ein Bär, den ich aus dem Winterschlaf gerissen habe, lässt mich dann aber doch herein. Es ist eiskalt in der Wohnung. Ich lasse vorsorglich meinen Mantel an und folge ihm. Im Wohnzimmer stehen sämtliche Fenster sperrangelweit offen. Das Chaos auf dem Tisch hat sich noch um herausgerissene Buchseiten (ich wusste es: er ist ein Kulturbanause!), Chipskrümel und die Reste einer Tafel Schokolade erweitert. Er macht eine Bewegung mit dem Arm, und ich gucke bewusst in die andere Richtung. Ich möchte nicht mit einem dermaßen spärlich bekleideten Mann in einem Raum sein. Das bin ich nicht gewohnt. Der einzige nackte Mann in meinem Leben ist stets deprimiert, trägt Armani-Anzüge und verliert immer seine Socken in meiner Wohnung. Aber das tut gerade nichts zur Sache.

Ich setze mich aber doch hin und schiebe vorsichtig die vielen Dinge auf dem Tisch zur Seite, während Tim Bergmann verschwindet, um wenige Minuten später mit einem T-Shirt obenherum und seinem Wohlgeruch im Schlepptau wieder aufzutauchen. Es ist kein Parfum. Er roch auch schon so, als er die Tür aufgemacht hat, aber da war ich abgelenkt.

Er setzt sich mir gegenüber und wird augenblicklich noch größer. Das können nur Männer. Sie lehnen sich zurück, breiten die Arme aus, legen sie auf die Rückenlehne anderer Stühle und strecken die Beine von sich. Eine absolut raumgreifende Sitzhaltung. »Könnten Sie vielleicht das Fenster zumachen? Es ist kalt.«

Er seufzt bleischwer, steht auf, macht das Fenster zu und setzt sich in derselben Position wieder auf den Stuhl.

Ich will gerade loslegen und habe zu diesem Zweck schon

mal seinen Vertrag aus meiner Tasche gezogen, als mein Handy klingelt. Meine Mutter. Für einen Moment ringe ich mit mir. Es ist ein ziemlich ungünstiger Zeitpunkt. Tim Bergmann fixiert mich mit dem Blick einer Schlange, kurz bevor sie die Maus verschlingt, aber ich muss da rangehen. Ich muss wissen, ob alles okay ist. Ich werde mich kurz fassen.

»Entschuldigen Sie«, sage ich zu Tim Bergmann, der doch tatsächlich die Dreistigkeit besitzt, spöttisch den Mund zu verziehen, als ich den grünen Knopf drücke und »Hallo« sage. Ich gebe meiner Stimme den Klang, als ob ich in einer hochwichtigen Sitzung hocke, damit meine Mutter nicht auf den Gedanken kommt, mir einen stundenlangen Bericht zu erstatten. Ihre Spezialität. Leider gehen die Absichten meines Hallos unter, denn sie legt ohne Umwege los und berichtet über ihre Nacht in der Klinik. Ich unterbreche sie nach ein paar Minuten und einigen erfolglosen Anläufen schließlich doch: »Wie geht es ihm denn?«

»Gut! Wir wissen ja, was es ist, aber die Ärzte in der Klinik haben nur wieder die Entzündungswerte gesehen und wollten sofort die Antibiotikabombe zünden. Es hat lange gedauert, bis sie begriffen haben, dass er PFAPA hat. Ich bin mir sicher, dass einer zwischendurch Dr. Google bemüht hat, aber danach wurde es einfacher. Das Hirn-EKG war okay, und sie wollten uns dann die Nacht über noch zur Beobachtung dabehalten. Das war mir recht, weil …«

»Sehr gut«, falle ich ihr ins Wort, woraufhin sie mir ins Wort fällt: »Ja, wir haben die Nacht fast komplett auf dem Flur verbracht. Die Klinik ist voll und auf die Infektionsstation wollte ich mit ihm auf keinen Fall.«

Tim Bergmann kann nicht hören, über was ich hier in Kenntnis gesetzt werde, deswegen verdreht er gerade die Augen. Offenbar eine Mimik, die er häufiger zum Einsatz bringt, denn es wirkt durchaus formvollendet. Ich sitze stocksteif und peinlich berührt auf meinem Stuhl und schaffe es einfach nicht, meine Mutter abzuwürgen. Okay, noch nicht mal mein Vater schafft das.

Ich wage einen zweiten Versuch. »Okay!«, werfe ich ein und hoffe, dass ich nun endlich das Gesprächsruder herumreißen kann, aber weit gefehlt. Sie berichtet mir noch, wie sie auf der Suche nach einem funktionierenden Süßigkeitenautomaten durch die nächtlichen Klinikflure gestreift ist, aber nachdem ich sie mehrmals angeräuspert habe, bekomme ich endlich Gehör. »Du bist nicht alleine!«, stellt meine Mutter fest. Mit circa sieben Minuten Verspätung. »Bea! Das musst du doch sagen!«

Ja, gerne. Wann denn?

»Kein Problem. Wir telefonieren heute Abend. Fritzi geht es wieder gut. Ich wollte dir nur kurz danken, dass du da warst! Küsschen!«

Das »Küsschen zurück« kann ich mir gerade noch ungesagt von den Lippen wischen. Ich lege auf. Tim Bergmann sieht mich regungslos an.

»Sie hätten das Telefonat auch vorher führen können, dann hätte ich noch eine halbe Stunde weiterschlafen können«, bemerkt er trocken, und ich komme zu dem Schluss, dass es absolut unprofessionell wäre, ihm von Fritzis Fieberkrampf zu erzählen. Und ich bin schließlich immer Vollprofi. Außer wenn meine Mutter anruft.

9

Ass im Ärmel

Peinlich berührt starre ich auf die angebrochene Tafel Ritter Sport Trauben-Nuss. Wie ich finde, die absolut ekeligste Schokolade im gesamten Universum. Sie passt zu meinem Gegenüber, das mich jetzt wieder unverwandt anstarrt. Wenn ich mich für einen Profi halte, sollte ich mich spätestens in drei Sekunden auch wieder so benehmen.

»Uns fehlt noch ein Autorenfoto«, sage ich heiter, obwohl ich mich überhaupt nicht heiter fühle. Eher müde. Wenn ich jetzt die Augen zumache, könnte es sein, dass ich aus Versehen einschlafe.

»Ich will kein Foto von mir auf dem Buchumschlag«, sagt er.

»Da muss es auch nicht zwingend hin«, erwidere ich, denke aber im selben Moment, dass ein vernünftiges Foto von ihm auf dem Buchumschlag den Umsatz noch mal steigern würde. Insbesondere den Umsatz durch weibliche Kunden. Vorausgesetzt, wir schaffen es, den attraktiven Funken, über den dieser Mann definitiv verfügt, im Bild festzuhalten.

»Aber die Presse möchte Fotos, und deshalb brauchen wir welche. Professionelle Autorenfotos.«

Er sieht mich regungslos an. Wahrscheinlich überlegt er gerade, wie er mich loswerden kann, um sich wieder ins Bett legen zu können.

»Und eine Vita benötigen wir auch. Da muss nicht viel Persönliches drinstehen, aber doch so viel, dass es interessant ist zu lesen. Die Menschen möchten wissen, wer dieses Buch geschrieben hat.«

Er guckt mich ernst an, und ich gucke äußerst ernst zurück. Dann ziehe ich energisch eines meiner beiden Asse aus dem Ärmel.

»Ihr Buch steht auf der Bestsellerliste. Ist Ihnen klar, was das bedeutet?« Ich schweige dramatisch eine Sekunde lang und beantworte die Frage dann selbst.

»Sie haben den Durchbruch geschafft. Sie heben sich aus der Masse heraus, sicherlich auch durch Ihre bisher vielleicht etwas unglücklichen Auftritte. Die dürfen aber nicht überhand nehmen. Die Leute finden das eine Weile ganz spannend, aber es kann auch umschlagen. Wenn Sie jetzt geschickt in den Medien auftauchen, präsent sind, den Moderatoren nicht die Nase brechen oder sie beschimpfen, werden Sie in ganz Deutschland in jeder Buchhandlung liegen. Für jedes weitere Buch von Ihnen ist das eine hervorragende Ausgangssituation. Viele Autoren arbeiten ihr ganzes Leben lang darauf hin.« Ich gebe zu, diese hochengagierte Rede auf dem Weg im Auto geübt zu haben. Mein Auto war auch ganz beeindruckt.

Tim Bergmann nicht. Er starrt mich immer noch mit seinen grauen Augen an. Richtig grau. Stahlgrau.

»Vielen Dank«, sagt er dann schließlich, und es klingt nicht freundlich. »Aber ich habe kein Interesse. Kein Foto, keine Vita, und wenn irgendwelche Deppen glauben, sie könnten über mein Buch urteilen, dann müssen sie damit rechnen, dass ich sie Arschloch nenne. Und Sie müssen jetzt gehen.«

Mit diesen Worten steht er einfach auf. Ich bleibe sitzen, muss jetzt aber zu ihm aufschauen, was nicht sehr angenehm ist. Er ist groß und unrasiert, und ich möchte augenblicklich auch aufstehen und tatsächlich gehen.

Mache ich aber nicht. Ich kämpfe den Drang nieder und ziehe mein zweites Ass aus dem Ärmel.

Mit einem Ruck lege ich den Vertrag auf den Tisch. »Wenn Sie das alles nicht wollen, hätten Sie das Buch ja selber verlegen können, oder Sie wären bei Ihrem alten Verlag geblieben. Sie haben doch nicht gewechselt, weil alles so wunderbarer Sonnenschein war, sondern weil sich Ihre Bücher davor einfach nicht«, ich betone das, indem ich mit den Händen wedle, »verkauft haben. Da Sie hauptberuflich schreiben, zumindest nehme ich das an, müssen das finanziell ziemlich finstere Zeiten gewesen sein.«

Sein Blick wird stechender, und ich halte mich unauffällig mit einer Hand an der Tischkante fest. Diana weiß, wo ich bin. Wenn ich nicht zurückkomme, wird irgendwann sicherlich jemand nach mir suchen. Spätestens wenn die Besprechungskekse alle sind, wird ihnen auffallen, dass der böse Autor mich erlegt hat.

»Mit uns verkaufen Sie Ihre Bücher«, stelle ich so nüchtern wie möglich fest. »Das heißt aber auch, dass es gewisse Spielregeln gibt. Ich habe hier mal eine mitgebracht.« Ich drehe den Vertrag um und deute auf den mit gelber Farbe markierten Passus.

»›Der Autor verpflichtet sich zur aktiven Mitarbeit bei allen Marketingaktivitäten seitens des Königstein Verlags«, lese ich laut und nachdrücklich.

Er sagt nichts, und ich stehe nun ebenfalls auf, weil es mich ganz nervös macht, wenn er so auf mich herunterstarrt. Wenn er jetzt immer noch sagt, dass er keinen Bock auf den Scheiß hat, habe ich ein Problem. Ich will ihn ja nicht verklagen. Ich will hier nur ein wenig gemeinsames Kämpfen für die gleiche Sache. Koordiniertes Promoten. Es ist ja schließlich unser aller Buch. Das unser aller Einkommen sichert.

Sein Gesicht ist völlig regungslos. Frei von Emotionen. Also nicht ganz, weil er die Lippen fest aufeinanderpresst. Aber da ist noch etwas, hinter dieser düsteren Fassade. Etwas, das ich nicht richtig greifen kann. Würde er nicht so verdammt selbstsicher vor mir stehen, würde ich sagen, es ist ein Hauch von Verlorenheit.

»Und was soll ich jetzt tun?«, fragt er schließlich gedehnt, und ich würde am liebsten erleichtert in die Hände klatschen und einmal um den Tisch tanzen, sehe aber davon ab und straffe stattdessen noch einmal die Schultern.

»Wir arbeiten mit einer tollen Fotografin zusammen. Wir hätten gleich einen Termin bei ihr, und danach schreiben wir eine spannende Vita über Sie.«

Er sagt »hmpfgredfgrf« und geht. Da ich wenige Minuten später eine Dusche rauschen höre, scheint er zumindest nicht die Wohnung verlassen zu haben, sondern ich darf die vage Hoffnung haben, dass er sich auf einen Fototermin vorbereitet. Erschöpft setze ich mich wieder an den Tisch und harre der Dinge, die da kommen mögen.

Die Dinge kommen fast eine halbe Stunde später in Form eines frisch geduschten und wie immer wohlriechenden Tim Bergmann durch die Tür. Er trägt eine zerschlissene Jeans, schwarze Chucks und ein schwarzes, langärmliges Shirt. Ich bin ein klein wenig peinlich berührt, weil ich ihn einen kurzen Moment zu lange angesehen habe, und gleiche es umgehend durch hektisches Aufspringen und Sacheneinsammeln aus. Und er deutet auch tatsächlich zur Tür, durch die er wohl mit mir zum Fotografen eilen möchte.

Nach einer kurzen (schweigenden) Autofahrt kommen wir im Gewerbegebiet bei Klara Mertens an. Klara ist, wie schon erwähnt, unsere Haus- und Hof-Fotografin und fotografiert all unsere Autorinnen, die nicht bereits über ein professionelles Pressefoto verfügen. Wenn sie keine Autoren fotografiert, lichtet Klara Regentropfen, Auerhähne und magische Ahornbäume ab und versorgt uns nebenbei auch mit günstigen, aber sehr stimmungsvollen Bildern für unseren Blog und die Homepage. Dass sie dabei einen ausgeprägten Hang zur Esoterik hat, versuche ich jedes Mal, wenn ich in ihr Studio komme, geflissentlich zu ignorieren. Was ein bisschen schwierig ist, denn es riecht immer penetrant nach Räucherstäbchen, und im Hintergrund singen sich Wale in Dauerschleife ein Liebeslied. Sie begrüßt mich mit einem Küsschen links und rechts und betrachtet dann Tim Bergmann, der hinter mir steht.

»Schön«, sagt sie schließlich.

Tim streicht sich durch die kurzen Haare und erwidert: »Freut mich, dass ich Ihren Ansprüchen genüge.«

»Na dann, sehen wir mal zu, dass wir von Ihnen richtig tolle Fotos machen.« Klara kneift die Augen zusammen und starrt ihn weiter an. Das tut sie immer, weil sie wohl in ihrem Kopf schon die Fotos schießt. Damit irritiert sie aber die Menschen manchmal schon ein wenig. Ob sie Tim irritiert, kann ich nicht sagen, denn er verzieht weiterhin keine Miene, reicht Klara dann aber die Hand. Und die erinnert sich nun auch endlich an eine normale, mitteleuropäische Begrüßungszeremonie und hört auf, ihn anzustarren.

»Du kannst ihn in einer Stunde wieder abholen«, sagt sie zu mir und scheucht mich raus. »Du störst hier nur.«

Sie grinst, und ich gehe. Hustensaft für Diana in der Apotheke holen. Und Kuchen für die Kolleginnen, um die allgemeine Stimmung mit Fett und Zucker zu verbessern. Und ein neues Bilderbuch für Fritzi hole ich auch gleich noch. Außerdem erledige ich noch vier Telefonate. In einer Stunde kann man nämlich unfassbar viel schaffen. Zumindest wenn man so eine eifrige Arbeitsbiene ist wie ich.

Als ich zurückkomme, sitzen Tim und Klara auf den Treppenstufen vor dem Studio und trinken Kaffee. Zwischen ihnen liegt Tims Buch. Darauf ein Stift. Es geschehen noch Zeichen und Wunder. Klara, die niemals auch nur eines unserer Bücher lesen würde, scheint sich Tims Buch nicht nur besorgt zu haben, sondern jetzt auch noch signieren zu lassen. Ansonsten wirken die beiden allerdings, als wäre ihnen eine ganze Horde Läuse über die Leber gelaufen. Sie sehen ein wenig mitgenommen aus.

»Und?«, frage ich atemlos und hoffe auf großartige Bilder, die Tim Bergmanns sonderbare Persönlichkeit auf ganz spezielle Weise eingefangen haben, doch Klara zuckt nur mit den Schultern. »Wir können es ja noch mal probieren.«

»Was?«, frage ich knapp. Tim steht auf, nickt uns zu und geht. Kommentarlos.

»Was denn jetzt?« Ich will mich gerade zu Klara setzen, aber die sagt nur: »Komm!« Und so folge ich ihr ins Studio. »Das Problem ist, dass Tim sich vor der Kamera benimmt, als hätte ihn jemand in Beton gegossen. Das wird so nichts. Vielleicht muss ich ihn abfüllen oder ihm andere Drogen verabreichen. Sowas ist mir bisher noch nie passiert.«

Die Fotos sind grässlich. Tim guckt böse. Und tatsächlich wie in Beton gegossen.

»Selbst mit dem besten Bildbearbeitungsprogramm ist da nichts zu holen. Ich könnte ihm maximal einen Balken über die Augen legen«, sagt Klara düster und sinkt auf ihren Schreibtischstuhl. »Der Kerl ist ja auf den ersten Blick ein echter Leckerbissen, und ich dachte, das dürfte kein Problem werden. Aber auf den zweiten Blick ist er eine echte Herausforderung.«

»Ja«, murmle ich. »Da stimme ich dir vollumfänglich zu.«

»Kennst du ihn gut?«, fragt Klara und dreht sich schwungvoll auf ihrem Stuhl zu mir herum. Ich zucke die Schultern. »Ich habe ihn erst vor ein paar Tagen kennengelernt. Er ist ein bisschen beängstigend. Offenbar lebt er nach gänzlich anderen Regeln als ich.«

»Er versteckt sich. In seiner Aura spiegeln sich viele dunkle Erlebnisse wider. Daran muss es liegen.« Nachdenklich betrachtet sie wieder eines der wirklich dämlichen Fotos und tippt sich dabei mit dem Finger gegen die Nasenspitze.

»Kein Wunder, dass jemand wie er einen dystopischen Roman schreibt. Die charakteristischen Eigenschaften einer dystopischen Gesellschaft entsprechen ja oft total den Gegebenheiten einer dysfunktionalen Familie. Eine diktatorische Herrschaftsform oder eine Form repressiver sozialer Kontrolle. Warum schreibt jemand so was?«, fragt sie in den Raum und beantwortet die Frage gleich selbst. »Weil er da Figuren authentisch formen kann. Aber, und das ist bemerkenswert: Er hat ein wirklich gutes und gesellschaftskritisches Buch geschrieben, weil er es schafft, den Transfer von seiner zu unserer Welt zu leisten. Tief in seinem Innersten glaubt er an die Möglichkeit von Veränderung und Wachstum. Glaub mir, er hat einen guten Kern.« Sie klopft sich auf die Brust, und ich starre sie verwundert an und seufze. Klara offenbart mir eine ganze neue Seite von sich. Das muss daran liegen, dass sie bisher immer nur mit meinen Liebesromanautorinnen zu tun hatte, die offenbar allesamt über eine helle, strahlende Aura verfügten und sich bereitwillig haben ablichten lassen.

»Er hat mich nach dir gefragt«, sagt Klara, schließt nachdrücklich ihr Bildprogramm, dreht sich erneut schwungvoll auf dem Stuhl zu mir herum und betrachtet mich eindringlich. »Ich habe ihm gesagt, dass er dir vertrauen kann. Dass er offen und ehrlich mit dir sprechen soll und dass du jemand bist, auf den man sich in jeder Lebenslage verlassen kann.«

»Klara«, setze ich an. Das ist ja ganz nett von ihr, aber es geht doch ein bisschen zu weit. Tim Bergmann ist immerhin irgendwie mein Klient. Wenn man es so nennen möchte. Doch Klara winkt ab. »Pass auf dich auf, Bea. Du musst lernen, nicht ständig alle Sinne auf Hochleistungsempfang zu stellen. Tim wirkt auf den ersten Blick wie das gängige Rampensaumodell. Aber ich sage dir: Er ist ein introvertierter, empfindsamer Mensch.«

Klar. Und sie hat nur eine Stunde gebraucht, um das herauszufinden.

»Und lies sein Buch!«, fügt sie energisch hinzu. »Dann verstehst du ihn besser.«

»Ich halte es für eine Unterstellung, dass man die Persönlichkeit eines Autors aus seinen Büchern herauslesen kann«, erwidere ich gereizt.

Missmutig mache ich mich auf den Weg zum Verlag. Dort versorge ich alle mit Kuchen, drücke Diana ihren Hustensaft in die Hand und werde dann von Markus Drebel auf dem Flur abgefangen.

»Habt ihr über das zweite Buch gesprochen?«, fragt er mich leise und bedenkt mich mit einer Grimasse.

»Welches zweite Buch?«, frage ich alarmiert.

»Na, das von Tim Bergmann. Der Vertrag ist unterzeichnet und Abgabe ist in zwei Monaten. Wie kommt er voran?« Er starrt mich eindringlich an.

Ach du Schreck. Es gibt ein zweites Buch. Der Wahnsinn geht weiter.

10

Weltstarstress

Ich beschließe, die Situation für den heutigen Tag so zu nehmen, wie sie ist – keine Fotos, keine Vita, aber ein zweites Buch – und stürze mich in die Arbeit. Um anschließend zu meinen Eltern zu fahren. Um dort die Aufgabe zu bekommen, Fritzi zu baden, was eine hochkomplexe Angelegenheit ist, weil Fritzi Wasser verabscheut. Danach spiele ich kurz mit dem Gedanken, nach Hause zu fahren und ins Bett zu gehen, was aber durch einen Anruf meiner Freundin Britta vereitelt wird, die im *Strupait* auf mich wartet und die ich schlicht und ergreifend vergessen habe. Ich rase also ins Magniviertel von Braunschweig, finde keinen Parkplatz, quetsche mein Auto illegal zwischen eine Mülltonne und eine Einfahrt und renne in unser Lieblingsrestaurant.

»Du musst irgendwie mal kürzer treten«, sagt Britta, als ich mich schwer atmend vor ihr auf den freien Stuhl fallen lasse. (In Wirklichkeit breche ich förmlich zusammen und kann meinen Kopf nur knapp daran hindern, direkt auf die Tischplatte zu fallen.)

»Klar«, keuche ich und greife mir die Speisekarte.

»Nee«, insistiert Britta energisch und drückt mit dem Zeigefinger die Karte runter, sodass sie mir in die Augen sehen kann. »Ich meine das ernst.«

»Ja.« Ich ringe mir ein Lächeln ab. Sie ist nämlich die Erste, die es nicht witzig findet, wenn ich einen Termin absage, was die einzige Möglichkeit des Tages gewesen wäre, etwas kürzer zu treten. Das habe ich schon mal probiert, und sie war wirklich sauer. Da sie aber auch für jeden Schritt aus dem Haus einen hochgradig komplexen Organisationsmarathon hinlegen muss (sie hat drei Kinder unter fünf und einen ständig abwesenden Gatten), kann ich das schon irgendwie verstehen.

»Stresst dein Weltstar dich so? Ist ja nicht so, dass du vorher Däumchen gedreht hättest«, sagt sie und nimmt sich das vorletzte Brot aus dem Körbchen auf dem Tisch. Offenbar war sie mal wieder eine Viertelstunde zu früh dran, womit sie jetzt schon eine halbe Stunde auf mich wartet. Ein guter Grund, den Brotkorb zu leeren. Zumal ich ihren knurrenden Magen bis zu mir hören kann. Und auch ich habe plötzlich Hunger. Der Tag hat mich quasi in Lichtgeschwindigkeit vom Weckerklingeln bis jetzt getragen, und ich habe fast nichts gegessen.

»Ja. Er stresst mich. Und meine Fotografin ist der Meinung, dass sie sein echtes Ich nicht fotografieren kann, weil er es versteckt. Was ziemlich blöd ist, weil ich dringend Autorenfotos brauche.« Ungeniert stopfe ich mir das letzte Stück Brot in den Mund und kaue enthusiastisch. Der Chef des Hauses eilt an unseren Tisch, und wir bestellen wie immer das Tagesessen.

»Wie ist er denn so?«, fragt Britta.

»Hast du sein Buch gelesen?«, frage ich stattdessen zurück und ahne Schreckliches. Sie nickt und strahlt mich an.

»Großartiges Buch!«, sagt sie nachdrücklich. Ich muss es wohl spätestens jetzt doch dringend lesen. Britta liest nämlich sonst nur und ausschließlich Bücher, in denen es um die einzige, ultimative und tränenreiche große Liebe geht.

»Sehr intensiv und emotional. Aber jetzt sag: Wie ist Tim Bergmann im wahren Leben?«

»Weder intensiv noch emotional. Er ist …«, ich muss kurz überlegen, »… sonderbar.« Das trifft es ganz gut. »Und dagegen. Meistens gegen alles. Und er ist unpünktlich. Und scheint grundsätzlich nicht viel von allgemeingültigen Konventionen und Umgangsformen zu halten. Kurz: anstrengend. Aber seitdem ich ihn auf den Passus in seinem Vertrag aufmerksam gemacht habe, dass er verpflichtet ist, den Verlag bei jeglicher Marketingmaßnahme zu unterstützen, zeigt er sich kooperativer. Dass Klara seine spezielle Aura nicht ablichten konnte, lag ja nun nur indirekt an ihm.«

»Er ist sexy«, stellt Britta knapp fest. »Ich habe ihn bei diesem überheblichen Literaturkritiker gesehen und fand ihn toll. Endlich hat mal einer gesagt, was alle denken. Überhebliche Unterstützer des Establishments. Dr. Oberdummkopf ist die Pest.«

»Ja … äh. Man kann geteilter Meinung sein«, sage ich und muss schlagartig daran denken, dass Britta vielleicht nicht die geeignetste Person ist, um Sex-Appeal zu beurteilen. Letzte Woche fand sie den Tankwart an der Shell sexy. Ich persönlich finde, der kann erst gestern vom Baum geklettert sein und hat sich nur kurz was Normales angezogen.

Unser Essen kommt, und wir fallen darüber her. Es ist köstlich, und so schweigen wir einen wohltuenden Moment lang. Dann erzählt Britta mir von ihren Söhnen und ich ihr von Fritzi.

»Meinst du nicht, dass auch mal ein anderer diese Notfallbetreuung übernehmen kann?«, fragt sie und lächelt dabei schon mal beschwichtigend. Schließlich habe ich ja noch ein paar andere große Geschwister, die ebenfalls nicht mehr zu Hause, aber doch alle noch in Braunschweig oder wenigstens drumherum wohnen. Mit Führerschein und Auto. Und weil mir das alles sehr wohl bewusst ist, reagiere ich zuweilen mit Unbehagen, wenn ich auf diese Option angesprochen werde.

Es würde nämlich bedeuten, meiner Mutter genau diesen Vorschlag machen zu müssen. Und das kann ich nicht.

»Ich glaube nicht, dass deine Mutter ein Problem damit hätte, wenn du sie einfach bittest, einen der anderen zu fragen.« Britta lächelt immer noch. »Du musst nämlich tatsächlich auch mal schlafen. Ein ungewöhnlicher Gedanke im Zusammenhang mit dir, aber doch wohl wahr.«

»Ja«, sage ich gedehnt. »Aber ich liebe die Kleinen, und meine Mutter verlässt sich auf mich.«

»Die kann sich bestimmt auch mal auf die anderen verlassen.« Britta ist so freundlich und aufmunternd, und ich finde sie just in diesem Moment total doof. Warum muss sie immer den Finger in die Wunde legen? Wobei »Wunde« ja auch total übertrieben ist. Das klingt, als ob es ein Problem gäbe. Gibt es aber gar nicht. Es ist nur alles etwas schwierig, seitdem Fritzi da ist. Dass er eine extrem seltene Krankheit hat, die ihm alle vier Wochen für mindestens fünf Tage hohes Fieber beschert und er darüber hinaus sehr schnell Fieberkrämpfe bekommt, hat er sich sicherlich auch nicht ausgesucht. Eine andere Pflegefamilie hätte vielleicht schon die Segel gestrichen, aber meine Mutter nicht. Die lässt niemanden mehr aus ihren Fängen und ist stark wie ein Stier. Es ist doch völlig normal, dass ich sie unterstütze.

Meine kluge Freundin Britta erkennt den Moment, in dem mir all diese Gedanken durch den Kopf schießen, und legt einen Themenwechsel hin, der selbst mich überfordert.

»Stell dir vor, ich fahre für ein ganzes Wochenende in ein Wellnesshotel. Alleine!«

»Das ist ja großartig!«, rufe ich und schiebe die sonderbaren Gedanken in meinem Kopf energisch beiseite. Die Zeiten sind hart. Da kann man nicht immer nur an sich denken.

11

Keine Schmetterlinge, keine Tränen

Der Abend mit Britta wird wieder mal sehr spät, und so parke ich erst um kurz vor zwölf vor meinem Haus und ächze die Stufen zu meiner Wohnungstür hoch.

»Nicht erschrecken!«

»Ahhh!«

»Hab doch gesagt, nicht erschrecken!« Norman guckt um die Ecke. Er hockt dort auf den Stufen und grinst mich verlegen an. Seine strahlend weißen Zähne leuchten in der Dunkelheit.

»Ahhh!«, sage ich noch mal und mache jetzt noch nachträglich einen Hüpfer zur Seite.

»Sorry. Ist total unhöflich, hier einfach so aufzutauchen, aber ich dachte, ich guck mal.«

»Wonach?«

»Nach dir. Meinen Socken. Der aktuellen Sachlage in deinem Leben. Und wenn ich genug geguckt habe, dachte ich, wir könnten vielleicht gemeinsam noch mehr meiner Socken verbummeln. Aber!« Er hebt einen Finger und betrachtet mich mit zusammengekniffenen Augen im fahlen Schein der Flurbeleuchtung. »Ich sehe glasklar: Du bist müde! Ich kann jetzt wieder fahren oder dir noch ganz schnell den Nacken massieren.«

Ich bin selbst für diese Entscheidung zu müde, und so

schließe ich einfach die Tür auf, und der schöne Mann auf der Treppe folgt mir in die Wohnung und zieht die Socken aus.

Norman ist der Freund, mit dem ich auch die Dinge tue, die sonst eigentlich nur innerhalb einer Partnerschaft stattfinden. Das ist die perfekte Lösung, weil wir beide aus unerfindlichen Gründen Dauersingle sind. Gut, bei mir sind die Gründe jetzt nicht ganz so unerfindlich, aber das weiß selbst Norman nicht. Bei Norman liegt es wohl daran, dass er für Braunschweig einfach immer ein bisschen zu fancy ist. Er würde von seiner Gesamtkonstitution viel besser nach London passen. Aber nun ist er hier. Und wir haben regelmäßig sehr angenehmen Sex.

»Das ist ja wirklich unglaublich!«, murmelt er gerade und wirft mir zwischen den Kissen einen tiefen Blick zu. Wir liegen gemütlich im Bett, und ich habe ihm gerade erzählt, wie kompliziert mein Leben geworden ist, seitdem Tim Bergmann sich darin eingenistet hat.

»Aber nichts gegen meinen Chef, der just heute wieder für den Pöbel-Bambi nominiert wurde. Er hat mich quer über den Flur angebrüllt, weil der Bericht noch nicht fertig ist. Dabei hat er nur vergessen, dass er ihn erst morgen braucht«, fügt er hinzu.

»Ach hör doch auf!« Ich trete ihm gegen das Schienbein. »Stell dir vor! Bergmann muss ein zweites Buch schreiben, und so wie es aussieht, ist die Frau, die hier neben dir liegt, dafür verantwortlich, dass er pünktlich abgibt. Nur leider hasst er mich. Und die Welt im Ganzen. Und das Leben.«

»Ja, das klingt nach schwerwiegenden Verstrickungen«, erwidert Norman trocken. »Aber ich muss nächste Woche nach BIELEFELD. Für VIER Tage! Bedaure mich!«

Ich seufze tief und entscheide, dass Norman unser Tiefpunkt-Battle gewonnen hat. Der Gewinner darf liegen bleiben, und der Verlierer muss Eiscreme heranschaffen, und das zügig. Also mache ich mich wohl mal auf den Weg.

Britta hat unsere Beziehung mal knapp und weise auf den Punkt gebracht: »Keine Schmetterlinge, keine Tränen.« Dabei wüsste ich gerne, wie sie sich anfühlen, diese vielbeschworenen Schmetterlinge. Die große Liebe ist für mich bisher leider nur Hörensagen. Ich war noch nie richtig verliebt. So mit dem kompletten Programm, dass man plötzlich nicht mehr essen und schlafen muss und seine Umwelt nur noch verzerrt wahrnimmt. Vielleicht werde ich das auch nie erleben. Meine größte, wenn auch geheimste Angst ist es, bindungsunfähig zu sein. Ich lege probeweise meinen Kopf auf Normans Schulter. Der spricht immer noch. Jetzt über eine Dienstreise, vermutlich zum Mittelpunkt der Erde. Es ist gemütlich und warm, so dicht bei ihm, aber außer diesem angenehmen Freundschaftsgefühl spüre ich nichts. Ist die Tatsache, dass ich noch nie Schmetterlinge im Bauch hatte, vielleicht ein Hinweis darauf, dass ich bindungsunfähig bin?

Norman monologisiert noch zehn Minuten vor sich hin, während ich in seinem Arm eindöse. Irgendwann steht er auf, gibt mir einen Kuss auf die Stirn und geht. Ohne Socken.

Der nächste Morgen ist ein Dienstag, und der Dienstagmorgen ist immer etwas Besonderes im Verlag. Es ist unser »Meeting-Morgen« mit Croissants und Milchkaffee. Ich mag das. Wir treffen uns alle im großen Besprechungsraum und schließen die Tür hinter uns. Alle Telefone sind auf unsere Dauerpraktikantin Lisa gestellt, und wir sprechen über die wirklich wichtigen Dinge des Verlagswesens. Kaffee, Urlaubspläne und die aktuellen Bücher, die wir so lesen (an dieser Stelle dürfen auch nicht verlagseigene Titel genannt werden). Der »Meeting-Morgen« dient ausschließlich der Festigung der guten Teamstrukturen. Wir lungern eine Stunde lang herum und genießen das Leben. Damit müssen viele Leute bis nach Feierabend warten. Wir nicht. Also bis auf Lisa, aber irgendjemanden trifft es ja immer härter als die anderen.

Im Laufschritt eile ich um die Ecke des Flures und biege in den Besprechungsraum ein, auf dessen Tisch schon die herrlich duftenden Croissants warten. Meine Kollegen sind, bis auf Diana, auch schon alle da. Auch die vom Fantasy-Team. Nur Markus Drebel zum Glück noch nicht. Er ist der Einzige, der die wöchentliche Veranstaltung als unangemessene Zeitverschwendung abtut, die keinen Bezug zu unseren Jobs hätte. Was natürlich Unfug ist. Es geht schließlich nichts über ein einwandfreies Betriebsklima. Aber das verstehen schlechtgelaunte Fantasy-Lektoren natürlich nicht. Sie sind sozial anders konditioniert.

Ich sinke auf den gepolsterten Stuhl und schnuppere aus der Ferne einmal genüsslich. Frische Croissants duften nach Himmel und Sommer und Freiheit. In diesem Moment kommt Diana um die Ecke, schließt nachdrücklich die Tür und reckt eine Faust gen Himmel.

»Herr Drebel hat sich heute krank gemeldet!«, ruft sie fröhlich und setzt sich dann neben mich. Ein geheimes Lächeln zieht über die Gesichter der anwesenden Frauen. Wir haben Markus Drebel zwangsläufig in unserer Mitte willkommen geheißen, aber seine Anwesenheit ist immer anstrengend. Er hat keine Ahnung von Männern, trinkt nur Tee, findet komische Bücher gut und fährt einmal im Jahr nach Wacken. Unsere einzige Gemeinsamkeit ist derselbe Arbeitgeber.

»Guten Morgen«, sagt Carola und erhebt heute erstaunlicherweise die Stimme auf ein Niveau, das das bereits einsetzende Geschnatter locker übertönt. Schlagartig senkt sich Ruhe über den Raum, und wir richten unsere Aufmerksamkeit kollektiv auf sie. Heute ist etwas anders. Es liegt etwas in der Luft. Ich überlege, schnell ein Croissant zu essen, denn Carolas trübe Miene verheißt nichts Gutes, und gleich könnte mir vielleicht der Appetit vergangen sein. Aber ich lasse es bleiben, denn Carola kommt mir zuvor.

»Hört zu«, fährt sie fort. »Ich mache es kurz: Es sieht nicht gut aus.« Sie schnaubt einmal. »Amy McConnors nächstes Buch wird nicht bei uns erscheinen.« Ich glaube, gleich mehrere Kolleginnen haben schlagartig das Atmen eingestellt. »Gleichzeitig haben wir zwei sehr verheißungsvolle Lizenzen nicht bekommen, weil wir den Vorschuss nicht zahlen können. Unsere Verkaufszahlen sind in den vergangenen Wochen noch einmal eklatant gefallen. Wir haben ernsthafte Probleme.« Sie hält inne, schnauft, reibt sich über das Gesicht und fragt dann: »Für Alkohol ist es noch zu früh?«

Mir ist ganz flau im Magen. Ich habe Carola noch nie so ernst gesehen. Trotzdem stehe ich auf, renne in die Kaffeeküche und schnappe mir eine der Sektflaschen aus dem Kühlschrank und ein paar Pappbecher. Die werden mir auch gleich rege abgenommen, kaum dass ich den Besprechungsraum wieder betreten habe. Jemand öffnet den Sekt, und wir teilen den Alkohol gerecht untereinander auf. Alle sind angespannt, und Diana stehen Tränen in den Augen. Diana weint aber auch, wenn ich eine Fliege totschlage, deswegen will ich das jetzt mal nicht überbewerten.

»Die Lage ist ernst, aber nicht hoffnungslos!« Carola hebt ihren Becher und prostet uns zu. »Wir haben noch eine Chance, und die heißt Tim Bergmann.«

Mir läuft es kalt den Rücken runter. Mit jemandem wie Tim Bergmann unter normalen Umständen zusammenzuarbeiten, ist schon schwer, aber wenn er die letzte Hoffnung für den Verlag darstellt, dürfte sich der Herausforderungsgrad spontan um hundert Prozent erhöht haben.

»Was heißt das denn jetzt konkret?«, fragt Melanie und leert ihren Becher auf ex. »Konkret ist es so …« Carola nimmt ihr Glas und setzt sich schräg auf die Tischkante.

»Wir verdienen mit Tim Bergmann Geld. Das reicht noch nicht, um uns zu retten, ist aber ein Anfang. Die Vorbestellungen für das zweite Buch sind jetzt schon enorm, das heißt, wir müssen die Leser noch weiter vorbereiten, sie richtig heiß machen.« Sie schnaubt. Wir schnauben auch.

»Wir haben bisher noch nie Leser heiß gemacht«, wirft Maren, die Leiterin der Esoteriksparte, vorsichtig in die Runde und erntet zustimmendes Gemurmel.

»Jetzt müssen wir es aber!«, erwidert Carola, schnaubt und klingt dabei wie ein Staubsauger, der sich festgesaugt hat.

»Wir müssen sie total heiß auf das neue Buch machen! Ja!« Sie steht auf und fängt an, hektisch hin und her zu laufen. Dann lässt sie die nächste Bombe platzen. »*Rache über Xalanton* ist für den Roderich-Preis für junge Literatur nominiert. Und …«, sie macht eine theatralische Pause, »… Herr Bergmann hat die Nachricht heute Morgen ohne die Verwendung von Schimpfwörtern entgegengenommen. Das ist bemerkenswert, aber das ist das Buch ja auch, sonst wäre es nicht nominiert. Leider besteht dieser Preis aus zwei Teilen. Die Nominierung wird durch eine Fachjury gestellt, die endgültige Abstimmung erfolgt durch die Leser. Wenn wir das Ding gewinnen, sind wir im ganzen Land bekannt. Vielleicht berichtet sogar die Tagesschau über den kleinen Verlag aus Braunschweig, bei dem dieses tolle Buch erschienen ist. Wir werden noch mehr Preise bekommen, und Geld, und erfolgreiche Autoren werden gerne mit uns zusammenarbeiten, und die Verkaufszahlen gehen nach oben und wir überleben.« Sie macht eine kurze Pause, und alle im Raum atmen durch. Das klingt doch gut. Das klingt nach einem Plan. »Der Roderich-Preis ist unsere einzige Chance. Wenn wir nicht gewinnen, wird das Geld, das wir mit dem Buch einnehmen, für uns alle nicht reichen, und ich werde die Hälfte der Belegschaft entlassen müssen. Und den Rest danach auch.«

Wir schweigen und starren sie an. »Aber es gibt Hoffnung.« Carola sieht jetzt mich direkt an. »Bea, du wirst mit Tim Bergmann auf Lesereise gehen. Und ihr werdet jeden, den ihr trefft, nötigen, ihm und diesem vermaledeiten Buch seine Stimme zu geben!« Mir ist jetzt nicht mehr nur flau im Magen, sondern schlagartig kotzübel. Ich soll den Verlag retten. Mit Tim Bergmann. Als Duo. Großartig.

12

Voller Überraschungen

Ich stehe wieder einmal vor Tim Bergmanns Tür. Vielleicht sollte ich mir ein kleines Carepaket auf dem Fensterbrett deponieren, mit Schokolade und Lektüre. Denn wieder mal wird mir die Tür nicht geöffnet. Ich höre allerdings auch die Klingel nicht. Vielleicht hat er sie vorsorglich abgestellt? Deswegen greife ich auf die bewährte Strategie der dualen Kommunikationsaufnahme zurück, rufe ihn auf dem Handy an und lasse es so lange klingeln, bis sein Handyprovider mir erklärt, dass er wohl gerade nicht erreichbar ist. Dann wähle ich erneut. Und wie durch Zauberei öffnet sich keine halbe Minute später die Tür.

»Ich fühle mich durch Sie belästigt«, erklärt mein Schützling und stellt sich breitbeinig in den Türrahmen. Ich schnappe kurz nach Luft, dann stelle ich mich ebenfalls breitbeinig hin. *Auf in den Kampf, Bea!* Heute wurde die Existenz des Verlags in meine Hände gelegt. Ich atme tief durch und spüre, dass meine Knie ein ganz klein wenig wackelig werden. Dazu kommt ein unangenehmes Rauschen in meinen Ohren. Ich atme erneut tief durch. Schlappmachen ist keine Option, und doch muss ich mich kurz gegen den Türrahmen lehnen. Dabei kann ich nicht verhindern, dass ich Tim, meinem Lieblingsautor, sehr nahe komme, aber immer noch besser, als langgestreckt vor ihm auf den Boden zu knallen.

»Alles klar?« Sein Gesicht ist dicht vor meinem und sein Blick eindringlich.

»Natürlich«, schnaufe ich. »Muss mich nur mal ganz kurz hinsetzen.«

»Kommen Sie rein«, sagt er schlicht, und ich nehme widerstrebend seine Hand, damit ich nicht doch noch auf den Boden sinke. Er manövriert mich zu seinem Sofa, und ich setze mich. Mit einer energischen Bewegung legt er meine Beine auf die weißgestrichene Holzpalette, die ihm als Couchtisch dient, und verschwindet wortlos in der Küche. Ich höre den Wasserhahn und bemühe mich, tief und langsam in meinen Bauch zu atmen. Ich habe das manchmal, und es geht immer wieder vorbei. Kein Grund zur Panik. Meistens habe ich morgens das Frühstück vergessen, und heute konnten mich noch nicht einmal die Croissants locken. Mir wäre jeder Bissen im Halse steckengeblieben. Und außerdem leide ich unter einem eklatanten Schlafmangel. Mein Körper schickt mir gerade die Quittung.

Tim Bergmann ist wieder da und hält mir ein Stück Schokolade und ein Glas Wasser unter die Nase. Dankbar nehme ich beides entgegen. Die Schokolade hebt meinen Blutzuckerspiegel fast augenblicklich, und der Schwindel lässt nach.

»Geht wieder«, sage ich leise und bemühe mich, Tim Bergmann nicht direkt anzusehen. Es ist so peinlich. Fast so peinlich, wie den Rock aus Versehen hinten in den Schlüpfer zu stecken und es erst zu merken, wenn man durch vier von fünf Hallen der Leipziger Buchmesse gelaufen ist.

»Kreislauf?«, fragt er, und nun sehe ich ihn doch an. Es könnte unkommunikativ wirken, wenn ich weiter die Wand anstarre. Tim Bergmann mustert mich so intensiv mit seinen durchdringend grauen Augen, dass der Schwindel augenblicklich zurückkehrt.

»Ja. Sorry. Zu wenig gegessen«, murmle ich und blinzle ein paarmal in der Hoffnung, dass es gegen dieses fürchterliche Schwindelgefühl hilft.

»Was wollten Sie denn von mir?«, fragt er schroff und ist jetzt wieder ganz der Alte. Aber wenn mich nicht alles trügt, liegt ein minimaler Hauch von Sorge in seinem Blick. Hochgradig ungewöhnlich für diesen Mann. Ich hätte vermutet, dass er mich im Treppenflur liegen lässt. Abgesehen davon, ist es mir peinlich, dass nun ausgerechnet er derjenige ist, der diesen unschönen Moment der Schwäche so hautnah miterleben durfte.

»Hm?« Er sieht mich immer noch prüfend an, und ich muss mich aufraffen, ihm endlich zu antworten.

»Es ist ein wenig kompliziert«, sage ich, um etwas Zeit zu gewinnen.

»Das beschreibt mein Leben in fünf Worten«, sagt er knapp. »Nur dass ich genau jetzt einen dringenden Termin habe. Zu dem ich schon zu spät komme.«

Ich seufze und will fast schon etwas sagen, wie: »Das erstaunt mich nicht«. Aber ich beiße mir rechtzeitig auf die Zunge. Er kommt meinetwegen zu spät. »Ich brauche Ihr Auto.« Da ist er wieder, der mir bekannte Tim Bergmann mit dem eisigen Glitzern in den sturmgrauen Augen. Stumm schüttle ich den Kopf. Mein Auto bekommt niemand. Schon gar nicht dieses schlechtgelaunte Testosteron-Monster.

»Dann fahren halt Sie«, erwidert er und steht schon an der Tür. Und jetzt passiert etwas Seltsames. Ich stehe nämlich auf und folge ihm. Er findet das auch seltsam. Das sehe ich an seiner hochgezogenen Augenbraue. Kurz vor meinem Wagen streckt er fordernd die Hand nach den Schlüsseln aus, doch ich zeige ihm nur kurzerhand einen Vogel. Die Schokolade hat nämlich geholfen. Mein Kreislauf ist wieder up to date.

Stattdessen lotst er mich also über die Autobahn nach Wolfsburg, bis wir vor einem großen Schulzentrum mitten im Stadtteil Westhagen parken, dem sozialen Brennpunkt der Volkswagen-Stadt.

»Was genau wollen wir hier?«, frage ich argwöhnisch. Die ganze Fahrt lang habe ich über einen geeigneten Gesprächseinstieg zum Thema »Lesereise und Stimmenfang« gegrübelt, doch Tim Bergmann befindet sich ganz offensichtlich im Schweigemodus.

»Lesen«, antwortet er knapp. »Sie können im Auto warten oder mitkommen.« Was auch immer der Mann hier will, ich bin jedenfalls neugierig geworden. Zumal mein neuer Starautor sich verhält, wie es ihm gefällt, und ich nie genau weiß, was als Nächstes kommt. Ich sollte in Anbetracht der anstehenden Lesereise jede sich mir bietende Gelegenheit nutzen, ihn besser kennenzulernen.

Die Schule ist einer dieser fürchterlichen Siebziger-Jahre-Bauten mit orangefarbenen Türen und braunem Teppich und erinnert mich unangenehm an meine ersten Schuljahre in Kiel Mettenhof. Es riecht nach Trostlosigkeit. Und Gewalt. Ich bleibe meinem Begleiter dicht auf den Fersen. Er scheint einen Plan zu haben und läuft zielsicher durch das Gewirr an Gängen und Stockwerken, bis wir in einem Klassenzimmer ankommen, in dem schier die Hölle los ist. Eine tobende, vollpubertierende Meute wabert durch den Raum. Eine einzelne Lehrerin versucht mit Handbewegungen und vereinzelten »Ruhe!«-Rufen die Situation zu befrieden, ist aber ungefähr so erfolgreich wie ein Goldfisch unter Piranhas. Sie begrüßt Tim Bergmann und mich und lässt sich dann ermattet auf einen der im Kreis aufgestellten Stühle fallen. Sie schließt sogar die Augen hinter der zarten Nickelbrille, ganz so, als ob sie ihm spontan die Hauptverantwortung übergeben hätte und nun nicht mehr zuständig sei. Ihr Gast setzt sich seelenruhig mit baumelnden Beinen auf das Lehrerpult und schlägt sein Buch auf. Es dauert noch weitere acht Minuten, bis der Geräuschpegel nicht mehr bei startendem Jumbo, sondern nur noch bei Elektrorasenmäher angekommen ist. Tim Bergmann sitzt völlig regungslos, und langsam finde ich die Sache wirklich spannend. Was um alles in der Welt macht er hier?

»Wir haben jetzt noch eine halbe Stunde!«, sagt er irgendwann und findet Gehör, denn schlagartig wird es ruhig, und die Jugendlichen verteilen sich auf den Stühlen. Er wirkt ziemlich souverän im Umgang mit dieser marodierenden Truppe. Ich hätte schon längst das Weite gesucht.

»Wir haben eine Stunde zusammen, und wenn ihr mir eine Stunde lang nicht zuhört, war es das. Dann gehe ich wieder. Andere Leute bezahlen viel Geld dafür, dass ich ihnen vorlese.« Er grinst und legt den Kopf schräg. Und ich erkenne schlagartig, wie wenig ich bis jetzt von ihm weiß, weil er sich gekonnt hinter seiner Fassade aus schroffer Abweisung versteckt. Tim schlägt sein Buch auf und blickt noch einmal hoch. Mir direkt in die Augen. Vielleicht nur ein Zufall, aber dieser Blick bewirkt, dass mein Herzschlag sich kurzfristig rasant erhöht. Offenbar ist die Schwindelattacke noch nicht ganz ausgestanden.

Und dann fängt er an zu lesen. Mitten in der Geschichte, womit ich davon ausgehe, dass es nicht das erste Mal ist, dass er hier liest. Im Klassenzimmer herrscht absolute Ruhe, und die Jugendlichen hängen förmlich an seinen Lippen. Genau wie ich.

Die Hauptfiguren in Tims Buch sind Brüder und nicht viel älter als die Jugendlichen hier vor uns. So viel weiß ich mittlerweile. Das Buch spielt in einer dystopischen Gesellschaft. Auch das weiß ich mittlerweile. Was ich nicht wusste: Tim Bergmann hat seinen Protagonisten eine brillante Sicht auf die Missstände in dieser vermeintlichen Idylle ohne Krankheiten, ohne Straftaten und ohne eigene Meinungen verpasst. Zwei Außenseiter, einer von beiden mit einer körperlichen Behinderung, kämpfen sich durch eine für sie lebensfeindliche Welt, während der Rest der Gesellschaft satt und warm und sauber im Sessel sitzt und sich Märchen im Fernsehen ansieht. Ich komme zu dem Schluss, dass ich dieses Buch wohl doch lesen muss.

13

Alles wird gut

Er liest wirklich eine halbe Stunde, dann klappt er das Buch zu und schweigt. Und die Jugendlichen schweigen ebenfalls. Zumindest für ein paar Sekunden.

»Heute keine Fragen. Dafür haben wir keine Zeit mehr. Vielleicht nächstes Mal – wenn wir dann etwas früher anfangen können.« Tim rutscht vom Tisch und geht. Kommentarlos. Wie immer. Ich laufe ihm hinterher. Zwangsläufig. Der plötzlich aufbrandende Applaus folgt uns über die leeren Flure, und ich spüre, dass diese Lesung etwas verändert hat. In mir.

»Das war super. Warum machen Sie das?«, frage ich und muss mich beeilen, denn mein Begleiter hat einen recht flotten Schritt am Leib.

»Warum?« Er bleibt stehen und dreht sich zu mir um. »Was ist das denn für eine bescheuerte Frage?« Ah. Da ist es wieder. Das Arschloch. Er macht sich noch ein Stückchen größer, als er sowieso schon ist, und guckt auf mich herab. »Weil diese Kinder nur einen Weg kennen, und der führt nach unten. Also muss man ihnen mal zeigen, dass es auch anders funktioniert. Wenn die immer in diesem Umfeld bleiben, haben sie gar keine Möglichkeit zu sehen, wofür es sich lohnen könnte, sich anzustrengen.«

Da brennt ein Feuer in ihm, das ich vorher noch nicht bemerkt hatte. Eine Leidenschaft, die ich noch nicht wahrgenommen habe, weil er mir bisher nur seine schnodderige, schlechtgelaunte Seite gezeigt hat. Aber jetzt lodert etwas in ihm, das mich berührt. Obwohl er mit funkelnden Augen vor mir aufragt, habe ich aus einem sonderbaren Grund nicht das Gefühl, in der nächsten Ecke verschwinden zu müssen. Und er hat verdammt noch mal recht. Hätte man mich nicht als Kind aus dem Urschlamm gezogen, würde ich vermutlich immer noch dort hocken. Manchmal überkommt mich dieser Gedanke. Was wohl aus mir geworden wäre, hätte nicht damals die Frau vom Jugendamt die Entscheidung getroffen, mich aus der Familie zu nehmen? Wäre ich auch Alkoholikerin? Hätte ich auch Kinder, die ich verprügeln würde, wenn das Konto mal wieder leer und der Nachbar mal wieder zu laut war? Oder hätte ich es irgendwie aus eigener Kraft geschafft, diesen Moloch, der meine Kindheit war, zu verlassen?

»Sie haben recht«, sage ich leise. Tim runzelt die Stirn und beugt sich zu mir herab. Offenbar glaubt er, ich wollte ihn veralbern. Ich weiche fünf Millimeter nach hinten.

»Sie haben wirklich recht«, wiederhole ich. »Es ist wichtig für die Jugendlichen. Sie sind ein Idol, und Sie können das nutzen, um zu helfen.«

Wachsamkeit liegt in seinem Blick, als würde er mir meine Worte noch nicht so recht abnehmen. Als könnte er nicht glauben, dass jemand aus meiner vermeintlichen leistungsorientierten Welt diese Welt der Schulabbrecher, Schwänzer, Schläger, Unterdrücker und Hoffnungslosen versteht. Aber das tue ich. Ich war mal eine von ihnen. Nur dass ich es meinem Starautoren gegenüber natürlich niemals erwähnen würde. Es ist mein Geheimnis. Tief verwahrt.

Ich fahre und nehme an der ersten Ampel all meinen Mut zusammen. »Ihr Buch ist für den Roderich-Preis nominiert«, sage ich. Er reagiert nicht. Das war jetzt aber auch keine Neuigkeit für ihn. »Deswegen werden wir beide demnächst auf Lesereise gehen.« Das ist die Neuigkeit. Er reagiert immer noch nicht und starrt weiter aus dem Seitenfenster. »Wir müssen die Werbetrommel rühren, damit Sie diesen Preis dann auch gewinnen.« Und so den Verlag retten.

Tim Bergmann reagiert immer noch nicht, und ich wage einen kurzen Seitenblick. Er starrt nach wie vor aus dem Seitenfenster. Hat er mich nicht gehört?

»Hallo?«, frage ich. Keine Reaktion. Vielleicht will er mich ärgern. Etwas energischer sage ich: »Hören Sie mir zu, wenn ich mit Ihnen rede?« Es macht fast den Anschein, als ob ich ihn damit erschreckt hätte, denn er fährt zu mir herum, hat sich aber sofort wieder im Griff und bedenkt mich mit einem kühlen Blick.

»Hören Sie mir zu?«, wiederhole ich jetzt und zwinge sogar eine gewisse Schärfe in meine Stimme.

»Meistens«, sagt er. Dann taucht aus dem Nichts ein Lächeln in seinem Gesicht auf, das man fast als charmant bezeichnen könnte. Ein Lächeln, das auf mich prompt die gleiche Wirkung hat wie sein beiläufiger Blick vorhin im Klassenzimmer. Es bringt mich für einen Moment aus dem Konzept. Leider verschwindet es sofort wieder. Entweder ich habe mich verguckt, oder er hat sich im Gesichtsausdruck vertan.

»Weil Ihr Buch für den Roderich-Preis nominiert wurde, werden wir beide demnächst auf Lesereise gehen, weil nach der Nominierung die Leser darüber abstimmen, wer am Ende den Preis bekommt«, wiederhole ich mich. Wieder schweigt er, jetzt hat er mich aber gehört.

»Ich muss aber das nächste Buch fertig schreiben«, sagt er schließlich, und ich bin kurzfristig erleichtert, dass er nicht sofort wieder die Kanonen rausholt.

»Das können Sie ja auch. Morgens, mittags und nachmittags. Die Lesungen sind abends.« Ich spüre seinen Blick auf mir und bemühe mich, einfach weiter auf die Straße zu sehen. Es ärgert mich, dass alleine dieser Blick es schafft, mich zu verunsichern.

»Sie haben wirklich überhaupt keine Ahnung von der Materie«, sagt er schroff. »Man kann nicht einfach so eine Geschichte schreiben, wie es gerade in den Zeitplan anderer Menschen passt.«

»Müssen Sie aber«, erwidere ich und stelle begeistert fest, wie eiskalt meine Stimme klingt. Jahrelanges Training. Man hört mir meine Unsicherheit nicht mehr an.

»Ich komme nicht mit.« Da ist sie, die Kanone.

Jetzt hilft es mir auch nichts, dass meine Stimme klingt wie die von Miranda Priestly in *Der Teufel trägt Prada*. Mir fällt darauf nämlich nichts ein. Schon gar nichts Kluges.

»Sie können nicht einfach so über mein Leben bestimmen«, legt er nach.

Ohne darüber nachzudenken, entfährt mir ein: »Das will ich doch gar nicht! Sie …« Ich wollte »Hornochse« sagen, habe mich aber umgehend wieder im Griff.

»Sie was?«

»Schriftsteller. Sie Schriftsteller«, erwidere ich matt und gebe an der nächsten grünen Ampel Gas.

»Ich will einfach nur das Beste für Ihr Buch«, füge ich leise hinzu. »Und meinen Verlag. Für uns alle.« Eine ganze Weile schweigen wir. Und kurz vor dem Ortsschild Wolfsburg sagt Tim Bergmann plötzlich: »Aber ich werde nicht nur in diesen riesigen Buchtempeln lesen. Ich will auch in kleinen, inhabergeführten Geschäften lesen.« Ich muss wohl unbewusst einmal tief eingeatmet haben. »Obwohl ich vermutlich zum richtigen Zeitpunkt, also kurz bevor das Schiff sinkt, meine Rechte zurückbekommen würde. Und für das zweite Buch würde ich umgehend einen neuen Verlag finden. Vielleicht sogar einen sehr viel größeren.« Wieder spüre ich seinen stechenden Blick. Er hat vermutlich sogar recht. Ich beiße mir auf die Lippen, damit das »Hornochse« mir nicht doch noch entfleucht. Was kann der Kerl nur für ein Arschloch sein.

»Allerdings, und das muss ich zugeben, Markus Drebel ist als Lektor wirklich klasse. Aber wenn der Verlag baden geht, will er in der Lüneburger Heide Schafe hüten. Insofern mache ich lieber mit.«

Ach. So einfach ist das? Ich hülle mich in Schweigen, bis wir im nächsten Stau stehen.

»Ich sage es Ihnen nur gleich.« Tim Bergmann lehnt sich kurz zu mir rüber, und automatisch rutsche ich ein bisschen zur Fahrertür. Er ist aber auch einfach zu groß für meinen alten Golf.

»Ich mache keine Eventlesungen. Keine Zauberer, kein Kinderschminken und keine dämlichen Luftballons. Wenn wir diese Lesereise machen, dann nach meinen Regeln. Sonst fahre ich wieder nach Hause.«

Ich werfe ihm einen Blick zu und sammle mich. Ich weiß, dass mir mindestens sieben grandios eloquente Bemerkungen darauf einfallen werden, sobald er mein Auto verlassen hat. Hornochse wäre zwar passend, aber definitiv nicht eloquent. Aktuell ist mein Hirn leer, also bis auf den Hornochsen, deswegen brumme ich nur ein wenig. Irgendetwas muss ich ja tun.

»Vielleicht erstellen Sie mir eine Liste, was Sie so brauchen, um lesen zu können?«, presse ich schließlich hervor. Gott sei Dank ist mein Hirn aus seiner Starre aufgewacht und produziert jetzt doch ein paar Worte. »Kaviar, Champagner, nur blaue M&Ms und weiße Blumen in der Künstlergarderobe? So was in der Art? Lassen Sie es mich wissen.« Ich schicke noch ein falsches, aber strahlendes Lächeln hinterher. So nervig ich Tim

Bergmann auch gerade finde, tief in meinem Innersten regt sich eine gewisse Form von Bewunderung. Der Mann zieht sein Ding durch. Er macht, was er will. Ich glaube, ich habe noch nie gemacht, was ich wollte.

»Und wenn mich irgendeiner fragt, warum ich mit dem Schreiben angefangen habe, streiche ich die Segel. Es gibt so viele gute Fragen, die man einem Autor stellen kann, aber alle kommen immer nur damit. Als ob das eine Rolle spielen würde.« Es klingt lax, aber er meint das durchaus ernst.

»Dann erzählen Sie mir doch jetzt und hier, wie und warum Sie mit dem Schreiben angefangen haben. Dann schreibe ich Ihnen einen Text, den Sie dann einfach jedes Mal verlesen können.«

Ha! Der war gut. Er guckt mich verdutzt an.

»Die Autobahn ist voll. Wir haben bestimmt noch zwanzig Minuten Zeit«, füge ich hinzu und schalte in den zweiten Gang. Stop and Go. Bisher weiß ich von Tim, dass er seinen Charme, über den er durchaus verfügt, im Keller an der kurzen Kette hält, meistens macht, was er will, und ungefähr so rücksichtsvoll ist wie eine Abrissbirne im Einsatz. Und trotzdem habe ich mittlerweile etwas in ihm entdeckt, dem ich mich nicht entziehen kann. Aus dem Augenwinkel nehme ich wahr, dass er mich immer noch direkt ansieht.

»Haben Sie immer schon geschrieben?«, frage ich, um ihm auf die Sprünge zu helfen. Für einen Moment scheine ich ihn nämlich sprachlos gemacht zu haben.

»Nach dem Abitur habe ich Sozialpädagogik studiert«, sagt er, und als ich ihn erstaunt ansehe, fügt er hinzu: »Sie dürfen kurz lachen, wenn Sie wollen.«

»Daran ist nichts Schlechtes«, erwidere ich energisch. Ich hätte nur nicht ausgerechnet ihm so einen Studiengang zugetraut.

»Es passt nicht zu mir. Ich hätte Literatur studieren sollen. Aber zu dem Zeitpunkt dachte ich, ich könnte … an anderer Stelle etwas bewegen. Geschrieben habe ich aber immer. Ich muss schreiben. Es ist wie ein Zwang.«

»Und nach dem Studium? Sie haben damals doch mit Ihren Büchern noch kein Geld verdient«, hake ich nach.

»Ich habe gejobbt. Was ich ja im Studium auch getan habe, insofern war das kein großer Unterschied, nur dass ich endlich mehr Zeit zum Schreiben hatte.«

»Was haben Sie gejobbt?« Ich weiß, wie neugierig ich klinge, aber ich habe die Theorie, dass die Wahl der Studentenjobs exorbitant viel über den Charakter eines Menschen aussagt. Diese Gelegenheit will ich mir nicht entgehen lassen. Ich kenne Menschen, die im Studium gekellnert, Beete umgegraben, Zeitungen ausgetragen und Leichen gewaschen haben. Und alle haben zu genau diesen Jobs gepasst. Allerdings ist der Leichenwäscher hinterher Industriekletterer geworden, womit er meine Theorie ein wenig torpediert hat, aber er hat mir erklärt, dass das Leben zu kurz sei, um Maschinenbauingenieur zu sein, und er eben lieber klettere, als Maschinen zu bauen. Vielleicht auch eine wichtige Erkenntnis, die da in ihm gereift ist.

»Wie habe ich es plötzlich in den Fokus Ihres Interesses geschafft?« Tim Bergmann betrachtet mich wachsam. Und je länger ich mit ihm spreche, ohne dass er mich auslacht oder beschimpft, umso angenehmer finde ich es. Das sollte mich verwirren, tut es aber nicht. Vielleicht bin ich einfach ein wenig überarbeitet und wahrnehmungsgestört.

»Wir werden in den kommenden Wochen viel Zeit miteinander verbringen. Es schadet nicht, ein wenig mehr voneinander zu wissen«, sage ich schließlich.

»Ich habe Heavy-Metal-Bands auf Tour begleitet, als Roadie. Und als Behinderten-Assistenz habe ich auch immer mal wieder gearbeitet. Meistens habe ich ein paar Leute mit Rolli bei Auslandsreisen begleitet.«

Der Mann steckt voller Überraschungen. Bisher habe ich ihn für einen ziemlichen Egozentriker gehalten.

»Und Sie?«, fragt er und erwischt mich damit prompt auf dem falschen Fuß. »Was macht die Göttin der Organisation beim Königstein Verlag? Hat der Ruf der großen weiten Welt Sie etwa noch nicht ereilt?«

Treffsicher direkt ins Schwarze. Dafür scheint er ein Talent zu haben. Ich setze ein unverbindliches Lächeln auf.

»Sie waren mal bei der Freidenburg Verlagsgruppe«, stellt er fest, nachdem ich so schnell keine Antwort parat habe. Irgendwie muss er meinen Lebenslauf in die Finger bekommen haben. Ich glaube, der schwirrt noch bei Xing herum. Vielleicht hat es ihm auch sein Lektor, mein lieber Kollege Markus, erzählt. Ich nicke und betoniere vorsorglich das Lächeln fest.

»Warum sind Sie denn wieder zurück nach Braunschweig gekommen?«

Weil ich ohne meine Familie und meine Freunde todunglücklich war. Weil meine Kolleginnen alle nur auf ihren persönlichen Erfolg und perfekten Lebenslauf aus waren und ich ihre aufgesetzte Freundlichkeit und das geheuchelte Mitgefühl nicht ertragen konnte. Weil ich nicht taff genug bin, um meine persönliche Komfortzone zu verlassen. Aber das alles geht Tim Bergmann mal überhaupt gar nichts an.

»Sie hätten da abfahren müssen.« Tim winkt der Abfahrt in die Braunschweiger Innenstadt, die gerade an uns vorbeisaust, freundlich zu, und ich fluche.

Ich fahre bei der nächsten Gelegenheit ab, bringe Tim Bergmann nach Hause und bleibe ihm eine Antwort auf seine Frage schuldig. Er steigt aus und schlägt die Autotür zu, als wäre mein kleiner Golf ein Panzer.

Zwanzig Minuten später im Verlag werde ich von einer Horde nervöser Kolleginnen im Flur erwartet.

»Was macht ihr hier?«, frage ich streng.

»Hat er sich geweigert?«

»Hat er gebrüllt?«

»Findet er dich schrecklich?«

»Er geht mit mir auf Lesereise, weil er seinen hochverehrten Lektor Markus Drebel so schätzt. Ach ja, und Markus will übrigens, falls der Verlag pleitegeht, in die Lüneburger Heide ziehen, um dort Schafe zu hüten.«

Lächelnd blicke ich in die starren Gesichter meiner Kolleginnen. Diana bekommt einen Schluckauf, und Melanie hat nervöse Zuckungen im Gesicht.

»Alles wird gut!«, sage ich fest, gehe in mein Büro, schließe die Tür nachdrücklich hinter mir und setze mich an meinen Schreibtisch. Jetzt liegt es an mir. Dass auch wirklich alles gut wird. Zum Glück bin ich ja Profi. Deshalb finde ich es auch äußerst sonderbar, dass mir eine Träne über die Wange läuft. Ich wische sie ganz schnell weg und benehme mich dann sofort wieder absolut profimäßig und fange an, die Lesereise zu planen.

Als ich allerdings eine Stunde später die Haustür meiner Eltern aufschließe, vergesse ich die professionelle Bea kurzerhand im Auto. Einmal die Woche essen wir alle zusammen Abendbrot, und ich liebe es, mitten im Chaos zwischen meinen Geschwistern zu sitzen und das wohlig warme Gefühl zu genießen, genau in diesem Moment ebenfalls noch eines der Kinder sein zu können. Deswegen bleibt die Profi-Bea immer im Auto.

»Der ist total irre!«, rufe ich und bekräftige meine Aussage, indem ich mit der linken Hand auf den Tisch haue, woraufhin Josef mich ehrfürchtig ansieht. »Und jetzt gehe ich auch noch mit ihm auf Lesereise!«

»Kann man das verantworten?« Meine Mutter taucht im nächsten Moment auf und stellt einen Teller mit unverschämt viel Käse und einen Korb voll Brot vor meiner Nase ab. »Ist der potenziell gefährlich?« Ich verkneife mir ein Grinsen.

»Nee«, sage ich schließlich. »Ich habe ein bisschen übertrieben«, füge ich noch beschwichtigend hinzu. »Aber ein komischer Kerl ist er trotzdem.«

Wir essen den gesamten Käse auf und bringen dann die Kinder ins Bett, die allesamt um sich herumhusten. Ständig ist in diesem Haus jemand erkältet, hat einen grippalen Infekt oder Nasenrotz. So ist das mit kleinen Kindern. Und während Diana schon ein Antibiotikum einnimmt, wenn sie fünfmal hintereinander niest, verteilt meine Mutter Globuli, misst Temperaturen und streichelt Köpfe. Das hilft auch meistens sehr gut.

Danach köpft meine Mutter eine Flasche Rotwein, schenkt sich ein großes Glas und mir einen Fingerhut voll, lehnt sich zurück und sagt: »Es wird Zeit, dass der Sommer kommt. Diese ständigen Erkältungen gehen mir auf die Nerven. Die Schule und der Kindergarten sind im Frühjahr eine Tauschbörse an Viren und Bakterien.« Dann nimmt sie einen Schluck und blickt mich abwartend an. »Und der Rest der Geschichte von vorhin?«

Ich räuspere mich und leere meine vier Schlucke Rotwein auf ex. Und dann erzähle ich ihr den Rest der Geschichte, woraufhin sie nickt, brummt, meine Hand streichelt und schlussendlich das letzte Glas Apfelkompott aufmacht, das unsere Nachbarin Helga im letzten Jahr eingekocht hat und welches als Notfallreserve auf dem Kühlschrank steht. Apfelkompott ist unser »Heile-Welt«–Essen. Nachdem meine Mutter noch Sahne über die herrliche Köstlichkeit gegossen hat, fühle ich mich schon gleich viel besser und esse alles auf.

14

Erdbeben-Träume

In dieser Nacht kann ich nicht einschlafen, weil ich so viele Dinge im Kopf habe, und als mir dann doch endlich die Augen zufallen, reißt mich um kurz nach Mitternacht mein Standard-Albtraum wieder aus den Kissen. Mir scheint, mein Kopf ist zurzeit chronisch überfüllt und beschäftigt mein Unterbewusstsein derart intensiv, dass es keine Kapazitäten hat, um diesen Traum nachts in Schach zu halten.

Der Traum hatte heute auch noch die Erdbebenintensität von ungefähr sieben. Das ist schon ganz ordentlich. Bei einer Fünf schaffe ich es meist noch, nach einer Stunde wieder in den Schlaf zu finden. Alles darüber lässt mich aufstehen und putzen, *Downton Abbey* gucken, Brot backen oder die Steuererklärung machen. Heute arbeite ich. Es gibt so viel zu tun, da kann ich diese Zeit wenigstens sinnvoll nutzen.

Ich sitze also an meinem Schreibtisch im Wohnzimmer und habe die Füße auf die Sitzfläche des alten Ohrensessels gezogen, der mir als Schreibtischstuhl dient. Weil dieses auf dem Flohmarkt erstandene Luxusmöbel in Lindgrün eigentlich zu niedrig ist, habe ich meinem Schreibtisch kurzerhand die Beine gekürzt. Jetzt passen beide wunderbar zusammen, und ich wunderbar dazwischen. Neben mir liegt eine Liste mit den ersten Orten, an denen Tim lesen wird, während ich ihn daran hindern werde, stiften zu gehen, Moderatoren zu beschimpfen oder vor versammeltem Publikum die Hosen runterzulassen. Ich suche gerade nach einer Unterkunft für meinen störrischen Schreiberling und mich, als mein niemals schlafendes Mailprogramm mir mitteilt, dass ich Post habe. Von Tim Bergmann. Üblicherweise bekommt man um diese Uhrzeit ja eher Angebote für kleine Pillen oder auffallend seriöse Bitten um Spenden, um kleine Hunde in Usbekistan zu retten.

Die Mail hat den Betreff »Vita«. Eine Begrüßung oder gar einen Begleittext hat er sich erspart. Ich öffne die angehängte Word-Datei und lese:

Geboren und aufgewachsen in einem sozialen Brennpunkt von Bremen. Mehrfach nach Jugendstrafrecht verurteilt wegen Diebstahl und Körperverletzung. Abbruch der Schule nach der neunten Klasse. Durchlauf bei diversen Pflegefamilien, bis ihn eine Pflegemutter zum Lesen gebracht hat. Seitdem liest und schreibt er, hat das Abitur nachgeholt und klaut nicht mehr. Manchmal prügelt er sich noch, aber mit abnehmender Häufigkeit. Was in *Rache über Xalanton* steht, hat er selbst erlebt. Nicht in einer Parallelwelt, sondern in dieser.

Potz Blitz! Erschüttert starre ich auf den Bildschirm. Dann schreibe ich erstmal *Pfefferspray* auf meine Lesereise-Erledigungsliste. Und dann hole ich mir Schokolade und lese die Vita noch einmal. Ich komme nicht umhin zu erkennen, dass Tim Bergmann und ich viel gemeinsam haben.

Schlafen wird nicht überbewertet. Am nächsten Tag bin ich schon morgens um elf so müde, dass mich der Blick auf die Uhr total ernüchtert. Ich hätte wetten können, es ist knapp vor Feierabend. Es ist aber erst knapp vor der Mittagspause, die ich mir heute unbedingt mal gönnen möchte. Und zwar werde ich heute Mittag endlich mit *Rache über Xalanton* beginnen. Die Alternative wäre ein Powernap auf der Tischplatte, aber das würde meine Kolleginnen verstören. Die glauben vermutlich alle, dass ich nie schlafe. Zumindest haben sie nie erwähnt, dass meine Antwortmails nachts um drei sie verwundern.

Das Buch liegt schon vor mir, und ich will gerade die erste Seite aufblättern, als mein Handy klingelt. Augenblicklich befinde ich mich in einem lästigen Zwiespalt. Ich möchte es gerne klingeln lassen, aber das geht nicht. Ich bin handyklingelkonditioniert. »Hallo Bea!« Meine Mutter. »Du, sag mal, kannst du kurz mal deine Mittagspause hierher verlegen?«

Ich seufze. Kann ich eigentlich nicht. Weil ich endlich dieses Buch lesen will. Soll. Muss!

»Was ist denn?«, frage ich vorsichtig.

»Nix Schlimmes. Ich muss nur mal ganz schnell mit Karolina zum Kinderarzt. Sie hat eine Mittelohrentzündung. Und die Jungs hatten heute nicht so lange Schule.«

Josef ist nicht das Problem, aber Fritzi und Miikel alleine zu Hause ist eine brandgefährliche Mischung.

»Dauert nicht lange. Das Mittagessen ist fertig, und du musst sie eigentlich nur schnell abfüttern. Hausaufgaben mache ich dann später«, sagt meine Mutter, und im Hintergrund höre ich Karolina jammern.

»Klar. Bin unterwegs«, sage ich und schiebe meinen Schreibtischstuhl zurück. Mir ist sehr wohl bewusst, dass meine Mutter die Jungs auch mit zum Arzt hätte nehmen können und dass ich meine Stunde Mittagspause deutlich überziehen werde, aber was macht man nicht alles für die liebe Familie. Außerdem mache ich normalerweise gar keine Pause und habe eine Chefin, bei der wir auf Vertrauensbasis kommen und gehen können. Muss das Buch halt noch ein wenig warten. Ich lege auf und stecke mein Handy zurück in die Handtasche.

»Kannst du mir auf dem Rückweg einen Salat vom Supermarkt mitbringen? Mit Thunfisch und Ei?« Diana blickt hinter ihrem Bildschirm hervor und klimpert mich mit ihren erstaunlichen und keinesfalls echten Wimpern an.

»Klar«, sage ich wieder und düse los.

Manche Menschen besitzen die grandiose Fähigkeit, ihre Vergangenheit einfach hinter sich zu lassen und zu vergessen. Ich kann das nicht. Ich habe nichts vergessen, nur fein säuberlich archiviert, und nun achte ich darauf, dass die Schubladen geschlossen bleiben. Meistens gelingt mir das auch ganz gut. Bei Josef und Miikel habe ich allerdings das Gefühl, dass ihre Vergangenheit auch gleichzeitig ihre Gegenwart ist. Beide sind schon knapp sechs Monate hier, und trotzdem benehmen sie sich total verrückt, wie am ersten Tag, als sie hier angekommen sind. Allerdings darf man nicht vergessen, dass die beiden bereits eine wahre Odyssee durch zahlreiche Pflegefamilien hinter sich haben.

Meine Mutter sagt, dass Kinder ein Jahr brauchen, um in ihrer neuen Familie anzukommen. Ein ganzes Jahr! Und sie sagt auch, dass sie sehr wohl schon jetzt eine positive Entwicklung bei den beiden sieht. Ich ehre ihre positive Sichtweise, kann mich ihr aber nicht anschließen. Miikel hat es in den fünf Minuten, in denen meine Mutter Karolina ins Auto gesetzt hat und ich den beiden noch schnell »Hallo« gesagt habe, geschafft, die Speisekammer zu plündern. Er hat alle Kekspackungen aufgerissen, zwei Tüten Tomatensaft leergetrunken und zwei Würstchen in sich hineingestopft. Dabei stehen die Spaghetti Bolognese fertig auf dem Herd, und der Tisch ist gedeckt.

»Argh!«, sage ich, als ich ihn in der dunklen Speisekammer entdecke. Er schlägt sofort die Augen nieder und presst die Lippen zusammen. Miikel isst, wenn sich der Tagesablauf ändert. Er isst, wenn es schneit, er isst, wenn der Fernseher kaputt ist, und er isst, wenn sich jemand in der Familie streitet. Was wohl daran liegt, dass er in den ersten Jahren seines Lebens nicht genug zu essen bekommen hat.

»Aufräumen!«, sage ich streng, und Miikel sackt noch ein wenig mehr zusammen. Blitzartig packt er alle Reste säuberlich wieder weg und folgt mir dann in die Küche. »Es ist genug da«, sage ich, lege die Hand auf seine Schulter und drücke ihn an mich. »Du wirst jeden Tag genug bekommen. Glaubst du etwa, Mama würde auch nur einem von euch zu wenig zu essen geben?« Er nickt und presst für einen Moment seinen verschwitzten Lockenkopf gegen meinen Bauch. Ich spüre, wie wichtig ich für ihn bin. Als er zu meiner Mutter kam, hatte ich Urlaub und habe ein paar Tage hier verbracht, um sie und ihn zu unterstützen. Ich habe ihm beigebracht, sich die Zähne zu putzen. Jeden Tag. Jeden Morgen und jeden Abend. Ich habe ihm beigebracht, frische Wäsche anzuziehen. Jeden Tag. Dass er sich jetzt, in dieser Situation von mir beruhigen und in den Arm nehmen lässt, ist ein Vertrauensbeweis.

»Die müssen in ihrer Entwicklung aufholen, und das braucht seine Zeit«, sagt meine Mutter immer, und ich bewundere ihre Geduld.

»Essen! Küche!«, brülle ich also jetzt durch das Haus, und keiner kommt. Außer Miikel, der ist ja schon da.

»Die hören schlecht«, sagt Miikel und starrt sehnsüchtig auf die dampfenden Spaghetti. Ich laufe zur Treppe und brülle erneut: »Essen! Küche!« Endlich regt sich was im Obergeschoss, und Fritzi kommt die Treppe hinuntergetrabt. Wie ein Windhauch schwebt er in seinen neuen, blinkenden Turnschuhen und mit einem huldvollen Lächeln auf den Lippen an mir vorbei. »Josef!«, brülle ich nach oben. Keine Reaktion. Ich stürme ins Obergeschoss, entdecke ihn unter der Bettdecke, gemeinsam mit dem Nintendo, der eigentlich nur an Feiertagen benutzt werden darf, und schleppe ihn mit runter. Wenn meine Mutter ruft, kommen sie alle so schnell, dass die Hütte bebt. Meine Mutter hätte aber auch keinen Funken Angst vor Tim Bergmann in ihrem Herzen. Ich glaube, das ist ihr Geheimnis. Sie hat keine Angst. Und weil sie keine Angst hat, verliert man in ihrer Gegenwart seine eigene Angst.

15

Plan B

»Vielleicht bin ich schwul.« Norman liegt neben mir auf dem Rücken und starrt an die Decke.

»Glaub ich nicht«, sage ich und kann nur noch mit Mühe die Augen offenhalten. Jetzt bitte keine depressive Attacke. Nicht in meinem Bett, nicht um halb zwölf Uhr nachts, wenn morgen um halb sieben der Wecker wieder klingelt und ich jetzt schon ein Schlafdefizit von mehreren Wochen habe.

»Aber es wäre möglich.« Norman dreht den Kopf und sieht mich an. »Unwahrscheinlich, aber möglich, und somit vielleicht *die* Erklärung, warum ich immer noch Single bin. Die Frauen spüren das und sprechen mich deshalb gar nicht erst an. Darum bin ich noch Single.«

Ich ziehe mir die Decke über die Ohren, aber das stört ihn nicht. »Bea«, er zieht mir die Bettdecke kurzerhand wieder runter und beugt sich über mich, »jetzt hör mal zu, das ist wichtig! Wenn …«, setzt er an, klappt den Mund wieder zu und fixiert dann kurz die Wand hinter meinem Bett. »Also, wenn ich vierzig werde … was in ungefähr fünf Jahren der Fall sein wird …«, er blickt traurig ins Leere, »und wir dann immer noch Single sind … dann sollten wir heiraten.« Ich warte einen kleinen Moment, um zu sehen, ob er vielleicht gleich in brüllendes Gelächter ausbrechen wird. Aber das tut er nicht, und ich muss davon ausgehen, dass er das hier ernst meint. Faktisch hat er mir gerade einen Heiratsantrag gemacht. Für eine Restverwertungs-Hochzeit. Wie romantisch.

»Weil unser Leben sonst vorbei wäre?«, frage ich misstrauisch, muss aber trotzdem grinsen. »Ich kenne Menschen, die vierzig sind und nicht verheiratet. Die leben alle noch.«

»Ja, die kenne ich auch. Aber wir wollen beide Kinder, wir mögen uns, wir haben guten Sex und wir könnten auf Basis dieser einzelnen Punkte eine gute Ehe führen. Immerhin sind wir uns ja einig, dass es die sagenumwobene, große Liebe gar nicht gibt. Und ich sehe gut aus. Und du auch. Das würden hübsche Kinder werden.« Er scheint sich da ziemlich sicher zu sein, denn seine sonst recht scharfen Gesichtszüge bekommen plötzlich eine sonderbar emotionale Dynamik.

»Ah«, sage ich, weil mir mal wieder nicht einfällt, was ich darauf sagen könnte.

Plötzlich kommt Bewegung in den Mann neben mir. Er springt auf, wickelt sich die Bettdecke um den wohlgeformten Bauch und sinkt auf meinen Schlafzimmerfußboden, jauchzt »AUA!« und springt gleich darauf wieder auf. Ich beobachte ihn fassungslos bei seinem Tun.

»Also, Bea, hätte ich nicht das Problem im Meniskus, würde ich jetzt niederknien. Wenn wir beide in fünf Jahren noch Single sein sollten, möchtest du mich dann heiraten?« Ernst blickt er auf mich herab, und ich starre ihn regungslos an. Da ist er also. Der Moment, von dem die Frauen ein Leben lang erzählen und der auf der Leinwand die Massen begeistert. Ein hinter einem Flugzeug hergezogenes Banner, eingebackene Ringe im Nachtisch-Kuchen nach einem Fünf-Sterne-Menü oder vor vierhundertfünfzig Menschen auf die Knie zu sinken und um die Hand der Angebeteten anzuhalten. Alles tolle Möglichkeiten. Und ich? Werde von meinem besten Freund gefragt, der knapp vor Mitternacht splitterfasernackt vor meinem Bett steht, weil ihm beim Niederknien der Meniskus schmerzt, ob ich sein Lückenfüller sein möchte. In fünf Jahren – falls er bis dahin keine Bessere gefunden hat.

»Ja, Norman. Wenn es dann so ist, werden wir uns gegenseitig ehelichen«, sage ich fest. Er schenkt mir ein strahlendes Lächeln und kriecht wieder ins Bett.

»Na, wie geht es dir?« Marlene. Ich hätte nicht ans Telefon gehen sollen. Ihr Tonfall suggeriert mir so intensiv, dass es mir schlecht gehen MUSS, dass ich tatsächlich fast darauf reingefallen wäre. Ganz ernsthaft habe ich für den Bruchteil einer Sekunde erwogen, ein »Mies« ins Handy zu hauchen.

»Gut, und dir?«, sage ich aber nun stattdessen und stelle meine Füße unter dem Schreibtisch fest auf den Boden.

»Blendend«, antwortet sie und schlägt dann sofort wieder den alten Kurs ein. »Also, man hört ja so einiges. Mensch Bea, es tut mir sooo leid!« Dieses Mitgefühl ist irgendwie klebrig, und ich besinne mich auf Carolas Ansage: »Nur wer eine nicht bezahlte Rechnung oder unsere noch nicht veröffentlichte Bilanz in den Händen hält, darf davon wissen. Ansonsten dementiert ihr ALLES!«

»Was meinst du?«, frage ich deshalb und fühle mich mit dieser pseudoerstaunten Haltung erstaunlich gut.

»Ich habe gehört, dass ihr kurz vor dem Ruin steht«, raunt sie jetzt in den Hörer, was ich mit einem Lachen beantworte, so einem künstlichen Brustkorblachen, bei dem meine eigenen Ohren anfangen zu fiepen. Aber Marlene bekommt das gar nicht mit. Plötzlich fällt mir auf, dass sie eigentlich immer dann am liebsten mit mir spricht, wenn es mir schlecht geht. Vielleicht fühlt sie sich dann besser?

»Wir sind nominiert«, sage ich im Brustton der Überzeugung.

»Aber Tim Bergman ist ein absoluter Außenseiter. Es wäre wirklich eine Überraschung, wenn ausgerechnet er diesen Preis bekommen sollte. Hast du gesehen, wer noch alles nominiert ist?«, fragt sie und klingt dabei ziemlich arrogant.

»Aber es wäre möglich«, erwidere ich, und im gleichen Moment brüllt Diana über den Schreibtisch: »BEA! Schnell! Wir müssen los!«

»Huch!«, rufe ich ins Handy. »Ich habe einen total wichtigen Termin. Ich melde mich die Tage!« Und mit diesen Worten werfe ich das Handy förmlich von mir.

»Danke«, sage ich zu Diana, die mir ein liebreizendes Lächeln schenkt. Darauf ist Verlass. Wenn ich anfange, einhändig wichtige Dokumente auf meinem Schreibtisch zu mikroskopisch kleinen Schnipseln zu zerreißen, greift Diana ein. Entweder bewirft sie mich mit Büroklammern (wir haben es auch mit den pinkfarbenen Werbegeschenk-Bonbons probiert, aber die schmerzen am Kopf), oder sie startet die »Wir müssen los!«-Show. Vorzugsweise wenn ich telefoniere und den Gesprächspartner nicht mehr loswerde. Der Agent einer wichtigen Autorin hat bei so einer Aktion mal fälschlicherweise verstanden, bei uns würde es brennen, und war so besorgt, dass ein Feuer uns alle dahinraffen könnte und er das vielversprechende Manuskript nicht mehr unterbekommt, dass er, nachdem ich nicht mehr erreichbar war, die Feuerwehr alarmierte und sich ins Auto setzte, um Mann und Maus des Königstein Verlags zur Not selbst zu retten. Das war ein bisschen peinlich. Aber auch ein bisschen heroisch, deshalb haben wir ihn einstimmig zum Helden erklärt. Er war dann auch gar nicht mehr so sauer. Bei Männern wirkt das irgendwie immer.

Nachdem ich die krisengeile Marlene endlich losgeworden bin, vertiefe ich mich wieder in die Mail eines Buchhändlers aus Marl, der mir voller Enthusiasmus erklärt, dass er schon jetzt einhundert Karten hätte verkaufen können und vor Freude nicht mehr schlafen würde, wenn Tim Bergmann tatsächlich in seiner Buchhandlung lesen sollte. Es ist eine kleine Buchhandlung in einem kleinen Ort, die aber erstaunlich viele Kapazitäten zu haben scheint. Einhundertdreißig Plätze, schreibt er. Ich nehme ihn in die engere Wahl, weil ich beschlossen habe, nicht nur in die großen Städte zu gehen oder bei den großen Buchfilialisten zu lesen. Tatsächlich sind es meist die kleinen Buchhändler, die viele Titel von uns vorrätig haben, unsere Romane auch mal auf die Tische am Eingang legen oder den Lesewütigen mal einen Roman von uns empfehlen. Außerdem entspricht wenigstens das Tim Bergmanns Vorgaben.

Nachdenklich betrachte ich die bisher geplante Route und die Termine. Ich werde das alles nachher noch mit meinem Lieblingsautor durchgehen. Schon allein, damit ihm nicht plötzlich einfällt, dass er sich genau in dieser Zeit einer exorbitant wichtigen Wurzelbehandlung unterziehen oder noch mal schnell in den Knast muss. Diana, die sich ihr Handy gegen das Ohr presst, reißt mich aus meinen Überlegungen. Sie starrt mich aus großen Augen an und gibt sonderbare Geräusche von sich. Ich forme mit den Lippen ein irritiertes »Was ist los?«, woraufhin sie die Stirn runzelt und mit der freien Hand hektisch herumfuchtelt. Dann sagt sie mit total seriöser Stimme, die nicht zum Rest ihrer aktuellen Erscheinung passt: »Vielen Dank, ich melde mich gleich morgen bei Ihnen« und bricht umgehend auf ihrem Schreibtisch zusammen.

»Diana!«, sage ich streng. Meine Kollegin neigt zu theatralischem Verhalten. Man muss das korrigieren, sonst rennt sie den ganzen Tag laut seufzend und mit vor die Stirn geschlagener Hand und verzweifeltem Augenaufschlag durch die Gegend. Ruckartig hebt sie den Kopf. »Was ich dir jetzt erzähle, darf niemals jemand erfahren!«

Ich schüttle den Kopf.

»Ich habe ein Jobangebot. Aus München.«

Ich starre sie an, und sie starrt regungslos zurück. »Ich werde nicht gehen. Aber es wäre eine Option«, sagt sie ernst, und mir wird klar, dass die ersten Ratten begonnen haben, das sinkende Schiff zu verlassen.

16

Und täglich grüßt das Murmeltier

Es wird ernst. Ich habe schon jetzt zehn Lesungstermine, die uns durch ganz Deutschland führen werden. Gleichzeitig habe ich eine erste Ankündigung auf unserer plötzlich hochbeliebten Facebook-Seite gepostet und werde von interessierten Kommentaren nur so überschwemmt. Das ist alles prima, aber es hilft nicht gegen die aufkeimende Panik tief in meinem Herzen. Die Stimmung im Verlag ist düster. Ich glaube, alle, die können, haben bereits ihre Fühler in die große, weite Verlagswelt außerhalb unseres kleinen Braunschweigs ausgestreckt. Das ist nur eine Vermutung, aber alle wirken plötzlich ganz geheimnisvoll, und in den Gängen und der Kaffeeküche wird viel geflüstert. Es gibt ja eh schon nicht so viele Optionen im Verlagswesen, und Braunschweig ist ohne den Königstein Verlag komplett optionsfrei. Bliebe vielleicht noch die *Braunschweiger Zeitung*. Eventuell kann ich dort in der Poststelle anfangen.

Britta, die ich nach einer mittelschweren Panikattacke angerufen habe, versucht mich zu beruhigen.

»Wann geht denn die Lesereise los?«, fragt sie, nachdem ich ihr ausführlich mein Leid geklagt habe.

»Das steht noch nicht so genau fest, aber mit den bereits fixen Lesungsterminen würde es in vierzehn Tagen losgehen«, stöhne ich. »Vier Wochen quer durch Deutschland.« Ich reibe mir mit der freien Hand die Stirn. »Vier verdammte Wochen«, füge ich dann noch hinzu, falls sie das Ausmaß der Situation nicht erfasst haben sollte, denn im Hintergrund hat ein Kind angefangen zu weinen.

»Warte«, sagt sie knapp. »Ich muss Leander andocken.« Es rumpelt (vermutlich hat sie mich auf das Sofa geschmissen), dann weint es laut, und dann herrscht schlagartig Ruhe. Stillen ist toll. Beim Stillen ist der Name Programm.

»Du tust alles, um den Verlag zu retten. Wenn ihr jetzt, obwohl du deine Seele an den sexy Bergmann verkauft hast, doch pleitegehen solltet, wird sich etwas anderes finden. Vielleicht nimmt die *Braunschweiger Zeitung* dich in der Poststelle.« Entsetzt schnappe ich nach Luft. »War nur ein Spaß«, sagt Britta schnell. »Ich gebe aber zu, dass meine Späße mit der Anzahl der Kinder proportional schlechter werden.«

»Ha, ha«, sage ich indigniert.

»Mensch, Bea. Du hast so viel geschafft in deinem Leben. Das schaffst du auch!«

»Ja, oh Stimme der Vernunft«, erwidere ich leise. Es fühlt sich just in diesem Moment nämlich leider gar nicht so an. »Habe ich dir erzählt, dass er vorbestraft ist? Das hat er sogar in seiner Vita geschrieben. Wahrscheinlich nur, um mich zu schocken. Ich habe es vorsichtshalber für die offizielle Version gestrichen, bevor ich die online gestellt habe.«

»Ja, du hast es mir erzählt. Siebenmal. Ich antworte einfach das, was ich schon siebenmal gesagt habe, ja? Sprich ihn darauf an. Kommunikation soll ja angeblich Wunder bewirken.«

»Er ist so wahnsinnig anstrengend. Und …«, ich muss mich an dieser Stelle einmal kurz räuspern und füge dann leiser hinzu, »er schüchtert mich ein wenig ein.«

»Na ja, er scheint ja auch ein richtiger Affenarsch zu sein«, erwidert Britta. »Das ist vermutlich normal, aber du bist kein Kind mehr«, fährt sie streng fort. »*Du* musst nun wirklich keine

Angst vor ihm haben. *Er* sollte erzittern, wenn er dich trifft. Ich glaube allerdings, das Problem ist ganz anders geartet.«

»Ach, und wie?«, frage ich.

»Bea! Ernsthaft. Ich glaube, du magst ihn.«

»Hä?« Ich hänge noch bei der Angst und habe gerade ein paar Probleme bei dem spontanen Richtungswechsel.

»Also, auch auf die Gefahr hin, dass du mich gleich wüst beschimpfst oder auflegst: Ich glaube wirklich, dass Tim Bergmann irgendwie diesen kleinen, eisigen Klumpen in deiner Brust berührt hat, den andere Menschen Herz nennen.«

Ich atme tief durch. »Mein Herz ist kein eisiger Klumpen«, erkläre ich schließlich. »Natürlich nicht«, bestätigt Britta und lacht. »Du hast ein so großes Herz, dass ganze Horden von Halbirren, Lektoren, Autoren und sogar Müllmännern dort ein trockenes Plätzchen finden. Ich wollte damit doch nur sagen, dass Tim Bergmann dich nicht kaltlässt.« Ich schweige. »Du kannst es jetzt auch einfach zugeben und darüber reden. Das soll ja im Allgemeinen helfen«, sagt Britta in ihrer unnachahmlichen mütterlichen Art.

»Okay«, erwidere ich leise. »Er ist so authentisch. Ich weiß manchmal selbst nicht, wer ich bin, aber er scheint nie zu vergessen, wer er ist. Und was er will. Oder eben nicht. Das beeindruckt mich. Er hat so ein Feuer in den Augen. Bei gewissen Themen, die ihn zu berühren scheinen. Dann ist er engagiert. Habe ich dir von der Lesung in der Schule erzählt?«

»Ungefähr neunmal«, antwortet Britta trocken. Ich seufze.

»Und er sieht aus wie ein Gott«, vervollständigt Britta meine zaghafte Analyse.

»Seit wann bist du so oberflächlich?«, frage ich empört.

»Seitdem ich keine Zeit mehr für komplizierte Dinge habe. Krieg drei Kinder, und du weißt, wovon ich spreche. Abgesehen davon, habt ihr ein paar Gemeinsamkeiten.«

»Ja«, jetzt werde ich doch wortkarg. Britta hat recht. Tim Bergmann berührt mein Herz. Auf eine sonderbare, nicht fassbare Art und Weise. Dabei tut er gar nichts, um diese Gunst auch nur im Ansatz zu verdienen.

»Aber ein wenig Pfefferspray in der Handtasche schadet natürlich nie«, bemerkt Britta plötzlich, und dann fangen alle drei Kinder auf einen Schlag an zu weinen, und sie brüllt nur noch: »Tschüss!« und legt auf.

Ich fühle mich ein wenig wie Bill Murray in *Und täglich grüßt das Murmeltier*, denn ich stehe mal wieder vor Tim Bergmanns Tür, und er macht nicht auf. Großes Kino. Ich habe geklingelt, zeitgleich angerufen, und nun verleihe ich meinem Wunsch nach persönlichem Kontakt auch noch Ausdruck, indem ich mit der linken Faust gegen die Tür dresche – und in dem Augenblick, als ich wirklich nicht mehr davon ausgehe, dass diese dämliche Tür sich noch öffnet, wird sie aufgerissen.

Tim Bergmann sieht sehr ungehalten aus. Die Betonung liegt auf *sehr*. Ich kann nicht verhindern, dass ich einen Schritt zurückweiche, wobei ich die Unterlagen für die Lesereise wie einen Schutzschild vor meine Brust halte und mich bemühe, betont lässig zu gucken. Tim Bergmann fixiert mich aus seinen grauen Augen und beugt sich leicht nach vorne, was irgendwie aggressiv wirkt. Aber meine Art und Weise, um Einlass zu bitten, war vermutlich nicht minder aggressiv.

»Ich. Versuche. Ein. Buch. Zu. Schreiben«, sagt er gefährlich leise. Sein Tonfall ist trotz der kaum vorhandenen Lautstärke griffig, und ich möchte auf der Stelle gehen. Dabei sollte mich diese Aussage fröhlich stimmen. Markus Drebel hat mir heute gleich zweimal auf dem Flur aufgelauert, um über den Fortgang des zweiten Buches in Kenntnis gesetzt zu werden. Offenbar spricht Tim nicht mit ihm.

»Wenn Sie einfach nur auf meine Mails antworten würden, müsste ich nicht ständig vorbeikommen. Aber aktuell müssen wir die Termine für die Lesereise festlegen, sonst komme ich mit den Hotels und der Reiseroute nicht weiter.« Das war bewusst offen formuliert, so als könnte er noch Einfluss nehmen. Dabei ist alles schon gebucht.

Ruckartig, als müsse er sich dazu zwingen, öffnet er die Tür, dreht sich um und marschiert wortlos ins Wohnzimmer. Ich zögere einen Moment, folge ihm dann aber und biege gerade um die Ecke, als er eine große, gelbe Kerze auspustet, die auf der Fensterbank steht. Vor einem gerahmten Foto.

Mein Starautor hat zwar breite Schultern, mit denen er mir offenbar den Blick zu versperren versucht, aber er steht günstig, und so kann ich das Bild trotzdem erkennen. Auf dem Foto ist eine ältere Frau mit grauen Haaren zu sehen. Sie strahlt und hat sich eine gelbe Blume hinter das linke Ohr ins kurze Haar gesteckt. Der Prototyp einer Großmutter.

»Also?«, fragt er knapp, verschränkt die Arme und positioniert sich jetzt doch so, dass ich das Foto nicht mehr sehen kann.

»Ich wollte die Lesungstermine mit Ihnen durchgehen. Die finale Abstimmung sozusagen«, antworte ich. Ich hätte so gerne eine Oma gehabt, mit grauen Locken und Blumen im Haar. Eine, die Apfelkompott kocht und einem immer zu viel Essen auf den Teller schaufelt, damit man groß und stark wird. Eigentlich ist es unverschämt und unangemessen, trotzdem kann ich die Frage, die sich mir aufdrängt, nicht für mich behalten. »Ist das Ihre Oma?«

Ich sehe das Erstaunen über diese Frage in seinen Augen. Dann dreht er den Kopf, blickt auf das Foto und nickt. Ich warte eine Sekunde ab, ob er wohl noch etwas sagt, aber er schweigt. Ich lege meine Unterlagen auf seinen total chaotischen und mit Dingen überfüllten Schreibtisch, direkt neben den hässlichen Tackerfrosch, der anscheinend sein ständiger Schreibpartner zu sein scheint, da sagt er völlig unvermittelt: »Sie hätte heute Geburtstag gehabt.«

»Wie alt wäre sie geworden?«, frage ich.

»Fünfundachtzig«, sagt er und fügt unerwartet hinzu: »Ich mochte sie sehr.« Das erste Mal, seit ich ihn kenne, ist sein Blick weich und ohne das sonst dort lodernde zornige Feuer.

»Es tut mir sehr leid, dass sie tot ist«, sage ich und spüre die Veränderung in Tims Blick. Ohne das Feuer wirkt er jünger, seine Züge weicher, und ich kann mir plötzlich vorstellen, wie er sein könnte, wenn er mal lacht. Richtig lacht, nicht spöttisch oder höhnisch.

»Konnte sie Apfelkompott kochen?« Die Frage verlässt meinen Mund, ohne dass ich es verhindern konnte. Tim zieht fragend eine Augenbraue in die Höhe. »Ich meine nur … wenn ich eine Oma gehabt hätte …« Ich breche ab. Ich sollte Tim Bergmann nicht in die konfusen Wünsche und Sehnsüchte meiner verkorksten Kindheit hineinziehen.

»Sie hat das Apfelkompott vermutlich erfunden«, sagt er trocken, und dann lacht er. Es ist ein echtes Lachen, und es steht ihm genauso gut, wie ich es mir vorgestellt habe.

»Hatten Sie keine Oma?« Er betrachtet mich mit seinen wachen Augen, und mir wird bewusst, dass dies vielleicht der erste Moment ist, in dem er mich nicht als diese lästige Verlagsmitarbeiterin sieht, die ihm ständig irgendwelche Dinge aufoktroyiert, sondern als mich, Bea, die ständig zu viel gibt, ständig zu viel tut und dabei vergisst, dass sie auch Bedürfnisse hat.

»Sie hatten nie jemanden, der Ihnen Apfelkompott gekocht hat«, sagt er schließlich, nachdem ich nicht antworte. Es ist keine Frage. Es ist eine Feststellung. Ich schüttle den Kopf und möchte nicht wissen, woher er das weiß.

»Das tut mir leid.« Seine Stimme klingt weich und unerwartet warm. »Wo Sie doch ständig für alle anderen Apfelkompott kochen.« Erstaunt sehe ich ihn an und warte auf einen scharfen Kommentar, eine abwertende Bemerkung, aber da kommt nichts. Er setzt sich einfach zu mir an den Tisch. Er hat die Maske abgenommen. Vor mir sitzt nicht der Mann, der mir bis jetzt das Leben schwer gemacht hat, sondern der, der für seine vierunddreißig Jahre bereits zu viel erlebt zu haben scheint. Der so viele Gemeinsamkeiten mit mir hat. Der mir jetzt ein fast vorsichtiges Lächeln schenkt.

17

Fix und fertig

Ich habe ein gutes Gespür für Stimmungen. Eine Fähigkeit, die ich offenbar als Kind erlernt habe und die es mir in meinen ersten Lebensjahren ermöglicht hat, mich im richtigen Moment sprichwörtlich in Luft aufzulösen. Heute ist das manchmal hinderlich, weil ich empfindlich auf jede Form von Missstimmung reagiere und mein kindliches Bedürfnis, mich aus dem Staub zu machen, leider geblieben ist. Aber hier und jetzt möchte ich nicht fliehen. Ich möchte einfach hier sitzen. Ich möchte, dass Tim mich ansieht und mich wahrnimmt. Weil er das so ernsthaft tut. So echt. So, als ob er direkt in mich hineinschauen könnte.

Tim wischt das Chaos auf dem großen Tisch mit einer Armbewegung nach rechts, legt damit die Tischplatte ein wenig frei, und ich kann spüren, dass auch ihm dieser besondere Moment nicht entgangen ist. Plötzlich fällt mir auf, dass ich ihn die ganze Zeit stumpf angestarrt habe. Peinlich berührt drücke ich ihm die Unterlagen in die Hand und suche dann hektisch nach etwas, mit dem ich die Stille füllen kann, damit ihm nicht auffällt, dass ich mich geistig in Sphären bewege, die nichts, aber auch gar nichts, mit meinem Job zu tun haben.

»Macht Ihnen das Angst?« Tim hält die Unterlagen zwar fest, sieht aber weiterhin mich an und legt den Kopf schief, was bei ihm immer ein wenig arrogant und von oben herab wirkt. Fieberhaft überlege ich, was um alles in der Welt er denn jetzt meinen könnte. Vielleicht kann er auch einfach nur Gedanken lesen. Erschrocken starre ich zurück.

»Der Zustand meines Arbeitsplatzes«, hilft er mir auf die Sprünge.

»Nein«, antworte ich schwach, aber durchaus erleichtert. »Das macht mir keine Angst.«

»Sie haben gerade so entsetzt auf den Tisch gestarrt.« Ich schüttle noch mal den Kopf.

»Ich glaube nämlich«, vertraulich senkt er den Kopf und die Stimme, »Sie sind ein wenig zwangsneurotisch, auch pingelig genannt.«

Ich schnappe fast nach Luft. Aber nur fast. »Und ich glaube, Sie sind ein Hornochse!«, erwidere ich hoheitsvoll und deute mit der linken Hand auf Blätter, Karteikarten, Zeitungsartikel, ausgerissene Buchseiten, einzelne Gummibärchen, drei Kaffeetassen und den sonderbaren grellgrünen Tackerfrosch. Ich muss mich zusammenreißen, schließlich habe ich einen klaren Auftrag. Tim Bergmann anziehend und spannend und aufregend zu finden, gehört nicht dazu.

»Ich bin nicht zwangsneurotisch«, füge ich deshalb hinzu und beuge mich ein wenig nach vorne. »Aber ich habe das kreative Chaos immer für ein Märchen gehalten.« Es scheint sich dabei jedoch nicht um eine sagenumwobene Mythologie zu handeln. Tim Bergmann beherbergt das kreative Chaos direkt bei sich zu Hause. »Keine Ahnung, wie Sie so arbeiten können. Aber darf ich ein Foto davon machen?«

Ich habe es geschafft, ihn zu überrumpeln. Ich sehe einen Hauch von Irritation durch seinen Blick flattern. Er ist es nicht gewohnt, dass die Leute seinen kleinen Boshaftigkeiten etwas entgegensetzen. Vorher ist er sich seiner Sache sehr sicher gewesen, und ich wäre fast drauf reingefallen. Er dachte, er könnte ein wenig über meine gut gehüteten Zwangsneurosen lästern, aber das kann er nicht. Immerhin bin ich durch eine harte Schule von sehr vielen Geschwistern gegangen, da ist es überlebenswichtig, solche Sprüche zu parieren.

Tim guckt immer noch ein wenig fassungslos. »Haben Sie mich gerade Hornochse genannt?«, fragt er schließlich und verschränkt die Arme.

»Sie können die privaten Dinge wegräumen, und ich bearbeite das Foto so, dass man hinterher nichts lesen kann, aber das wäre ein großartiges Bild für Facebook und Instagram. Ja. Hornochse. Tut mir leid. Wir nennen das Bild: ›Der Künstler bei der Arbeit‹ oder auch: ›Man kann es kaum glauben, aber hier entsteht der zweite Band eines absoluten Erfolgsromans‹.«

»Das könnte rufschädigend sein«, sagt er nach einem Moment, in dem er mich nur abschätzend betrachtet hat. Den Hornochsen erwähnt er zum Glück nicht mehr.

»Blödsinn«, widerspreche ich. »Das ist spannend und bringt Sie Ihren Lesern ein wenig näher. Sie sind Künstler und kein Gehirnchirurg. Das muss vermutlich so sein.«

»Wenn es Sie glücklich macht … Aber nicht den Frosch. Der hat ein Recht auf Privatsphäre.« Er greift nach dem sonderbaren Büroutensil und lässt mich dabei nicht aus den Augen.

»Natürlich. Sonst bekommt der noch eine Zwangsneurose.«

Tim scheint ernsthaft zu überlegen, wie er angemessen darauf reagieren soll. »Der war gut«, sagt er schließlich leise, kneift die Augen zusammen und grinst mich entwaffnend an.

Ich drapiere noch schnell *Rache über Xalanton* auf dem ganzen Irrsinn wie eine Kirsche auf der Sahne und zücke das Smartphone.

»Wie weit sind Sie denn mit dem neuen Buch?«, frage ich so beiläufig wie möglich, während ich das Bild gleich in die Cloud lege. Ohne den Kopf heben zu müssen, spüre ich, wie die vormals fast heitere Stimmung nach dieser Frage wieder in Richtung Eiswüste kippt. Vorsichtig blicke ich auf. Der entspannte, feuerfreie Tim ist verschwunden, und stattdessen sitzt mir wieder der übellaunige Hornochse gegenüber. Er fixiert mich aus seinen schönen grauen Augen. Wie kann jemand über zwei so unterschiedliche Gesichter verfügen?

»Ihr Lektor hat mich gefragt«, füge ich erklärend hinzu, was natürlich nichts am spontanen Stimmungswechsel ändert. »Die Korrekturleser stehen Gewehr bei Fuß, und die Andrucke für das Cover sind schon da …«, erkläre ich, doch er unterbricht mich.

»Haben Sie mein Buch eigentlich gelesen?« Er deutet auf das Exemplar auf dem Chaoshaufen.

»Nein«, muss ich zugeben.

Er legt die Liste der Lesungsorte nachdrücklich auf den Tisch. »Wenn wir mit dem Buch auf Lesereise gehen, sollten Sie es doch vielleicht vorher gelesen haben, oder ist das ein sonderliches Ansinnen?«

Ich schüttle den Kopf. »Ich bin noch nicht dazu gekommen.«

»Ich glaube, Sie sind ein wenig engstirnig. Ich weiß, dass das nicht Ihre Standardlektüre ist, aber so kochen Sie doch irgendwie ausschließlich im eigenen Saft.« Seine Stimme hat plötzlich wieder diese schneidende Schärfe. Mich beschleicht das Gefühl, dass er das nur sagt, um diesen kurzen Moment der Harmonie zu zerstören.

Ich sehe ihn an, strecke den Arm aus und angle mir die Liste über den Tisch zurück.

»Ich bin nicht engstirnig«, sage ich schließlich, auch wenn ich mir selbst eingestehen muss, dass ich durchaus in einigen Bereichen meines Lebens engstirnig bin. Aber das geht ihn nichts an.

»Ich habe auch noch andere Dinge zu tun und werde das

Buch lesen, sobald ich die Zeit dafür finde«, sage ich fest und schaffe es sogar, ihm ein minimales Lächeln zu schenken. »Na dann«, sagt er knapp und betrachtet mich, wobei er wie so oft eine Augenbraue hochzieht. Ein durch und durch spöttischer Gesichtsausdruck. »Ich muss weiterarbeiten. Darf ich das oder soll ich vorher noch auf dem Tisch posieren und mit Orangen jonglieren, während ich La Paloma singe? Könnten Sie dann auch posten.«

Ich gehe nicht darauf ein. Dabei könnten seine Worte fast witzig sein, wenn er sie nicht so ernst meinen würde.

»Wir starten am dreizehnten März. Ich hole Sie um zehn Uhr ab, und um zwanzig Uhr lesen Sie in Marl. Danach geht es nach Öhringen, und das machen wir sechsundzwanzig Tage lang. Wir fahren mit meinem Auto. Noch Fragen?«

Er atmet tief durch und sieht mit einem Schlag so erschöpft aus, dass ich mich frage, wo das jetzt herkommt. Es muss an meiner Anwesenheit liegen. »Lassen Sie mich bis dahin zufrieden?«, fragt er leise und legt die Hände mit den Handflächen nach unten auf den Tisch. Es scheint tatsächlich ein sehnlicher Wunsch von ihm zu sein.

»Wenn Sie am dreizehnten pünktlich und mit gepackten Sachen vor dem Haus stehen.« Ich erhebe mich und raffe meine Unterlagen zusammen. »Machen Sie sich keine Mühe. Ich finde alleine raus.« Und mit diesen Worten verlasse ich seine Wohnung, wobei Tim Bergmann sich sicherlich keine Mühe gemacht hätte. Er weiß ja, dass ich den Ausgang kenne. Und Höflichkeit gehört nicht zu den Dingen, die ihn auch nur ansatzweise interessieren.

Als ich wieder im Auto sitze, entscheide ich spontan, einfach nach Hause zu fahren. Es ist eh schon Feierabend. Normalerweise würde ich noch schnell ins Büro düsen und die Stille nutzen, um ein paar Sachen abzuarbeiten, aber ich bin müde. Tim Bergmann hat mich fertig gemacht. Wäre er wenigstens durchgehend schlecht gelaunt oder würde massives Arschlochverhalten an den Tag legen, könnte ich irgendwie damit umgehen. Aber das tut er nicht. Zwischendurch blitzt immer mal wieder ein Tim Bergmann durch, der mich interessiert. Auf eine sonderbare Art und Weise, die ich keinesfalls näher ergründen möchte.

Kaum zu Hause angekommen, bekomme ich eine WhatsApp von Norman, der seinen Besuch ankündigt und in der nächsten Sekunde offline geht, womit ich ihm nicht mehr absagen kann. Dabei hätte ich gerade heute gerne ein wenig meine Ruhe. Ich lade schnell das Chaos-Schreibtisch-Bild hoch, bearbeitete es mit Licht, Schatten, Feenstaub und verwandle es somit in ein Social Media taugliches Wunderbild, poste es in den üblichen Portalen und ernte keine Minute später enthusiastische Kommentare begeisterter Leser, die verzweifelt auf den nächsten Roman aus Tim Bergmanns Feder warten. Nach zehn Minuten hat der Post bei Facebook eine Reichweite von mehreren tausend Nutzern und bereits achtundfünfzig Kommentare. Ich bin tief beeindruckt.

Und dann steht auch schon Norman vor der Tür. Im schwarzen Anzug, mit einer blauen und einer geringelten Socke in den lackschwarzen Budapestern. Der Mann sieht nicht gut aus. Er trägt heute Sorgenfalten zum blauen Hemd.

»Huch«, sage ich und öffne die Tür weit, damit er hereinkommen kann. »Was ist passiert?« Ich muss das fragen. Dabei sehne ich mich gerade nach meinem Sofa. Und einem Buch. In dem die Liebe die Hauptrolle spielt. Aber er bleibt stehen und räuspert sich. Dazu guckt er ernst. Also so ernst, wie man nur guckt, wenn man schlechte Nachrichten hat.

»Wir müssen reden«, sagt er schließlich mit Grabesstimme.

»Was ist denn passiert?«, frage ich noch einmal, damit er endlich zum Punkt kommt.

»Bea«, setzt er an, dann hebt er die Hände. Ob er krank ist? Ernsthaft krank?

Ich fasse ihn am Ärmel und ziehe ihn in meinen Flur. »Was ist los?«, zische ich.

»Okay. Bea. Hör zu«, sagt er leise und legt mir seine Hände auf die Schulter. »Ich habe jemanden kennengelernt.«

18

Morgens Zirkus, abends Theater

Sie heißt Melanie, und er hat sie im Gartencenter vom Baumarkt kennengelernt, wo sie ihn ausführlich beim Kauf junger Tomatenpflanzen beraten hat. Norman wollte eigentlich nur einen neuen Handfeger kaufen, besitzt nun aber zehn Baby-Tomatenpflanzen, deren Pflege sich so aufwendig gestaltet wie die Aufzucht kostbarer Siamkatzen. Und er hat Melanie kennengelernt. Es ist die große Liebe. Sagt er. Es gibt sie also doch.

Ich bin verwirrt. Und verstört. Denn vielleicht bin ich nun doch der einzige Mensch auf der Welt, der die große Liebe nie finden wird, weil es sie in meinem Universum nicht gibt. Weil ich total bindungsunfähig bin.

»Die große Liebe. Wer hätte das gedacht!« Er sieht mich leicht verstrahlt an und trinkt noch einen großen Schluck Rotwein, den ich uns umgehend nach Eröffnung dieser unfassbaren Tatsache geköpft habe. Dann stellt er das Glas beiseite und greift nach meiner Hand.

»Es tut mir so leid«, sagt er, und wieder schimmern Tränen in seinen Augen.

»Jetzt hör auf damit!« Ich kann dieses Mitleid nicht ertragen. Es macht mein Leben so klein, so doof. Mir fehlt ja nichts! Außerdem war er doch derjenige, der bis vor Kurzem noch dachte, dass er schwul ist. Aber ich werde ihn vermissen.

»Du hast mir ja nicht die ewige Liebe geschworen, sondern nur eine prophylaktische Hochzeit im Falle zum Zeitpunkt X noch bestehenden Single-Daseins beantragt. Toll, dass du dich verliebt hast. Und so … äh, schnell!« Immerhin wollte er mich vor ein paar Tagen noch heiraten. Ich gebe zu, dass mich diese Geschwindigkeit durchaus kurzfristig irritiert. Norman ist sonst nicht so schnell.

»Du bist so eine tolle Frau, dass du es so gefasst aufnimmst. Ich wusste ja nicht, dass es tatsächlich Liebe auf den ersten Blick gibt. Ich dachte immer, das ist eine Erfindung der Liebesromanindustrie.«

Ich ringe mir ein Lächeln ab und würde Norman gerne auf den Mond schießen. Nicht weil er sich verliebt hat, sondern weil er so ein fürchterliches Theater macht. Gut, meine Heiratsoption für das reife Alter und den dann eventuell immer noch vorhandenen Singlestatus ist damit hinfällig. Okay. Auch werde ich mich nicht mehr an einen großen, männlichen Körper kuscheln können. Und Sex gibt es auch keinen mehr. Ich verbiete mir augenblicklich, darüber nachzudenken und tätschle Norman stattdessen die Hand.

»Reg dich nicht immer so auf«, sage ich und komme nicht umhin, mich für einen kleinen Moment sehr verloren und einsam zu fühlen. Norman war eben doch sehr lange eine verlässliche Größe in meinem Leben. Und meinem Bett. »Aber wir sind doch Freunde«, sagt er ernst. »Wir haben schließlich den Freundestatus eh nie verlassen, insofern sollte das alles kein Problem sein«, fügt er nachdenklich hinzu. Ich nicke zustimmend, und weil wir Freunde sind, setzen wir uns danach zusammen auf das Sofa und gucken eine Liebesschnulze, bei der wir an den dafür vorgesehenen Stellen auch gemeinsam weinen.

Am nächsten Morgen lesen alle im Verlag Zeitung. Es ist das bildungsfördernde, mit vielen Fotos ausgestattete Exemplar, und es scheinen sich mindestens hundert Stück im Verlag zu befinden, wobei sogar unsere Putzfrau innegehalten hat, um sie zu lesen. Mir schwant Gruseliges, aber ich bin heute Morgen reichlich spät dran und eile erst mal direkt in mein Büro, in dem sich schon zahlreiche Kolleginnen einschließlich unserer Chefin versammelt haben. Die mir alle erwartungsvoll entgegenblicken.

»Was ist denn hier los?«, keuche ich und schleudere meine Tasche und zwei Aktenordner auf meinen eh schon total überfüllten Schreibtisch. Meine Chefin hat ein leicht irres Glitzern in den Augen.

»Hast du das schon gelesen?« Prustend hält sie die erste Seite besagter Zeitung hoch und präsentiert mir die Titelschlagzeile wie ein Plakat.

»Umstrittener Autor dreht durch!«

Ich sinke auf meinen Schreibtischstuhl und erstarre. So lange, bis Carola hinter der Zeitung hervorlugt und Diana mir einen Kaffee reicht.

»Wann hat er das denn geschafft? Ich war gestern noch bei ihm.«

»Ich bin noch unschlüssig, ob ich unfassbar angepisst oder hochgradig erfreut sein soll«, sagt Carola, grinst aber jetzt so breit, dass ihre Mundwinkel vermutlich Lippenstiftreste an ihren Ohrläppchen hinterlassen werden. Ich greife mir die Zeitung und lege sie vor mich. In mir sträubt sich etwas, aber ich werde diesen journalistisch hochanspruchsvollen Artikel wohl lesen müssen. Also fange ich besser gleich damit an. Vorher betrachte ich aber noch das stark verpixelte Bild von Tim Bergmann, wie er mit wütender Miene direkt vor seinem Hauseingang steht und abwehrend eine Hand hebt. Er sieht jetzt auf den ersten Blick nicht so aus, als wäre er komplett durchgedreht. Vielleicht erschließt sich mir diese dramatische Tatsache, wenn ich den Artikel gelesen habe.

Vorher blicke ich aber noch mal auf und betrachte meine versammelten Kolleginnen. Es liegt Aufregung in der Luft. Sie summt umher wie ein Schwarm verirrter Bienen im Prinzenpark. Alles scheint besser zu sein als unsere aktuellen Zukunftsaussichten. Und alles, was passiert, kann nur dazu beitragen, dass es rosiger wird.

»Vielleicht sollte ich für dich eine Security-Firma engagieren. Die könnten dich dann in schlecht sitzenden Anzügen mit Knopf im Ohr ständig begleiten. Könnte man publicitymäßig sicher auch irgendwie benutzen.« Carola setzt sich auf Dianas Tischkante und atmet tief durch. Der Rest der Belegschaft verlässt, immer noch schnatternd, mein Büro, und ich lese endlich den Artikel. Demnach Tim Bergmann sich angeblich geweigert hat, eine freundlich vorgetragene Anfrage eines Journalisten zu beantworten. Stattdessen sei er aggressiv geworden und habe besagtem Journalisten Prügel angedroht. Der arme, harmlose Mensch sei immer noch schwer verstört von diesem Ausbruch hemmungsloser Gewalt. Der Artikel ist latent böse. Irgendwie lese ich zwischen den Zeilen, dass der liebe Herr Reporter nicht genau das bekommen hat, was er wollte, und sich die Fakten nun ein wenig zurechtlegt. Was ja durchaus das übliche Vorgehen bei dieser Art von Journalismus ist.

»Müssen wir darauf reagieren?«, fragt Carola mich von der Tischkante aus. »Ein Statement abgeben? Eine Richtigstellung? Sagen, dass der Autor sofort mit einer Therapie beginnt?«

»Nö«, antworte ich und sehe ihr fest in die Augen, woraufhin sie sich ein wenig nach vorne beugt. »Buchhändler sind von ihrer gesamten genetischen Ausrichtung her friedliebende Geschöpfe. Was passiert, wenn die jetzt alle die Lesungen stornieren?«, fragt sie mit bangem Blick.

»Tun die nicht«, antworte ich fest und hoffe schwer, dass ich mich nicht irre. »Die haben nämlich alle schon ihr gesamtes Kartenkontingent verkauft. Zum Teil über Nacht. Bei einigen standen fast fünfzig Menschen vor dem Buchladen Schlange, nur um morgens direkt eine Karte erwerben zu können. Das ist man in dieser Branche genauso wenig gewohnt. Die bangen doch sonst immer alle, ob sie wenigstens die ersten zwei Stuhlreihen vollkriegen. Da wird keiner absagen, nur weil Tim Bergmann es auf die Titelseite des Schundblattes der Nation geschafft hat. Mit was denn überhaupt? Er wollte nicht mit dem Journalisten sprechen? Das ist sein Recht. Und er ist offenbar weder durchgedreht noch handgreiflich geworden.«

Daran halte ich fest, bis ich Tim gegenüberstehe, der eine fette Schramme mitten auf der Stirn hat.

»Hat der Journalist versucht, Sie mit seinem Kugelschreiber niederzustrecken?«, frage ich und registriere, wie müde Tim aussieht. Er sieht so aus, wie ich mich fühle. Wortlos dreht er sich um und geht zurück in seine Wohnung. Weil er aber die Tür offen lässt, folge ich ihm ins Wohnzimmer. Er sitzt schon wieder am Tisch und starrt auf den Bildschirm seines Laptops.

»Können wir über gestern Abend sprechen?« Ich bemühe mich, freundlich zu klingen.

»Lassen Sie mich doch einfach in Ruhe!« Ruckartig hebt er den Kopf und sieht mich mit seinem stechenden Blick an. Im selben Moment funkt mein Unterbewusstsein mir die dringende Empfehlung des sofortigen Rückzugs ins Hirn. Ich straffe die Schultern.

»Ich möchte doch nur wissen, was da wirklich passiert ist und wie wir jetzt vorgehen.« Meine Stimme zittert nur ganz am

Ende des Satzes, und das auch nur ein winziges bisschen. Tim Bergmann steht auf und knallt den Laptop zu. Das Geräusch lässt mich zusammenzucken. Er ist so groß, und ich sehe die unterdrückte Wut, die um ihn kreist. Ich atme tief durch und versuche die in mir aufkeimende Panik unter Kontrolle zu bekommen.

Er tritt einen Schritt zur Seite und kommt auf mich zu.

»Es geht doch gar nicht um dieses Buch! Es geht nur darum, mich in eine Schublade zu quetschen, um mich zu benutzen!« Seine Stimme ist noch lauter geworden, und ich atme tief durch.

»Das stimmt nicht«, antworte ich und klinge wie eine Maus, während ich unauffällig einen Schritt nach hinten mache, womit ich plötzlich die Wand im Rücken habe. Die Schramme auf seiner Stirn ist ziemlich groß.

»Ihr habt verdammt noch mal alle keine Ahnung von mir und meinem Leben!«, brüllt er plötzlich. Ich möchte sagen, dass ich sehr wohl eine Ahnung von seinem Leben habe, stattdessen mache ich einen Schritt zur Seite. Und dann weiß ich nicht mehr was passiert. Ich spüre nur noch, dass ich falle. Ich schlage mit dem Kopf irgendwo auf, und etwas presst mir die Luft aus dem Brustkorb. Dumpf registriere ich die Stille im Zimmer. Ich liege am Boden und habe keine Ahnung, wie ich da hingekommen bin.

Als ich versuche, mich aufzurappeln, spüre ich eine große Hand auf meiner Schulter.

Mein Herz hämmert, und mein Gehirn ist leer. Ich kann meinen eigenen, rasenden Atem überlaut von den Wänden widerhallen hören.

»Bea?« Tim taucht in meinem Gesichtsfeld auf. Er ist ziemlich blass und hält mit einer Hand immer noch ganz sanft meine Schulter.

»Scheiße«, murmle ich und schaffe es jetzt, mich hinzusetzen. Was für eine absurde Situation.

»Sorry«, sagt er sehr leise und setzt sich direkt vor mich auf das Parkett.

»Mein Chaos hat dich zu Fall gebracht.« Seine grauen Augen versuchen meinen Blick einzufangen.

Ich blicke mich um und entdecke eine Sporttasche, über die ich wohl gefallen sein dürfte.

In seinen Augen liegt immer noch unverhohlene Wachsamkeit. »Hast du dir wehgetan?«, fragt er und legt ganz leicht den Kopf schief.

»Nein«, antworte ich, und jetzt zittert meine Stimme erbärmlich. Er nickt leicht und nimmt meine Hand. Und dann sieht er mich an, als wäre er in der Lage, direkt in meine Seele zu schauen.

19

Aufgeblähter Blödsinn

Ich kann mich nicht rühren. Ich weiß nicht, was ich tun soll. Aber Tim scheint es zu wissen.

»Setz dich mal hin«, sagt er und deutet zu seinem Schreibtisch. Ich setze mich, was ganz gut ist, weil mir nun auch noch die Knie zittern. Dann suche ich meine Stimme, finde etwas, das irgendwie als Stimme durchgeht, und sage: »Alles okay. Ich habe mich nur fürchterlich erschrocken.«

Er zuckt die Achseln, setzt sich mir gegenüber und weicht zum ersten Mal meinem Blick aus. »Ich bin kein Schläger. Ich bin keiner, der anderen Menschen wehtut. Das war … früher«, sagt er leise.

Mein Blick bleibt an der Schramme auf seiner Stirn hängen. »Der Journalist stand vor meiner Tür, als ich nach Hause gekommen bin. Er hat sich aufgeführt, als hätte er das Recht, mich zu einem Interview zu nötigen. Mir war klar, was er wollte. Provozieren. Ich habe ihn weggeschoben und bin reingegangen. Daraus ist seine Story entstanden. Und die hier«, er deutet auf seine Stirn, »habe ich mir zugezogen, weil ich frontal gegen die Kante meiner Badezimmertür gelaufen bin. Ich war so wütend auf diesen blöden Mistkerl, dass ich nicht darauf geachtet habe, wo ich hinlaufe. Peinlich. Sehr peinlich.« Er grinst mich entwaffnend an.

»Dieser Artikel ist aufgeblähter Blödsinn. Hab ich mir schon so gedacht«, sage ich schwach. Mein Herzschlag normalisiert sich allmählich wieder. Meine linke Schläfe schmerzt noch ein wenig, aber sonst scheint mein Sturz glimpflich abgelaufen zu sein. Nun komme ich langsam an den Punkt, an dem ich mich gerne in Luft auflösen möchte. Aber dann schaue ich auf Tims Schramme und muss lächeln.

»Früher?« Ich greife nach dem Froschtacker und drehe ihn in den Händen. Vielleicht sollten wir das Thema tatsächlich mal klären.

Tim kneift leicht die Augen zusammen und lehnt sich nach vorne. Er legt die Hände mit den Handflächen nach unten auf den Tisch. Mir fällt auf, was für schöne Hände er hat. Keine Schriftstellerhände, wie man vermuten würde, sondern starke, kraftvolle Hände.

»Ich habe das mit der Jugendstrafe in die Vita geschrieben, weil es thematisch so wunderbar passte.« Er wartet kurz ab und sucht nach einem Hinweis, dass ich ihm folgen kann. Ich nicke kurz.

»Es passt zum Bild, das die Öffentlichkeit von mir hat. Vielleicht ist das auch ein Grund, warum sich das Buch so gut verkauft.« Ich schüttle den Kopf.

»Ich glaube, es ist einfach gut und trifft einen Nerv der Menschen«, antworte ich leise.

»Aber du hast es immer noch nicht gelesen.«

Ich will den Kopf schütteln, merke aber im gleichen Moment, dass mir ein wenig schwindelig ist, und lasse es bleiben. Keine weiteren Erschütterungen für mein Hirn. Sitzen und Sprechen gehen. Alles andere noch nicht.

»Bremen ist nicht schön, zumindest nicht da, wo ich herkomme«, sagt er unvermittelt. »Meine Mutter hat uns alleine großgezogen. Sie hat gesoffen wie ein Loch«, fährt er fort, und augenblicklich zuckt mein Herz. »Einen Vater habe ich nicht. Zumindest nicht offiziell.« Seine Stimme klingt plötzlich rau. Das hier hat er noch nicht allzu häufig jemandem erzählt.

»Meine Oma konnte die Vernachlässigung durch meine Mutter nicht auffangen. Sie hat es versucht, aber außer uns hin und wieder durchzufüttern und uns neue Kleidung zu kaufen, konnte sie nicht viel tun. Meine Mutter hat ihre Hilfe nicht annehmen wollen. Als meine Oma gestorben ist, war ich neun. Von da an habe ich geklaut wie eine Elster. Alles, was wir brauchten, habe ich geklaut. Und ich habe mich geprügelt, damit wir in dieser wahnsinnigen brutalen Welt nicht unter die Räder kommen und man uns zu sehr wehtut. Wenn ich es jetzt von außen und mit Abstand betrachte, hätte es durchaus Hilfe gegeben. Aber damals war meine größte Angst, dass man uns unsere Mutter wegnimmt. Völlig bescheuert. Aber ich habe damals immer so getan, als wäre alles gut. Als hätte ich alles im Griff. Nur dass man mit zwölf überhaupt nichts im Griff hat. Schon gar nicht das Leben von zwei weiteren Menschen. Unsere Kindheit hat sich angefühlt, als wären wir ein Wolfsrudel. Ständig musste ich aufpassen, dass keiner von uns gefressen wird. Irgendwann war ich dann alt genug für das Jugendstrafrecht. So kam es zu den Vorstrafen.«

Ich würde ihm gerne sagen, dass ich das alles kenne. Bis auf die Vorstrafen. Geprügelt habe ich mich nie. Aber geklaut. Weil ich Hunger hatte. Aber ich sitze stumm und regungslos vor ihm und habe plötzlich wieder den Gestank von ungewaschener Kleidung in der Nase. Den Geruch meiner Kindheit. Es ist unvorstellbar, dass dieser große, so autark wirkende Mann auch mal ein kleiner Junge war, der Angst hatte. Denn die hat man, wenn man als Kind so ein Leben führt.

»Weißt du, warum ich dir das erzähle, fleißige Arbeitsbiene?« Ich erwarte bei seinen Worten einen spöttischen Tonfall, doch der ist komplett verschwunden. Stattdessen sieht er mich so offen an, wie er es noch nie getan hat.

»Damit wir was zu tun haben und meinen formvollendeten Sturz über deine Sporttasche vergessen können?« Es fällt mir nicht schwer, so flapsig mit ihm zu sprechen. Er schenkt mir ein knappes Grinsen. »Nee«, sagt er dann. »Anfangs dachte ich, dass du so ein trotteliges Opferlamm bist.«

»Danke«, sage ich tief erschüttert.

»Dachte ich. Bist du aber nicht. Du bist sehr strukturiert, ordentlich und übernimmst Verantwortung. Alleine. Für alles. Nur für mich kannst du das nicht tun, Bea. Im Gegenteil. Du musst damit aufhören.« Er schweigt einen kurzen Moment und betrachtet mich eindringlich. »Und irgendwie blicke ich durch dich noch nicht so recht durch.«

Ich starre ihn an. Das ist also sein Rückschluss aus der Zeit, die wir uns jetzt kennen. Er weiß noch nicht einmal, wie recht er damit hat.

»Ich bin übrigens Bea«, sage ich und spüre, wie meine Lebensgeister langsam wieder erwachen. Tim sieht mich an, als hätte ihn gerade die Erkenntnis ereilt, dass ich definitiv nicht die hellste Kerze auf der Torte bin, doch das dauert nur ungefähr drei Sekunden. Dann streckt er mir über den Tisch seine Hand entgegen, und ich nehme sie.

»Tim Bergmann. Angenehm«, sagt er grinsend. Ich bemühe mich, zurückzugrinsen, aber es fällt mir schwer. Denn seine Hand ist genauso stark wie erwartet und erweckt in mir den sonderbaren Drang, sie nicht mehr loszulassen. Er scheint das zu spüren, und für ein paar Herzschläge lang sehen wir uns direkt in die Augen.

20

Auf geht's!

Die kommenden Tage rasen in Lichtgeschwindigkeit an mir vorbei. Aber ich bin nicht sonderlich traurig darüber, denn der Stress hilft mir, meinen peinlichen Auftritt bei Tim zu verdrängen. Der auch leider ziemlich unpassend endete, weil ich ihn nicht mehr loslassen wollte. Er mich allerdings auch nicht. Ich bin verwirrt.

Aber zum Glück habe ich für weitere Grübeleien keine Zeit, denn schon kommt der Tag, an dem mir meine Kolleginnen ein Lesereise-mit-Tim-Bergmann-Survival-Paket überreichen, das Rescue-Tropfen und Unmengen an Schokolade beinhaltet. Und Markus Drebel nimmt mich ernst beiseite und teilt mir unter Anwendung diverser Grimassen mit, dass er den zweiten Roman unseres Starautors braucht. Sein Abgabetermin ist in vier Wochen. Meine Aufgabe besteht also nicht nur darin, Tim Bergmann an ungebührlichem Benehmen zu hindern, sondern auch noch darin, ihn anzutreiben.

Nun stehe ich vor meinem leeren Kleiderschrank, der seinen gesamten Inhalt in meinem Schlafzimmer verteilt hat. Also auf meine Anweisung, versteht sich. Ich habe ein ernsthaftes Problem. Ein ernsthaftes und sehr klischeehaftes Frauenproblem, das sich durch meine leichte Zwanghaftigkeit so gesteigert hat, dass ich knapp vor der Schnappatmung bin. Ich bin schließlich die, die morgens ihre Wetter-App studiert und anhand der vorhergesagten Luftfeuchtigkeit entscheidet, ob sie ihre Haare offen oder im Knoten trägt. Damit ich auch bei einem Nachmittagstermin noch manierlich und nicht wie ein explodierter Pudel aussehe.

Und nun weiß ich nicht, was ich anziehen soll. Von der Frisurenproblematik mal ganz zu schweigen. Aber ich werde vier Wochen lang unterwegs sein, und mein Kleiderschrank bleibt hier. Es ist leider auch nicht so, dass wir in Sterne-Häusern logieren werden, bei denen ein Wäschereiservice zum Standard gehört. Ich habe knapp über Jugendherberge gebucht. Das weiß Tim übrigens noch nicht. Ich muss ihm das ja auch nicht direkt sagen. Er findet das schon noch von ganz allein heraus.

Ich hingegen weiß das schon und bin nun auch noch gezwungen, meine Reisegarderobe nach praktischen Gesichtspunkten auszuwählen. Und muss damit leben, dass ich die Luftfeuchtigkeit der kommenden Wochen auch noch nicht kenne. Aber ich habe mir eine Tube Handwaschmittel gekauft. Für alle Fälle. Und das Glätteisen eingepackt. Für die Lesungen entscheide ich mich für eine schwarze Stoffhose, ansonsten muss eine Jeans herhalten. Zwei Paar Schuhe, einmal schick, einmal praktisch, und dann noch alle Oberteile, die unter einem Blazer vorteilhaft aussehen könnten. Dazu kommt ein Föhn sowie meine gesamte Pflegeartikelsammlung aus dem Bad, Blasenpflaster in allen Größen, Durchfallmittel, Nasenspray, zwei verschiedene Ersatzdeos und noch einiges mehr. Ich bin nicht zwanghaft. Ich habe nur gerne alles unter Kontrolle. Und eine vierwöchige Reise ist bei dieser Veranlagung eine ernsthafte Herausforderung. Aus Ermangelung eines galaktisch großen Schrankkoffers, stopfe ich alles in meine riesige Reisetasche, die zum Glück Rollen hat. Der Rest kommt in gleich zwei

Handtaschen, und zwar die größten, die ich besitze, und als ich alles ins Auto geschleppt habe, ist der Kofferraum voll.

Ich schicke ein Stoßgebet gen Himmel, dass Tim ausschließlich mit leichtem Gepäck reist, werde aber kurze Zeit später und sieben Straßen weiter herb enttäuscht. Tim hockt auf den Stufen vor dem Hauseingang seiner Wohnung, und vor ihm steht eine Reisetasche, die es in puncto Größe und vermutlich auch Gewicht mit meiner aufnehmen kann. Wenigstens ist er abreisefertig, und ich muss nicht wieder seine Tür eintreten. Allerdings ist sein Gesichtsausdruck wirklich sehenswert, als er einen langen Blick in meinen vollen Kofferraum wirft.

»Ist nicht dein Ernst, oder?«, fragt er dann, aber ich zucke nur so cool wie möglich die Schultern.

»Mein Auto ist nun mal nicht so groß.«

»Dein Auto ist nicht das Problem. Dein Reisegepäck hat die Dimension einer Dinosaurierfamilie.« Empört sieht er mich an. Dann grinst er. Und lacht sogar laut auf. Ich stehe wie angewurzelt neben meinem Auto und starre ihn an. Tim schafft es jedes Mal aufs Neue, mich zu verwirren. Ich gebe zu, dass es mich diesmal geradezu beschwingt, und so verlassen wir Braunschweig fast schon enthusiastisch. Ich zumindest.

Dieses Gefühl begleitet mich bis zum Autobahnkreuz Hannover. Dann stehen wir im Stau. Tim neben mir brummt ein paar nicht jugendfreie Worte, zieht seinen Laptop aus dem Rucksack, klappt ihn auf und vertieft sich in seinen Text. Ich starre einfach nur auf die überfüllte Autobahn. Ich hasse es, im Stau zu stehen. Dass es nicht vorangeht, ist die eine Sache, aber mein Gehirn neigt dazu, ohne Fremdreize zur Ablenkung wilde Gedanken zu produzieren. Ich schiele zu Tim rüber, aber der beachtet mich überhaupt nicht, sondern tippt auf seinem Laptop herum.

»Schreibst du am zweiten Band?«, frage ich, bekomme aber keine Reaktion. Er guckt noch nicht mal hoch, was ganz gut ist, denn so kann ich mich wenigstens darüber ärgern und die Augen verdrehen. Aber der Ärger hält nicht lange vor. Tim Bergmann ignoriert mich, und daran sollte ich mich ja nun fast schon gewöhnt haben.

Da hier gerade nichts passiert, fängt mein Hirn wieder an zu grübeln. Diesmal widmet es sich Norman. Wie kann es nur sein, dass mein sockenverlierender potenzieller Ehemann sich spontan so heftig verliebt hat, dass er über ganze Schmetterlingshorden im Magen berichtet? Ich verbiete mir energisch, weiter darüber nachzudenken, denn wenn ich das täte, müsste ich mir irgendwann eingestehen, dass ich ein winziges bisschen eifersüchtig bin. Ich will Norman nicht heiraten. Und ich bin, war und werde nie in ihn verliebt sein. Aber er war doch mein Verbündeter! Natürlich haben wir bei kitschigen Hollywood-Streifen an der entsprechenden Stelle tief geseufzt, uns aber hinterher versichert, dass es so etwas in echt gar nicht geben kann. Bis er einen Handfeger kaufen gegangen ist.

Verdammt. Meine letzte Beziehung liegt so lange zurück, dass ich mir nicht sicher bin, ob wir damals noch Klapphandys benutzt haben. Und was soll ich von dieser Situation mit Tim halten? Er ist so anders als ich, und doch erkenne ich mich ein Stück weit in ihm wieder. Und ja, ich kann es nicht leugnen, dass er mich irgendwie anzieht. Dabei ist das nun wirklich hochgradig unpassend.

Ich schüttle den Kopf, um diese zähen Gedanken zu vertreiben, und lasse den Wagen einen halben Meter vorwärtsrollen. Dann frage ich erneut – diesmal lauter: »Schreibst du an deinem neuen Roman?« Wie erwartet, reagiert er nicht. »Hör auf, mich zu ignorieren!«, zische ich wütend.

»Wieso?«, fragt er und blickt endlich von seinem Bildschirm

auf. »Du wiederholst doch eh alles mehrmals.« Und da ist er wieder, der Hornochse.

Ich lese *Rache über Xalanton*. Zumindest habe ich es mir fest vorgenommen und das Buch bereits vor mich auf die Bettdecke gelegt. Neben mir rauscht etwas in der Wand, vermutlich ein Rohr, und wenn draußen ein Auto vorbeifährt, klirren die Scheiben im Fensterrahmen. Dazu ist das Bett so schmal und durchgelegen, dass mein sonst recht robuster Rücken leise stöhnt. Marl ist eigentlich ganz nett, auch wenn ich von der Existenz dieses Städtchens bisher noch nicht mal den Hauch einer Ahnung hatte. Nur dieses Hotel verdient seine Bezeichnung nicht wirklich. Auch Jugendherberge wäre hochgestochen und außerdem eine Beleidigung für die gesamte Youth-Hostel-Bewegung. Die Lesung war nicht besonders gut. Was nicht am hochengagierten Buchladen lag, in dem sie stattgefunden hat, und auch nicht an dem in Massen hereinströmendem Publikum. Es lag an Tim, der total unkonzentriert und fahrig wirkte. Ich habe ihn förmlich von seinem Laptop wegreißen müssen, um pünktlich zur Lesung zu kommen. Aber er hat sich nicht danebenbenommen, niemanden beschimpft, die Hosen anbehalten und war sichtlich froh, als die Lesung endlich vorbei war. In Blitzgeschwindigkeit ist er verschwunden und gilt seitdem als verschollen. Also fast. Er hat mir eine Whatsapp geschrieben, insofern gehe ich davon aus, dass er bis morgen Mittag wieder auftaucht, damit wir unsere nächste Station in Dinslaken ansteuern können.

Ich muss zugeben, dass mich der heutige Abend stark irritiert hat. Denn ohne einen vernünftig lesenden Autoren kann ich mich lilagrün-kariert organisieren. Den Hauptpart muss er übernehmen. Natürlich habe ich, nachdem Tim auf Nimmerwiedersehen verschwunden war, das Mikro an mich gerissen und den Leuten erklärt, dass Tim Bergmann an seinem nächsten Buch schreibt und sie bitte umgehend online für *Rache über Xalanton* abstimmen sollen, aber es ist nicht dasselbe, ob der Autor selbst über seine Nominierung spricht oder eine unbekannte Verlagsmitarbeitern mit einem großen Kaffeefleck auf der Hose und strähnigen Haaren. (Ich habe mir einen XXL-Becher Kaffee über den Latz gekippt. Und mein Föhn ist kaputt. Es war definitiv nicht mein Tag.)

Ich lege das Buch beiseite und greife mir den Lesungsplan für die kommenden Tage. Tim hat sich geweigert, an den Wochenenden nach Hause zu fahren, weil ihm dann Zeit für das neue Buch verloren geht, deswegen werden wir das kommende Wochenende gemeinsam in Dinslaken verbringen. Ich greife mir einen Stift und male noch ein Ausrufezeichen neben meine To-do-Liste für morgen. Ich muss dringend in der Buchhandlung Sonnenschein anrufen und fragen, ob man da endlich ein Mikro organisiert hat. Die ersten Buchhandlungen auf unserer Station sind doch eher klein und offenbar nicht ganz so lesungserfahren, und die Buchhandlung Sonnenschein war tatsächlich erstaunt, dass der Autor vor neunzig Gästen nicht ohne Mikro lesen kann. Außerdem darf ich das stille Wasser, die Salbeibonbons, Taschentücher und das Notfallexemplar von *Rache über Xalanton* nicht vergessen. Und dann brauche ich natürlich dringend einen neuen Föhn. Und ich muss den Kaffeefleck auf der Hose bekämpfen. Und die Nerven bewahren.

Ich lege die Liste beiseite, greife mir wieder Tims Buch, schlage Seite zwei auf und lese. Und dann passiert etwas Sonderbares. Nach genau drei Sätzen werde ich mit einem Happs von diesem Buch verschlungen.

Ich befinde mich mittendrin in einer mir fremden Welt, die frei von Armut, Krankheiten, Konflikten und jeglicher depressiver Verstimmung ist – für die Oberschicht, die ein wunderbares Leben auf riesigen schiffsähnlich angelegten Inseln in internationalen Gewässern unter eigener Flagge führt. Sie sind ein eigener Staat. Link, die Hauptfigur, lebt allerdings auf dem Kontinent Europa und ist arm wie eine Kirchenmaus. Seine Eltern scheinen tot zu sein, er deutet es nur an. Er gehört zum Fußvolk, zur Versorgungsriege der Obrigkeit wie alle Menschen in der Welt von Xalanton, die nicht in den privilegierten Oberschichtenstaaten auf dem Meer leben und von dort über alles und jeden herrschen.

Ich begleite den harten, arbeitsreichen Alltag von Link, der mich mit in seine Welt nimmt. Er erzählt farbenfroh, humorvoll und doch so deprimierend, dass mir hin und wieder eine Gänsehaut den Rücken hinunterläuft. Link hasst sein Leben, und er möchte so gerne daran glauben, dass sein von der Obrigkeit vorgesehenes Leben gut und sinnvoll und gerecht ist, aber er kann nicht.

Ich denke an Tims Vita, in der steht, dass er selbst erlebt hat, was er in seinem Buch beschreibt, und ich frage mich, was genau er davon selbst erlebt hat, dass er so intensiv darüber schreiben kann? Oder tappe ich jetzt auch in die Falle zu glauben, ein Autor müsse alles selbst erlebt haben, um authentisch darüber schreiben zu können?

Um halb eins muss ich mich zwingen, das Buch wegzulegen und endlich das Licht auszumachen. Dennoch liege ich noch wach und höre, wie es in den Heizungsrohren rauscht. Meine Gedanken kreisen um das Buch. Es ist tatsächlich sehr authentisch – der Schmerz, die Aussichtslosigkeit, der Glaube an das Nichtgelingen des Lebens. Und unter all der Finsternis der tiefe Glaube an die Liebe.

21

Die Macht der Worte

Sie kommen immer wieder. Meistens, wenn ich viel Stress habe. Als ob mein Unterbewusstsein dann nicht mehr genug Energie hätte, um diese fiesen Träume in Schach zu halten.

Ich sitze im Bett und friere. Was daran liegt, dass ich klitschnass geschwitzt bin. Diese Träume sind immer gleich. Ein großer Mann (es ist davon auszugehen, dass es sich bei dem Kerl um meinen Vater handelt, er sieht aber aus wie Hulk auf Drogen) steht in einem kahlen Raum und brüllt. Und ich versuche zu fliehen, kann aber nicht. Ich komme nicht vom Fleck und mache mich stattdessen ganz klein und unsichtbar in der brennenden Hoffnung, dass er mich nicht sieht. Eher unwahrscheinlich, denn in meinem Traum befindet sich außer dem brüllenden Riesen und mir sonst nichts in diesem Raum. Man kann Träume zu Tode analysieren – das habe ich auch schon gemeinsam mit meiner Therapeutin getan –, was diese Träume aber nicht daran hindert, wiederzukommen. Nicht mehr so häufig, aber leider doch immer noch in einer Frequenz, die spürbar belastet.

Ich habe allerdings auch gelernt, dass das Unterbewusstsein eine ziemlich mächtige Angelegenheit ist, die komplett im Verborgenen arbeitet und uns Dinge tun lässt, die manchmal diametral dem gegenüberstehen, was wir eigentlich tun wollten. Vielleicht hat mein Nichtglaube an die große Liebe auch damit zu tun.

Ich knipse das Licht an, atme tief durch und ziehe mir die Bettdecke bis zur Nasenspitze. Mein Blick fällt auf eine einzelne Socke am Boden, und ich muss schlagartig an Norman denken. Tatsache, ich sehne mich nach meinem abtrünnigen besten Freund. Das ist mir in all den Jahren unserer Freundschaft nicht einmal passiert. Doch jetzt, wo er nicht mehr zur Verfügung steht, weil er die Tomatenfachfrau liebt, schießt mir dieses unpassende Gefühl durchs Herz, und das erschwert mein eh schon kompliziertes Leben noch zusätzlich.

Ich klettere schließlich aus dem Bett, um die Socke in meine Reisetasche zu stopfen. Dabei fällt mein Blick auf den Radiowecker neben dem Bett. Es ist sieben Uhr! Morgens! Das ist ja wunderbar. Es gibt nichts Schrecklicheres, als tief in der Nacht mit dem Wissen, dass die Nacht noch mindestens fünf Stunden dauern wird, im Schlafzimmer eingesperrt zu sein. Kurz spiele ich mit dem Gedanken, noch ein wenig zu lesen, immerhin habe ich noch eine ganze Stunde Zeit, bis ich mich fertigmachen muss, dann aber schreibe ich Britta eine Whats-App. Seit sie Mutter ist, hat sie das Schlafen komplett eingestellt und ist eigentlich zu jeder Uhrzeit wach. (Im Gegensatz zu ihren Kindern. Was eine erstaunliche Tatsache darstellt.) Eine halbe Minute später ruft sie an. »Was für ein Glück! Die Kinder sind schon seit fünf Uhr wach. Seit fünf! Seitdem hocke ich hier im Wohnzimmer und baue Klötzchen. Was ist los, meine Süße?« Ich druckse erst ein wenig herum, doch dann erzähle ich ihr, was mich bewegt.

»Du sehnst dich nach Normalität, Ruhe und der Möglichkeit, dich bei jemandem anzulehnen.« Britta spricht in einem dunklen, beruhigenden Tonfall mit mir, der ein wenig durch im Hintergrund kreischende Kleinkinder torpediert wird. Beste Küchentisch-Psychologie. Es ist genau das, was ich jetzt mit einem einzelnen Socken in der Hand und Tränen in den

Augen, irgendwo in einem schrecklichen Hotelzimmer hockend brauche.

»Das ist normal. Ich halte es für ausgeschlossen, dass du ausgerechnet jetzt in wilder Leidenschaft für Norman entbrannt bist. Er war für dich halt einfach ein Fels in der Brandung. Ein guter Freund. Vielleicht solltest du ihn einfach mal anrufen?«

»Dann will er, dass ich seine Freundin kennenlerne!«, rufe ich entsetzt.

»Das ist doch gut! Ich komme mit. Wenn sie nett ist, werden wir Freundinnen, wenn nicht, haben wir Lästerstoff für die nächsten zwanzig Jahre.« Im Hintergrund kreischt es wieder, und irgendetwas rumpelt vernehmlich. »Warte«, sagt sie knapp und ich höre, wie sie ihre Brut formvollendet zusammenstaucht. Automatisch nehme ich Haltung an. Ich kann nicht anders.

»Wo waren wir stehengeblieben?« Britta schnauft vernehmlich. Ihr Leben ist nicht minder anstrengend als meins. »Ach ja. Du sollst seine Freundin kennenlernen. Also: Ruf ihn an! Ihr kennt euch so lange, und nein, du bist nicht plötzlich doch verliebt. Dir fehlt eine Schulter zum Anlehnen. Das ist alles. Und da du dich erfahrungsgemäß nicht einfach an irgendeiner Schulter anlehnen kannst, sondern erst intensiv und über Jahrzehnte Vertrauen fassen musst, fehlt dir das jetzt. Fall gelöst. Ich muss jetzt zwei Drittel der Kinder befrühstücken und das restliche Drittel daran hindern, mit Nagellack die Fenster zu bemalen. Hab dich lieb!«

»Ich dich auch!«, sage ich, doch da hat sie schon wieder aufgelegt. Ohne weiter zu grübeln, wähle ich Normans Telefonnummer.

»Schatzi!«, begrüßt er mich nach dem ersten Klingeln leicht verschlafen.

»Hi. Ich wollte mich mal melden. Sorry. Du liegst bestimmt

noch im Bett«, sage ich so unbefangen wie möglich und sinke auf mein eigenes ungemachtes Bett.

»Schön, dass du anrufst. Ich … äh, habe mich nicht getraut, dich anzurufen«, sagt er leise und erhebt sich dem Ächzen nach aus seinem Bett.

»Wieso?«

Er druckst ein wenig herum, und ich höre, wie er dabei durch seine Wohnung läuft. Offenbar ist er auf der Suche nach Inspiration.

»Jetzt sag halt!« Warum ist Norman der einzige Mensch auf diesem Planeten, bei dem ich ohne Probleme Forderungen stellen kann?

»Habe ich dich verlassen?«, schnauft er schließlich und klingt ernsthaft verzweifelt.

»Mensch, Norman, nein!«, sage ich ernst. »Wir hatten eine Abmachung. Freundschaft und Sex. Das hat gut funktioniert. Aber eben nur so lange, bis sich einer von uns verliebt. Das ist jetzt passiert. Es ist alles regelkonform.«

»Es fühlt sich aber nicht gut an. Also das mit dir. Das mit Melanie schon.«

Ich lasse seine Worte auf mich wirken. »Wir waren halt beide der Meinung, dass es die große Liebe nicht gibt«, sage ich dann sehr leise, und Norman gibt einen Schmerzlaut von sich.

»Ich konnte nicht ahnen, dass so etwas passiert.« Ich höre, wie er im Hintergrund irgendetwas aufreißt. Vermutlich die Familienpackung Schokoladenkekse. Norman braucht in Krisensituationen immer viel Schokolade, was seinem Sixpack erstaunlicherweise keinen Abbruch tut.

»Stell dir vor.« Er klingt fast verzweifelt. »Ich habe schon zwei Kilo abgenommen. Einfach so. Ich bin ernsthaft verliebt.«

»Das ist doch großartig!«, sage ich und komme zu folgender Schlussfolgerung:

1. Ich finde es rührend, dass Norman für mich Verantwortung übernimmt. Sonst mache ich das ja immer.
2. Die Nennung des Namens »Melanie«, ihres Zeichens Tomatenpflanzenkennerin und Mir-den-Bettfreund-Ausspannerin, löst keine negativen Gefühle aus (nur ein paar, so prophylaktisch).
3. Ich möchte Norman mein Leid klagen, ungeachtet der Tatsache, dass er bei unserem nächsten Treffen keine Socken mehr bei mir verlieren kann.

»Prima«, sage ich ob dieser Erkenntnisse. »Mit uns ist alles gut.«

»Ich habe mir Sorgen gemacht. Um dich. Das ist sehr wichtig, weil du dir immer um alle anderen Sorgen machst. Es muss auch jemanden geben, der sich um dich Sorgen macht. Damit werde ich nicht aufhören. Auch wenn ich Melanie heiraten sollte. Was man nicht weiß.«

Ich muss schlucken. »Danke«, sage ich leise und blinzle ein paarmal, weil eine kleine Träne sich in meinen Augenwinkel verirrt hat. »Ich sitze hier in einem der hässlichsten Hotelzimmer der Welt, die Heizung läuft nicht, über mir übt jemand mit einem Elefanten Rumbatanzen, und ich muss in wenigen Stunden mit einem schlechtgelaunten Spitzenautor durch den Regen nach Dinslaken fahren, um dann auch noch mit meinem entsetzlich unterbemittelten Orientierungssinn die Buchhandlung zu finden. Ich brauche ein offenes Ohr!« Und das schenkt er mir. Wie früher.

Gute Bücher beeindrucken mich. Menschen, die gute Bücher schreiben können, ebenfalls. Ich wusste ja nicht, dass dieser Dystopie-Schinken tatsächlich in die Kategorie »gutes Buch« fallen könnte, aber ich wurde eines Besseren belehrt.

Das Buch hat es geschafft, mich von dem allseits empfohlenen Schlaf vor Mitternacht abzuhalten. Dementsprechend müde bin ich. Aber viele Bücher fangen gut an und lassen stark nach, deshalb werde ich einfach mal weiterlesen. Vielleicht hat Tim es nicht geschafft, diesen starken Start bis zum Ende durchzuhalten. (Ja, vermutlich unwahrscheinlich, aber noch bin ich nicht vollständig bereit, für ein dystopisches Werk zu schwärmen.) Ich habe nicht nur gelesen, ich hatte das Gefühl, dass sich Tims Stimme in meinem Kopf befand, als würde er mir sein eigenes Buch vorlesen. Eine sonderbare Situation, und ich erwarte, Tim heute Morgen mit anderen Augen zu sehen. Was allerdings nicht funktioniert, denn ich sehe ihn erst gar nicht. Er macht mal wieder die Tür nicht auf.

Entnervt lasse ich meine Einkaufstüte auf den abgetretenen Linoleumboden sinken und hämmere noch ein letztes Mal mit beiden Fäusten gegen die Tür. Wir müssen jetzt los. Die Betonung liegt auf JETZT. Weil Tim noch ein Interview mit dem *Recklinghausener Tageblatt* hat und unten schon der schlecht gelaunte Hotelbesitzer steht und offenbar nur darauf wartet, dass wir nicht rechtzeitig auschecken. Er hat vermutlich ein untrügliches Gespür für unzuverlässige Gäste.

Irgendwann reißt Tim dann doch die Tür auf und schnauzt mich an: »Warum regst du dich immer gleich so auf?«

Ich erschrecke mich dermaßen, dass ich einen Satz zur Seite mache, über die auf dem Boden stehende Tüte stolpere und nur deshalb nicht lang hinschlage, weil Tim blitzschnell den Arm ausstreckt und mich festhält. Das ist dann das zweite Mal, dass ich ihn mit einer akrobatischen Einlage erfreue. Er lässt mich so schnell wieder los, als hätte er sich verbrannt, aber ich spüre noch den Nachhall seines festen Griffs um meinen Oberarm.

»Meine Sachen sind schon längst unten. Fehlst nur noch du

zu meinem Glück«, sagt er, ohne auf meine akrobatische Einlage einzugehen. Ich sage nichts. Das war sehr viel unerwarteter Körperkontakt, und damit kann ich gerade nicht umgehen. Meine Müdigkeit ist ein echtes Handicap.

»Was ist mit dir?«, fragt er im nächsten Moment.

»Warum machst du die Tür nicht auf?«, frage ich schwach zurück, weiche seinem stechenden Blick aus und greife mir die Einkaufstüte. Es entgeht ihm nicht, dass ich mich unwohl fühle. Tim Bergmann ist zwar ein sonderbarer Typ, mit einer noch sonderbareren Seele, aber ich muss ihm zugutehalten, dass er mehr mitbekommt, als man denkt. Das ist ein wenig unheimlich, weil ich ständig das Gefühl habe, dass er durch meine gesellschaftstauglichen Masken hindurchguckt.

»Ich habe geschrieben«, erklärt er hoheitsvoll, klemmt sich den Laptop unter den Arm, lässt mir aber den Vortritt, und ich achte auf einen großzügigen Sicherheitsabstand zwischen ihm und mir.

Auch das registriert er. Ich erkenne es an seinem Gesicht. Er ist wachsam geworden. Mir wäre es lieber, er wäre ein tumber Trottel, der Zwischentöne und Körpersprache nicht so genau interpretieren kann. So wie Norman. Der erkennt erst, dass jemand traurig ist, wenn er heult wie ein Schlosshund. Tim Bergmann scheint über die Fähigkeit zu verfügen, schon die ersten Anzeichen richtig zu deuten. Und meine peinliche Vorstellung in seiner Gegenwart scheint diese Fähigkeit erst hervorgerufen zu haben.

»Warst du gestern nicht gut drauf?«

Wir sitzen in meinem Auto und fahren nach Recklinghausen zur örtlichen Tageszeitung.

»Bitte?« Tim sitzt neben mir und hat den Kopf in meine Richtung gedreht.

»Warst du gestern nicht gut drauf?«, wiederhole ich meine Frage. Er runzelt die Stirn.

»Wieso? Habe ich deinen Ansprüchen nicht genügt?«, fragt er spöttisch, und ohne hinzusehen, kann ich erkennen, dass er in Deckung gegangen ist. Ich halte an der nächsten Ampel und mustere ihn unauffällig. Er ist blass, und der Bartschatten betont seinen kräftigen Kiefer. Es ist ungünstig, dass Tim jetzt schon erschöpft aussieht. Aber wenigstens steht die Müdigkeit ihm besser als mir.

»Du hast so gehetzt gewirkt«, sage ich und füge in Gedanken noch hinzu: Und abgenervt, gestresst und irgendwie unfreundlich.

Tim sagt erst mal nichts. Ich folge Siri, die mich nach links auf die Autobahnauffahrt schickt. Ein Hoch auf portable Navigationsgeräte oder kleine Frauen, die sich im iPhone verstecken und jeden kleinsten Winkel auf dieser Welt kennen.

»Ich komme mit dem Buch nicht weiter«, sagt er nach einem langen Moment des Schweigens. »Ich fange immer ungefähr eine halbe Stunde, bevor du bei mir auftauchst, um mich zu einem Event zu schleppen oder mit Fragen zu bombardieren, an zu schreiben.«

»Du hattest aber den ganzen Vormittag Zeit«, antworte ich empört und fädle mich in den fließenden Verkehr ein. Kann ja nicht sein, dass ich immer an allem schuld bin.

»Du verstehst das nicht«, antwortet er dumpf. Eine seltsame Verzweiflung schwingt in seinen Worten mit.

»Dann erklär es mir«, sage ich vorsichtig und registriere verwundert, dass Tim mich die ganze Zeit über ansieht. Das verlockt mich, zurückzusehen, aber ich muss dringend den irren Mercedesfahrer vor mir im Auge behalten.

»Schreiben funktioniert bei mir nicht wie Holzhacken. Je mehr Zeit, desto mehr schafft man. Ich brauche jeden Tag

Ruhe und ausreichend Zeit, um überhaupt in die Geschichte zurückzufinden und den roten Faden wieder aufzunehmen. In meine Erzählstimme zu schlüpfen. Das kann manchmal dauern. Zu diesem Zeitpunkt meiner Arbeit hasse ich Menschen. Besonders, wenn sie etwas von mir wollen. So wie du oder dieses ganze Publikum. Und am schlimmsten ist es, wenn ich meinen Laptop verlassen muss, bevor ich weiß, wie die Geschichte weitergeht.«

Erstaunt werfe ich ihm jetzt doch einen Seitenblick zu. Der irre Mercedesfahrer ist mit Tempo dreihundert auf der linken Spur verschwunden.

»Du weißt nicht, was als Nächstes passiert?« Ich hoffe, meine Stimme klingt nicht empört, es ist aber nicht auszuschließen. Ist es nicht die Aufgabe eines Autors, zu wissen, was als Nächstes in seiner Geschichte passiert? Er muss beim Schreiben der ersten Kapitel definitiv gewusst haben, was er da tat. Das würde man doch dem Buch sonst anmerken.

»Du klingst empört«, sagt Tim und grinst. Das erste Mal an diesem Morgen.

»Das bin ich!« Ich grinse zurück. Ich kann nicht anders. Wenn der Mann seinen Charme mal aus dem Keller lässt, muss man das tun.

»Ich habe versucht zu plotten. Aber es funktioniert nicht. Meine Figuren entwickeln sich einfach immer weiter, in alle möglichen Richtungen. Und mit ihnen die Geschichte. Ich kenne vor dem Schreiben nur den Ausgangspunkt und das Ende. Der Rest … braucht Zeit und Ruhe.«

»Ich verstehe«, sage ich und verstehe das wirklich.

Und dann, ganz plötzlich, als ich schon glaube, das Gespräch ist beendet, sagt er: »Mir wird das hier zu viel. Meistens haue ich dann ab. Oder werde halt unwirsch.« Ich spüre, wie frustriert er ist.

»Wenn du abhaust, bin ich am Arsch«, sage ich leise.

»Deswegen bin ich ja nicht abgehauen«, antwortet er ebenso leise.

»Und unwirsch werde ich in deiner Gegenwart auch nicht mehr. Damit du keinen Herzschlag bekommst. Ich brauche dich ja noch.«

Wir erreichen das Redaktionsgebäude mit zehn Minuten Verspätung, an denen nur ich alleine schuld bin. Ich habe mich nämlich zweimal verfahren, bis Tim meinen uralten Straßenatlas unter dem Sitz hervorgekramt und Siri verboten hat, uns weiter zu lotsen. Ihr fehlt offenbar ernsthaft der Durchblick. Mir leider auch. Aber nun ist es vollbracht, und wir sitzen einer Redakteurin gegenüber, die ganz offensichtlich kein Faible für dystopische Literatur hat.

»Wie erklären Sie sich diesen Erfolg des Buches?«, ist dann auch ihre Eingangsfrage. Vorgetragen mit leicht gespitzten Lippen und einer Körperhaltung, als säße sie einem pelzigen Krabbeltier gegenüber. Sie ist nicht direkt unfreundlich, aber sie verströmt mit jeder Pore ihres Körpers Unwillen. Ganz offensichtlich ist sie normalerweise im dystopiefreien Feuilleton unterwegs. In Tims Augen lodert schlagartig das altbekannte Feuer auf, und ich setze mich aufrechter hin.

»Ist das Buch unter Ihrem Niveau?«, fragt er dann auch im nächsten Moment knapp und lehnt sich nach vorne. Er spielt mit seiner Größe. Subtil, aber dennoch erkennbar mit einer leicht aggressiven Note. Ich möchte eingreifen, aber der Wandel ist zu abrupt, und ich weiß nicht, was ich tun soll.

»Über Niveau wollen wir doch gar nicht sprechen«, sagt die Frau, deren Name ich mir nicht merken konnte, weil er ausgeschrieben zweimal um den Erdball reichen würde, und streicht sich den asymmetrischen Pony aus der hohen Stirn.

»Mich interessiert mehr, und da bin ich nicht alleine, wie ein reines Genrebuch es auf die Bestsellerliste schafft. Nach ganz vorne. Die Geschichte ist so ja schon einige Male erzählt worden. Außenseiter kämpft sich nach oben. Top Dog – Underdog. Was spricht die Menschen da noch an?« Ihr Blick ist jetzt etwas offener, und sie betrachtet Tim aufmerksamer als noch am Anfang des Gesprächs. Vielleicht ist sie immer so und kann gar nichts dafür?

»Das ist nicht die Geschichte. Wenn Sie mit mir über mein Buch reden wollen, müssen Sie es schon lesen«, erwidert Tim, steht auf und geht.

Die Frau mit dem langen Namen verdreht eindrucksvoll die Augen und gibt ein genervtes Stöhnen von sich.

»Sozialkritische Aspekte können genreunabhängig in jedem Buch verpackt sein. Es geht nur darum, wie geschickt es gemacht ist und ob die Grundaussage die Menschen anspricht, weil es ihrer Lebensrealität entspricht«, kläre ich sie auf.

»Ach.« Sie sieht mich an, als ob sie mich jetzt erst bemerken würde. Was dachte sie denn? Dass ich ein laufender Kleiderständer bin?

»Die Prämissen der Geschichte sind folgende«, füge ich hinzu und stehe ebenfalls auf. »Glaube an die Liebe!«, sage ich. »Überwinde die Unterschiede!« Ich schlüpfe in meine Jacke. »Glaube an dich!« Ich lächle ihr zu. »Worte sind mächtiger als Gewalt!« Ich gehe und bin froh, in den letzten Tagen jede freie Minute in *Rache über Xalanton* gelesen zu haben.

22

Da geht's lang

Der Mann in meinem Auto verströmt Übellaunigkeit aus jeder Pore seines eindrucksvollen Körpers. Er irritiert mich. Ich atme tief durch und lenke den Wagen durch den Berufsverkehr Richtung Dinslaken. Die Lesung ist um sieben, und es ist mittlerweile schon vier. Keine Ahnung, wo die Zeit geblieben ist. Tim schweigt und sieht aus dem Beifahrerfenster. Er ist die personifizierte Abwehrhaltung.

»Warum bist du nicht in der Lage, auch mal mit einer Redakteurin zu sprechen, die dein Buch vielleicht einfach nicht mag oder nicht gelesen hat? Das ist verdammt noch mal normal!«, sage ich und denke an die vielen Male, in denen ich mit gemeinen Kommentaren zu Liebesromanen konfrontiert wurde. Dieses Genre wird gerne lächerlich gemacht. Insbesondere Feuilletonjournalisten blicken überheblich auf Liebesromane, dabei sind diese Bücher für so viele Frauen Lebenshilfe. Mich eingeschlossen.

»Damit musst du leben. Du kannst ja auch nicht bei jeder negativen Amazon-Rezension ausrasten.« Es sind mittlerweile eintausenddreihundertachtundneunzig Rezensionen, fast alle positiv, aber wie immer gibt es ein paar Menschen, die ihren Unmut zum Buch schriftlich festhalten mussten.

Er reagiert nicht. Ich beiße die Zähne zusammen. Er reagiert nicht nur nicht, er ignoriert mich komplett. Ich hasse das, obwohl ich mittlerweile Zeit hatte, mich daran zu gewöhnen. Ich will gerade noch etwas hinterherschieben, als Tim sich zu mir dreht und sagt: »Ich habe zwei Jahre an diesem Buch gearbeitet. Da drin steckt alles, was ich habe. Und dann kommt eine Frau mit irgendeinem unaussprechlichen Namen und urteilt darüber. Weißt du, warum ich diese bekloppten und selbsternannten Literaturkritiker nicht länger ertragen kann?«

»Weil sie alle unangenehme und überhebliche Kotzbrocken sind?«, mutmaße ich und wundere mich, dass Tim jetzt doch auf das Thema eingeht. Ganz so, als ob er mich vorher nicht gehört hätte.

»Carsten Obermann hatte das Buch ebenfalls nicht gelesen. Damit kann ich umgehen. Alle, die meinen, sich ein Urteil erlauben zu können, haben das üblicherweise nicht getan. Aber er hat wohl irgendwo etwas über den sozialkritischen Aspekt gehört, und genau den hat er in den Dreck gezogen. Es sei eine einfache Hollywood-Geschichte, und die Aussage sei vielleicht für schlichte Facebook-User und minderbemittelte Buch-Blogger ausreichend, aber mehr als Glückskeksweisheiten wären da doch nicht zu erwarten gewesen. Aber das ist falsch. In diesem Buch steckt ein Teil meiner eigenen Geschichte. Und dann wird so eine Diskussion plötzlich sehr persönlich. Abgesehen davon, dass dieser überhebliche Kotzbrocken alle meine Leser einfach als Idioten hinstellt.«

Tim sieht fürchterlich angespannt aus. Zu seiner Blässe haben sich noch dunkle Augenringe gesellt. Mich würde man sofort fragen, ob ich krank sei. Ihm gibt das etwas sonderbar Aristokratisches. Er reibt sich mit beiden Händen durch das Gesicht. Die Geste hat etwas Verzweifeltes, und ich spüre den Druck, unter dem er steht.

Dass ich ihn von einer Lesung zur nächsten zerre, macht das Ganze nicht besser.

Er seufzt. »Vielleicht ist es einfacher, mit Kritik umzugehen, wenn sie eine ernsthafte und begründete Basis hat. Oder wenn man einfach nicht so tief mit seinem eigenen Text verbunden ist. Vielleicht sollte ich damit anfangen, Liebesromane zu schreiben?«

»Damit unterstellst du, dass Liebesromanautoren ihre Texte nicht auch fühlen und leben«, sage ich.

»Das meine ich nicht«, brummt er.

»Der Text ist dir zu nah. Er ist zu persönlich«, sage ich leise und spüre seinen erstaunten Blick auf mir.

»Ja«, sagt er schlicht. Ich bin mittlerweile auf Seite einhundertzwanzig angekommen, und Links kleiner Bruder wurde gerade von der Obrigkeit abgeholt, um getötet zu werden. Weil er krank ist und das System ihm nicht erlaubt, weiterzuleben. Wenn dieser Text mit seinem Leben zu tun hat, will ich vielleicht gar nicht wissen, wie er aufgewachsen ist. Vermutlich ist er dafür noch erstaunlich normal.

Wir erreichen das Hotel und sind zu spät. Der Tag besteht nur aus Verzug. Ich schmeiße meine Sachen in das klitzekleine, aber wenigstens sehr saubere Zimmer und renne los, um etwas Essbares aufzutreiben. Bisher hat mein Magen nur ein trockenes Brötchen intus, und er randaliert, seit wir die Redaktion verlassen haben, ungemütlich vor sich hin. Ich finde tatsächlich eine Bäckerei und kaufe Brezeln und Muffins.

Dann klopfe ich an Tims Tür und erschrecke mich fürchterlich, als er keine Sekunde später öffnet. Sein Blick ist so düster wie der fensterlose Flur, in dem ich stehe.

»Essen!« Ich halte die Tüte hoch. »Und dann müssen wir auch los.«

Tim schließt ganz kurz die Augen. Hinter ihm sehe ich auf dem Bett einen Wirbel an losen Blättern und den aufgeklappten Laptop stehen. Er hat offenbar geschrieben. Oder es versucht. Bis ich aufgetaucht bin. Sinnvollerweise habe ich ihm die Nachrichten von Markus Drebel vorenthalten, der sich besorgt nach dem Fortgang des für uns alle so wichtigen Romans erkundigt hat. Sinngemäß war er übrigens der Meinung, dass es meine Aufgabe sei, Tim zum Schreiben zu motivieren. Und die Durchführung akribisch zu überwachen. Markus Drebel scheint keine Ahnung zu haben, was es bedeutet, jeden Tag das Bett und den Ort zu wechseln und zwischendurch noch Interviewtermine und Lesungen wahrzunehmen. Ach, und zu arbeiten – das tue ich nämlich auch noch. Wie aufs Stichwort klingelt mein Handy. Ich drücke Tim die Tüte mit unserem Abendbrot in die Hand und mache eine hektische Armbewegung, mit der ich um Einlass bitte, während ich das Gespräch entgegennehme. Es ist unsere Praktikantin.

»Du, da sind so viele Fragen auf der Facebook-Seite. Ich weiß gar nicht, was ich schreiben soll«, sagt sie ohne Begrüßung.

Das fehlt mir gerade noch. Ich schiele auf den Radiowecker neben Tims Bett. Es ist schon kurz nach sechs. Um sieben beginnt die Lesung. Ich muss den Herrn ja auch noch dazu bewegen, sich gesellschaftsfein zu machen, und die Buchhandlung müssen wir auch noch suchen, finden und freundlich »Guten Tag« sagen, bevor es losgeht. Und ich glaube, der Kaffeefleck ist immer noch auf meiner Hose.

»Du sollst das auch gar nicht machen. Das ist Dianas Aufgabe«, sage ich und bemühe mich, freundlich zu klingen. Gleichzeitig deute ich auf die Brötchentüte. Tim muss jetzt was essen. Sonst wird das nichts mehr, aber Tim denkt nicht dran. Stattdessen knotet er sich im Schneidersitz auf das Bett, blendet mich aus und fängt an zu tippen.

»Diana hat aber keine Zeit.« Meine persönliche Praktikantin klingt, als ob sie gleich in Tränen ausbrechen möchte.

»Hör zu, Lisa. Es ist wichtig, dass jemand direkt aus dem Verlag auf die Kommentare antwortet. Nichts gegen dich, aber man braucht dazu ein wenig Hintergrundwissen und sollte den Tonfall der vorherigen Postings treffen.«

»Tja, dann musst du das wohl selber machen«, antwortet Lisa spitz, und mein Herzschlag erhöht sich.

»Gib mir doch bitte mal Diana.«

»Die ist weg, hat irgendeinen Termin. Und alle anderen sind auch weg. Heute hat irgendein Blogger spekuliert, wie lange es LOVE Books wohl noch geben wird. Offenbar ist irgendwie durchgesickert, dass es schlecht aussieht. Die Stimmung ist im Arsch. Ich bin hier fast alleine, und die Chefin kann ich ja wohl schlecht fragen.«

»Ich kümmere mich drum«, sage ich und beende das Gespräch. Dann lasse ich mich auf den einzigen verfügbaren Stuhl fallen und tippe eine Whatsapp an Diana. Als ich wieder aufblicke, sieht Tim mich an.

»Ich finde auch, dass du das machen solltest. Ich meine, wer, wenn nicht du?« Er zuckt die Schultern und sieht für einen Moment total harmlos aus. Das ändert sich aber schlagartig, als sich ein kleines diabolisches Grinsen in seinem linken Mundwinkel einnistet. Für einen kurzen Moment habe ich doch geglaubt, er meint das ernst.

»Wir müssen los. Wir brauchen bestimmt zwanzig Minuten für den Weg«, sage ich tonlos, und erstaunlicherweise klappt Tim seinen Laptop zu.

»Bleibst du so?«, frage ich und deute auf Tims zerschlissene Jeans und den Kapuzenpullover.

Er hebt den Zeigefinger und sagt: »Jederzeit authentisch, weißt du doch. Aber vielleicht willst du ja für mich lesen?«

Ich beiße mir von innen auf die Wange, um nicht auf diese Provokation zu reagieren. Ich weiß selbst, dass ich immer ein wenig übereifrig bin. Und ich weiß, dass sich ständig alle auf mich verlassen. Aber ist das schlecht? Ich muss noch viele Tage mit diesem Mann überstehen, und deswegen schweige ich.

Wir laufen los und biegen in die verlassene Fußgängerzone ein. Es soll angeblich recht einfach sein, die Buchhandlung Erdmann zu finden. Zumindest hat das die nette Dame im Hotel gesagt. Nur die Fußgängerzone runter und am Altmarkt links. Leider gibt es keinen Altmarkt. Es gibt alles Mögliche – große Häuser, kleine Häuser, Brunnen, Geschäfte, Nieselregen, der mich nun auch optisch ruiniert –, aber keinen Platz, der Altmarkt heißt.

»Es könnte sein, dass wir falsch sind«, sagt Tim und sieht mich mit hoch erhobenem Haupt unter seiner Kapuze an.

»Nein, das muss hier irgendwo sein!« Suchend drehe ich mich einmal im Kreis, erblicke aber nirgends einen Einheimischen, der uns weiterhelfen könnte. Die Geschäfte haben auch alle schon zu. Es ist zum Verrücktwerden.

»Bea.« Tim beugt sich zu mir herunter und sieht mich ernst an.

»Wir sind hier nicht richtig.« Er hebt eine Hand. Ich zucke zurück. Ich kann nichts dafür. Es ist tief in meinen Genen verankert. Ich zucke und gucke unbeteiligt. Er wollte mich wohl nur an der Schulter berühren, um mich zu einem trockenen Hauseingang zu dirigieren, aber natürlich ist ihm meine völlig unverhältnismäßige Reaktion nicht verborgen geblieben. Ich sehe es in seinen Augen. Aber er sagt nichts. Stattdessen deutet er jetzt auf den Hauseingang.

»Wir stellen uns jetzt da unter, du isst eine Brezel und ich suche den Weg. Okay?«

»Nein«, antworte ich und muss mich räuspern, denn meine Stimme klingt ganz zittrig. Natürlich ist das nicht okay. Ich muss *ihm* den Weg zeigen, ich muss ihn pünktlich zur Lesung bringen. Leider habe ich uns wirklich komplett falsch gelotst. Leider knurrt mein Magen so sehr, dass es schon gefährlich klingt. Leider bin ich auch total unterzuckert, und mir wird langsam, aber sicher ein wenig wüst im Kopf.

»Okay«, sage ich schließlich doch und gehe zum Hauseingang. Tim folgt mir, holt eine Brezel aus der Tüte, bricht sie in der Mitte durch und reicht mir die Hälfte. Dann zückt er sein Handy und sucht den Weg.

»Falsche Richtung. Wir müssen da lang.« Er deutet in die entgegengesetzte Richtung.

»Okay«, sage ich schwach und schlinge noch einen Bissen der Brezel runter. »Wir kommen zu spät. Ich muss da anrufen.«

»Ach was. Wir sind total pünktlich.«

»Und wo ist dein Buch?« Entsetzt starre ich ihn an. Er hat keine Tasche und hält nur sein Handy in der Hand.

»Vergessen«, sagt er und reißt in gespieltem Entsetzen die Augen auf. »Entspann dich doch mal«, brummt er dann, und ich kann mich täuschen, aber ich habe das Gefühl, dass er mich mit einem fast schon beängstigenden Interesse mustert. Als wäre ich eine völlig neue Spezies auf seinem Radar. Bin ich ja vermutlich auch.

23

Durchhalten

Wir kommen sehr wohl zu spät. Ich rufe auf dem Weg natürlich doch noch in der Buchhandlung an, und das ist gut so. Frau Meibrand, die hochengagierte Buchhändlerin kurz vor der Pensionierung, hätte wohl sonst einen Herzinfarkt erlitten, wenn nämlich achtundneunzig Zuhörer, aber kein Tim Bergmann aufgetaucht wären. So steht sie bereits auf der Lesungsbühne und erzählt Witze, als wir acht Minuten nach sieben durch die Tür hetzen. Ich hetze. Tim schlendert. Er scheint durch nichts zu beschleunigen zu sein. Und während ich auf einem der Hocker im hinteren Bereich der extrem gut gefüllten Stuhlreihen zusammenbreche, geht er auf die Bühne, verbeugt sich kurz und sagt: »Es tut mir leid, dass ich zu spät bin.« Und dann fängt er an zu lesen. So einfach ist das. Er entschuldigt sich, dass er zu spät ist. Punkt. Keine langwierige Erklärung.

Heute offenbar in Topform (von seinem gestrigen Hänger ist nichts mehr zu sehen oder zu hören) liest er knapp vierzig Minuten und lässt sich dann auch noch dazu herab, Fragen zu beantworten, bevor er signiert. Er kann, wenn er will. Nur leider will er oft nicht.

Dafür kann ich jetzt die Begeisterung der Leser ein wenig mehr verstehen. Genau wie ich scheinen alle Zuhörer das Buch zu kennen. Und sehr zu mögen.

Ich hocke die ganze Zeit in der hintersten Reihe und verhalte mich unauffällig, während ich mit einem Ohr zuhöre und mit einem Auge unser Facebook-Profil auf dem Handy beäuge. Es sind so viele Kommentare, dass ich vermutlich Jahre brauchen werde, um auf alle zu antworten. Mir wird heiß, und ich streife mir die Strickjacke von den Schultern. Es scheint tatsächlich so zu sein, dass der angeschlagene Zustand des Verlags durchgesickert ist, denn viele User äußern sich besorgt. Ich bin auch besorgt und nehme mir vor, mich gleich morgen früh durch Facebook, Twitter und Instagram zu arbeiten.

Frau Meibrand tippt mir nach Tims letzten Worten mit einem strahlenden Lächeln auf die Schulter. »Wollen Sie noch schnell auf die Nominierung für den Roderich-Preis hinweisen?«, flüstert sie und strahlt wie der glücklichste Mensch der Welt. Das macht mich für einen Moment auch sehr froh, und ich stecke das Smartphone ein und laufe zur Bühne, auf der Tim noch die letzten Bücher signiert. Ich sage mein Sprüchlein auf, ernte Applaus, verabschiede uns und kurz darauf stehen Tim und ich wieder auf dem nassen Kopfsteinpflaster der Fußgängerzone.

»Wenn mich noch einmal jemand fragt, warum ich mit dem Schreiben angefangen habe, schiebe ich ihm das Buch quer in den Hintern!«, knurrt er und starrt in den dunklen, regnerischen Himmel. Ich muss lachen.

»Warum hast du denn nun genau angefangen?«, frage ich, ohne auf seine Aussage einzugehen. Ich weiß nur, dass er immer schon geschrieben hat, und er hat die Antwort auf diese Frage bisher immer gekonnt umschifft.

»Notwehr«, antwortet er knapp.

»Ah.« Ich halte für einen Moment mit geschlossenen Augen das Gesicht in den Nieselregen und spüre, wie ich langsam wieder etwas abkühle, was kein Wunder ist, denn es sind bestimmt nur acht Grad. Das kommt mir ganz recht, ich fühle mich innerlich wie ein Hochofen. Und bevor ich noch darüber nachdenken kann, frage ich: »Gehen wir noch was trinken?«

»Ich wage zu bezweifeln, dass das an diesem Ort möglich ist. Wir könnten uns an den Brunnen da drüben setzen und einen Schluck Brunnenwasser nehmen«, schlägt Tim grinsend vor.

»Wir laufen zum Hotel und schauen einfach, ob wir auf dem Weg noch eine Kneipe oder so was entdecken«, gebe ich zurück und gehe energischen Schrittes nach links. Tim folgt mir nicht, und ich bleibe abrupt stehen und drehe mich um. Mein Starautor sieht mich einfach nur an.

»Was?«, frage ich und befürchte fast, dass er jetzt den übellaunigen, zynischen Hornochsen wieder aus dem Keller lässt, doch er macht nur eine knappe Handbewegung in die andere Richtung und sagt: »Da lang.«

»Du wärst jetzt tatsächlich wieder in die komplett falsche Richtung gelaufen?«, erkundigt Tim sich zum wiederholten Male, als wir uns am Tisch einer kleinen Eckkneipe niederlassen.

»Jep«, sage ich und nippe an meinem Rotwein, der so kalt ist, dass das Glas beschlägt, und so süß, dass er auch als Traubensaft durchgehen würde. »Ich habe eine kleine Orientierungsschwäche«, sage ich knapp. Ich hasse Richtungsangaben und bin nicht in der Lage, ihnen ordnungsgemäß zu folgen. Ja, ich verzweifle schon an Autobahnauffahrten, wenn man sich entscheiden soll, ob man nun Richtung Dortmund oder Hannover will. Keine Ahnung, welche ich nehmen müsste, wenn ich jetzt wieder nach Braunschweig wollte. Da scheint mein Gehirn irgendwie die falschen synaptischen Verbindungen zu haben.

»Ich glaube«, sagt Tim und betrachtet intensiv sein Bier, »in dir herrscht ein ziemliches Chaos, und das bricht manchmal heraus. Indem es dich in die falsche Richtung lotst. Ich habe noch nie jemanden erlebt, der so gut organisiert, aber so völlig orientierungslos ist.«

Ich möchte nicht, dass Tim Bergmann über mich spricht. Oder über mich nachdenkt. Wir haben eine rein berufliche Beziehung. Ich möchte auch nicht, dass er solche Rückschlüsse zieht, mit denen er voll ins Schwarze trifft.

Ich habe nämlich selbst schon oft überlegt, ob ich nicht so fürchterlich gewissenhaft und ordentlich und organisiert bin, um das Chaos in mir in Schach zu halten. Als Gegenmaßnahme sozusagen.

»Bin ich dir jetzt zu nahe getreten?« Tim betrachtet mich intensiv, und ich weiß nicht, ob es ihn wirklich belasten würde, wenn es so wäre. Ob er sich über mich Gedanken macht, weil es ihn wirklich interessiert, oder weil ich eine angenehme Ablenkung bin? Er wirkt auf mich nicht wie jemand, der sich viele Gedanken über die Befindlichkeit anderer Leute macht. Ganz im Gegensatz zu mir.

»Nö«, sage ich, weil er offenbar tatsächlich auf eine Antwort wartet. »Ich finde selten den Weg, aber ansonsten bin ich sehr organisiert«, füge ich hinzu.

»Das bist du.« Tims Mundwinkel zucken, und ich bezweifle, dass seine Worte als Kompliment gemeint sind. Eher zynisch. Seine Paradedisziplin. Vermutlich macht er sich über mich lustig, und zwar so geschickt, dass ich es noch nicht einmal richtig mitbekomme.

Wir trinken aus und laufen zurück ins Hotel. Schweigend. In meinem Zimmer schlüpfe ich in meine karierte Schlafhose und das Snoopy-Shirt und lege mich aufs Bett. Ich habe Dutzende WhatsApp bekommen. Eine von Norman. Wie es mir geht, er würde an mich denken. Eine von Britta. Wie es mir geht, sie würde an mich denken, und ich solle nicht vergessen, hin und wieder was zu essen und ein wenig zu schlafen. Eine von Marlene aus München. Ich solle mich mal melden, sie sei sehr besorgt über die schlechten Nachrichten aus dem Königstein Verlag. Und eine von meiner Mutter. Die ganze Sippe ist fürchterlich erkältet, und sie wünscht mir eine gute Zeit.

Ich werfe einen Blick auf die Uhr. Es ist kurz vor Mitternacht. Seufzend lege ich das Handy weg, um es mir kurz danach wieder zu schnappen und Facebook aufzurufen. Ich poste die paar Fotos, die ich von der Lesung heute gemacht habe, und antworte dann noch auf ein paar Fragen. Wann ist die nächste Lesung? Was kosten die Karten? Und dabei entdecke ich immer mehr Posts, in denen steht: »Haltet durch, Königsteiner! Wir lieben euch!«

Wow! Ich muss ein paarmal blinzeln, lasse die Kommentare aber unbeantwortet. Egal was ich schreiben würde, es wäre immer ein Hinweis, dass wir wirklich in Schwierigkeiten sind. Aber, und das macht mich wirklich glücklich, wir scheinen treue Leser zu haben. Mit diesem guten Gefühl gehe ich endlich ins Bett.

24

Lies mit mir

Irgendwie ist es ganz gut, dass plötzlich die komplette Buchhandlung im Dunklen liegt. Aufgeregtes Raunen wogt durch die Menge. Eine der Buchhändlerinnen ruft energisch: »Bleiben Sie bitte auf Ihren Plätzen, wir lösen das Problem sicher gleich!«

»Ach du je«, stöhnt der graue Mann im grauen Anzug, seines Zeichen Buchhandelskettenbetreiber, neben mir, macht aber keine Anstalten aufzustehen und zur Rettung der Lesung zu schreiten. Er scheint es gewohnt zu sein, dass andere für ihn arbeiten. Vermutlich weiß er noch nicht mal, wo der Sicherungskasten ist.

Aber so haben wir wenigstens die Möglichkeit, den fürchterlichen Gesprächsfaden ruhen zu lassen, mit dem er mich in den letzten Minuten malträtiert hat, und uns auf die aufgeregt flüsternden Menschen um uns herum zu konzentrieren. Ist aber auch wirklich dunkel wie in einem Bärenpo! Nur eine einzelne Straßenlaterne wirft einen spärlichen Schein in den großen Verkaufsraum, wo die akkuraten und komplett besetzten Stuhlreihen stehen.

Schemenhaft nehme ich wahr, dass Tim seinen Kopf auf das Lesepult gelegt hat.

»Wo waren wir denn gerade stehen geblieben?«, fragt Herr Ackermann völlig ungerührt von dem unerwartet aufgetretenen Ereignis. Bei einem massiven Liebesroman-Bashing seinerseits. Ich habe meine Bemühungen, ihm die Existenzberechtigung von Romanen mit dem Hauptthema Liebe näherzubringen, bereits vor zehn Minuten eingestellt. Liebesromane sind unter seiner Würde. Dystopie findet er suspekt. Tim Bergmann darf nur bei ihm lesen, weil seine Mitarbeiterinnen vermutlich auf den Knien darum gebettelt haben. Okay. Und weil er aus dem Stegreif einhundertneunundzwanzig Karten und dreihunderteinundzwanzig Bücher verkauft hat.

»Ich muss mich mal um unseren Autor kümmern«, sage ich, bringe die Taschenlampe meines Handys in Gang und laufe durch die Stuhlreihen auf die provisorische Lesungsbühne.

»Alles okay?«, frage ich ihn und hocke mich kurzerhand auf die Tischkante. Ruckartig hebt Tim den Kopf wieder und blinzelt mich an.

»Können wir gehen?«, raunt er, und ich schüttle energisch den Kopf, woraufhin er sich kurz, aber eindrucksvoll, die Haare rauft.

»Reicht dir das Licht?« Ich beleuchte die aufgeschlagene Seite.

»Ja, aber ich müsste brüllen, um das Ende des Raumes zu erreichen. Lass uns abhauen. Ein Zaubertrick. Licht aus, Autor noch da, Licht an, Autor weg!« Er benimmt sich wie ein quengelndes Kind. Fehlt nur noch, dass er mir am Ärmel zupft.

»Reiß dich zusammen«, befehle ich energisch.

»Kann ich nicht. Ich hatte eine schlimme Kindheit. Zählt das nicht als Fluchtgrund?«

Meine Mutter hätte ihm jetzt einen leichten Schlag auf den Hinterkopf verpasst. In ihrer Welt gibt es keine Rechtfertigung für schlechtes Verhalten. Schon gar keine schlimme Kindheit, die hatten wir nämlich alle, wir durften uns nur niemals darauf berufen. Das gab immer mächtig Ärger.

»Bea?« Tim beugt sich zu mir, und ich spüre seine Körperwärme durch den dünnen Stoff meiner Bluse. »Das war nur ein Spaß.«

»Nein. Wir tragen immer die volle Verantwortung für unser Tun und Handeln.« Ich klinge jetzt auch wie meine Mutter. Und völlig spaßfrei.

»Okay. Trotz schlechter Kindheit bleibe ich jetzt hier hocken. Gut? Bekomme ich dann ein Sternchen in mein Führungszeugnis?«

»Vielleicht«, sage ich, und dann tue ich etwas extrem Wagemutiges. Ich klopfe Tim auf die Schulter. Also, es ist mehr so ein Tätscheln, etwas unbeholfen und verrutscht, weil es mehr auf seinen Schulterblättern landet, aber es verfehlt seinen Zweck nicht. Tim grinst. Ich sehe seine weißen Zähne aufblitzen, und das fahle Licht der Straßenlaterne zaubert Lichtsprenkel in seine Augen. Dann springe ich vom Pult, trete an den Rand der Lesungsbühne und klatsche in die Hände. Es ist irgendwie cool, wenn man nicht so genau gesehen wird. Ich bin quasi unsichtbar. Großartige Sache.

»Meine Damen und Herren!«, rufe ich, und schlagartig verebbt das Gemurmel aus den Stuhlreihen. »Tim Bergmann wird jetzt im Schein meines Handys weiterlesen. Da aber leider auch das Mikro ausgefallen ist, bitte ich die hinteren Reihen, sich zu uns nach vorne zu gesellen. Bitte ganz langsam und vorsichtig, damit niemand stürzt!«

Unser Publikum wandert ausgesprochen leise und flink nach vorne und verteilt sich dort auf dem Teppich, auf einem Treppenabsatz, und nachdem ich wie ein leicht irrer Fluglotse gewunken habe, auch auf der Lesungsbühne.

Eine der Buchhändlerinnen bahnt sich ihren Weg zu uns und flüstert aufgeregt: »Wir bekommen das technische Problem nicht in den Griff! Das ganze Haus hat keinen Strom!«

»Macht nix«, sagt Tim, greift nach meiner Hand, weil ich ja

immer noch das Handy halte, justiert sich das Licht und fängt an zu lesen. Seine Stimme ist auch ohne Mikro durchdringend und zieht seine Zuhörer in den Bann. Ich betrachte die schemenhaften Gesichter der Menschen, die so dicht zu uns herangerückt sind, und bemühe mich, das Handy ruckelfrei zu halten, bis Tim mich anstupst.

»Willst du seine Schwester lesen?«, raunt er, was natürlich überhaupt nichts an Geheimhaltung bringt, weil uns die Zuhörer ja förmlich auf dem Schoß sitzen.

»Link hat doch keine Schwester«, raune ich zurück und höre die Lacher aus dem Publikum. »Bis Seite zweihundertsechsunddreißig hat er definitiv keine Schwester«, sage ich.

»Doch, die darf ab Kapitel vierundzwanzig mitspielen«, antwortet Tim trocken und erntet Gelächter.

»Dann zeig mir, was diese Schwester sagt, und ich lese es vor«, sage ich ergeben.

»Sie ist wichtig«, sagt Tim und deutet auf eine Textpassage. »Sie erklärt Link nämlich, dass er keinen Grund hat, sein Leben nicht selbst in die Hand zu nehmen. Und dass er keinen Grund hat, sich auf seine Herkunft zu berufen.«

»Coole Schwester«, sage ich, und dann lesen wir, während einhundertneunundzwanzig Menschen uns wie gebannt lauschen.

»Das war eine richtige Performance!« Der Buchhändler steht kurz davor, zu hyperventilieren. Er ist es vermutlich nicht gewohnt, dass Verlagsmitarbeiter und Autoren zusammen auf der Bühne hocken und die Menge zum Toben bringen. Also, getobt haben sie nicht, aber es war schon großartig, und dem Publikum hat es wirklich gut gefallen.

Zwei Buchhändlerinnen stehen neben ihm und lächeln glückselig vor sich hin. Sie haben ihrem Chef heute Abend bewiesen, dass sie einen ziemlich guten Riecher hatten. Wir *waren* aber auch gut. Das Licht ist übrigens wieder an, und Tim signiert brav und ohne Zwischenfall dreihunderteinundzwanzig Bücher. Ich kann mich täuschen, aber ich habe das Gefühl, dass er zwischendurch sogar nett zu den Menschen ist.

Der nächste Tag ist ein Samstag, und wir werden das gesamte Wochenende in Hückelhoven verbringen. Hier findet am Montag die nächste Lesung statt, und da Tim ja keinesfalls die vierhundert Kilometer wieder nach Hause fahren wollte, sind wir nun hier gestrandet. In einem Hotel, das zwar sauber und adrett, aber leider auch vom Farbkonzept her eher anstrengend ist. Schwarz, Weiß und Chrome sind die vorherrschenden Farben, und zwar schwerpunktmäßig in irren geometrischen Mustern kombiniert. Für jemanden, der Zartrosa liebt, ist das nur schwer auszuhalten.

Ich sitze beim erstaunlich reichhaltigen Frühstück und starre in den leichten Nieselregen vor dem Fenster. Es ist keine besonders verlockende Aussicht, das ganze Wochenende hier festzuhängen. Ich habe schon mit meiner Mutter telefoniert und mich auf den aktuellen Stand bringen lassen. Der aktuelle Stand ist der gleiche wie bei meiner Abreise, aber das ist ja eigentlich ein Grund zur Freude. Es ist schon sonderbar, aber ich vermisse meine Familie. Beherzt gieße ich mir einen weiteren Kaffee ein und rühre energisch drei Löffel Zucker in die Tasse. Ich bin bestimmt der einzige Mensch auf der Welt, der mit Anfang dreißig seine Familie vermisst, weil er mal ein paar Tage unterwegs ist. Aber so war das schon immer, und so wird es vermutlich auch immer bleiben.

Seufzend nehme ich einen Schluck von dem höllisch heißen und nun dramatisch süßen Gebräu. Allerdings werde ich eh nicht viel Zeit haben, mit meiner Anwesenheit hier zu hadern, denn ich muss gleich den Laptop zum Glühen bringen. Zum Glück gibt es eine hervorragende Internetverbindung, und meine To-do-Liste reicht von hier bis nach Meppen. Außerdem habe ich noch vier schriftliche Interviewanfragen, mit denen Tim sich befassen muss. Also, erst muss ich ihn motivieren, und dann muss ich die korrekte Beantwortung der Fragen kontrollieren. Sonst schreibt er doch recht sonderbare Dinge. Das hatten wir schon. Da hat er auf die Standard-Frage, wie er denn seine Ideen finde, geantwortet: indem er Journalisten verhaut. Sehr ungünstig.

Ich stecke mir den letzten Bissen meines Brötchens in den Mund und vertiefe mich in die Unterlagen, die ich vor mir auf dem Tisch ausgebreitet habe. Eine der Interviewanfragen ist sogar von einem bekannten Onlinemagazin mit einer enormen Reichweite. Ich notiere am Rand, dass Tim unbedingt auf das Voting vom Roderich-Preis hinweisen muss, als mir die Bitte um schleunigste Rückgabe ins Auge fällt. Die schleunigste Rückgabe hätte gestern stattfinden müssen.

Schockschwerenot! Schnell raffe ich meine Unterlagen zusammen und suche Tims Zimmer. Ich kenne natürlich die Zimmernummer, und da ich Zahlen gerne mal vergesse, habe ich sie mir sogar auf dem linken Handgelenk notiert. Dort verfasse ich auch öfter mal meine Einkaufslisten. Das Handgelenk kann man nämlich nicht vergessen, im Gegensatz zu einer Einkaufsliste. Leider ist es nicht ganz so einfach, das Zimmer, trotz bekannter Nummer, zu finden. Der Mensch, der die Zimmer nummeriert hat, muss entweder betrunken oder vom Farbkonzept derart benebelt gewesen sein, dass es den Anschein macht, als hätte er einfach fröhlich in die Kiste mit Nummern gegriffen und sie ebenso fröhlich an die Türen gepappt. Dazu kommt, dass das Hotel total verwinkelt ist und gleich vier Etagen hat. Ich bin also eine ganze Weile unterwegs und fühle mich wie nach einer Weltumseglung, als ich es endlich bis zur Zimmernummer vierhundertzweiunddreißig geschafft habe. Energisch klopfe ich an die Tür und stelle mich auf eine längere Wartezeit ein. Aber heute übertrifft Tim sich selbst. Ich muss nur dreimal klopfen, bevor er mir öffnet. Offenbar habe ich ihn direkt aus dem Bett geholt. Während ich, wenn mich tatsächlich mal jemand aus dem Bett holt, niemals die Tür öffnen würde, ohne mich wenigstens korrekt zu bekleiden und meine Haare zu kämmen, ist Tim total authentisch. Er trägt seine verwaschene graue Jogginghose und sonst nichts. Auch keine Frisur. Seine Haare stehen wirr in alle Richtungen ab, und er betrachtet mich aus zusammengekniffenen Augen.

»Morgen«, sage ich fröhlich und sehe ihm bewusst ins Gesicht, denn sein Oberkörper ist zu ansehnlich. Keine Ahnung, wie er das hinbekommt. Andere müssen ihre Seele verkaufen, jeden Tag trainieren und sonderbare Substanzen schlucken, aber bei Tim scheint ein wenig Tastendrücken auszureichen.

»Hmpf«, sagt er. Offenbar raubt ihm mein Anblick die Kraft, denn er lässt sich seitlich gegen den Türrahmen sinken. »Es ist neun Uhr. Bist du irre?«

»Ja. Neun. Prima. Wir müssen ganz dringend dieses Interview machen!« Ich wedle mit dem Blatt Papier vor seiner Nase herum, und Tim guckt mich an. »Und dann noch drei weitere. Vielleicht können wir das beim Frühstück machen. Und dann wollte ich schnell noch ein paar Dinge einkaufen. Brauchst du was?«

»Äh«, er legt den Zeigefinger ans Kinn und gibt vor nachzudenken. »Nein«, sagt er dann. »Ich brauche nix und gehe jetzt wieder ins Bett. Komm in zwei Stunden noch mal wieder.« Und damit schlägt er mir die Tür vor der Nase zu. So viel zum Thema: Tim Bergmann ist unberechenbar. Gestern noch haben wir zusammen auf der Bühne gehockt und die Menge zum Toben gebracht, heute schon schlägt er mir die Tür vor der Nase zu. Weil es ihm nicht ins Konzept passt. Weil *ich* ihm nicht ins Konzept passe. Was mir ja auch irgendwie leidtut, aber wenn ich mich nicht um die Einhaltung all dieser Abgabetermine kümmere, wird es kein einziges Interview geben. Dann ade Roderich-Preis. Ich werde nur ganz selten wütend, aber dies ist nun einer dieser besonderen Momente. Es ist wirklich ein außergewöhnliches Ereignis, ungefähr so wie ein seltenes Naturphänomen. Aber hier und jetzt, vor Zimmernummer vierhundertzweiunddreißig, fängt mein Blut an zu kochen. Ohne groß nachzudenken, hole ich mit der Faust aus und schlage gegen das Holz. Es rumst vernehmlich, und ich habe bestimmt alle anderen Hotelbewohner geweckt.

»Mach die Tür auf!«, zische ich und schlage noch einmal gegen das Holz. Mir rauscht das Blut in Lichtgeschwindigkeit durch den Kopf, und es pfeift leicht auf dem linken Ohr. Und dann passiert ein Wunder. Vielleicht liegt es an der Urgewalt des Naturphänomens, aber die Tür öffnet sich wieder und Tim starrt mich wortlos aus seinen grauen Augen an.

»Arschloch!«, sage ich und pfeffere die Unterlagen vor ihm auf den Fußboden.

»Wo ist Bea?«, fragt er mich tonlos.

»Hä?«

»Wer sind Sie?« Er legt den Kopf schief und betrachtet mich eindringlich. »Die Bea, die ich kenne, hätte niemals so laut geschrien, dass man sogar noch in Holland erstaunt aus den Häusern gelaufen ist, um zu sehen, wo der Urschrei herkam.«

Das Rauschen meines eigenen Bluts im Kopf lässt nach.

»Wir treffen uns in einer halben Stunde zum Frühstück. Wenn du nicht kommst, werde ich dich persönlich aus dem Bett ziehen.«

Ich drehe mich um, halte inne und werfe ihm noch einen Blick zu. »An den Füßen.«

25

Auszeit

Böse sein ist cool. Ich weiß nur leider noch nicht, was ich tun soll, wenn dieser ausgesprochen seltene Aggregatzustand meiner Persönlichkeit nicht zum gewünschten Ergebnis führt. Das muss ich dann wohl spontan entscheiden. Böse ist nämlich nicht steigerungsfähig. Man könnte dann vielleicht noch mit harten Gegenständen werfen, aber unter Umständen würde ich unseren Starautor dann verletzen, und schwups wären wir alle arbeitslos.

Ich sitze also wieder im Frühstücksraum und warte. Es vergehen zwanzig Minuten, dreißig und schlussendlich vierzig Minuten, und kurz bevor ich mir einen Plan B einfallen lassen kann (Tim an den Füßen aus dem Bett ziehen?), taucht der muffelige Star auf und setzt sich mir gegenüber. Er ist unrasiert und trägt ein enges, schwarzes Shirt, was die zwei Damen, die gerade das Frühstücksbuffet auffüllen, gleich dazu veranlasst, die Köpfe zu verdrehen und dann leise tuschelnd wieder in der Küche zu verschwinden. Kommt an, der Mann.

Tim faltet die Hände vor sich auf dem Tisch und verlegt sich für einen Moment darauf, mich anzustarren. Tief in mich hinein wie ein Röntgengerät. Das ist durchaus gruselig.

»Ich mache dir einen Vorschlag«, sagt er dann leise und blickt mich weiter unverwandt an. »Heute machen wir das, was ich will, und morgen kümmern wir uns um alle Interviews und was sonst noch so ansteht. Und ich werde hochengagiert bei der Sache sein. Aber erst morgen.«

Ich will etwas sagen, aber er hebt eine Hand, und ich klappe den Mund wieder zu. »Ich komme beim Buch nicht weiter und habe festgestellt, dass ich dann etwas komplett anderes machen muss. In den Zoo gehen, irgendetwas, was ich sonst nie tun würde. Das hilft meinem Hirn auf die Sprünge, und meistens kann ich dann weiterarbeiten. Okay? Dient also dem Zweck der Sache.«

»Wir gehen in den Zoo?«, frage ich schwach, doch er schüttelt energisch den Kopf, räumt dann sämtliche auf dem Tisch verteilten Unterlagen zur Seite und legt sie neben sich auf den Stuhl. Somit sind sie außer Sichtweite. Ein komisches Gefühl.

»Wir lassen uns treiben«, sagt er schließlich.

»Was ist das?«

»Das ist, wenn man planlos umherwandert und stehen bleibt, wann man möchte.«

»Treiben lassen.« Ich schmecke die Worte auf der Zungenspitze und fühle, wie sich eine kleine zarte Aufregung in meinem Magen bemerkbar macht. »Das habe ich wohl das letzte Mal getan, als ich drei war. Ich habe immer einen straffen Zeitplan.«

»Ja, aber auch fleißige Arbeitsbienen müssen mal eine Pause machen.«

Und so beginnen wir mit dem Experiment »Treiben lassen«.

Erst mal laufe ich aber nur hinterher. Tim hat sich in seine Biker Boots geschmissen und eine schwarze Lederjacke übergezogen und sieht nun wirklich aus wie ein Abenteurer, wohingegen ich aus Ermangelung an geeigneten Outdoor-Klamotten mehrere Schichten übereinander trage und mich ein bisschen wie das Michelin-Männchen fühle. Aber wir haben März, und es ist noch recht frisch draußen. Immerhin hat dieser fürchterliche Nieselregen aufgehört. Tim biegt scheinbar planlos immer mal wieder links oder rechts ab, und so erkunden wir zwar das kleine Städtchen, aber ich fühle mich keinesfalls so, als ließe ich mich treiben. Eher als würde ich gezogen.

»Stopp!«, rufe ich, als Tim ansetzt, wieder mal um die nächste Hausecke zu verschwinden, und beeile mich, ihn einzuholen. »Ich gehe vor«, sage ich schließlich etwas außer Atem. Tim betrachtet mich mit Pokermiene, lässt mir aber den Vortritt.

Wir landen in einer Eisdiele, die offenbar ein paar Tage zuvor ihre Winterpause beendet hat. Dort verzehre ich ein komplettes Spaghetti-Eis mit einer doppelten Portion Sahne. Dabei habe ich nur eine Stunde vorher gefrühstückt. Ich esse sonst auch nie so viel Eis. Weil … na ja, das eben nicht so gesund ist und viele Kalorien hat, aber dieser Tag scheint wie ein Urlaubstag. Anschließend bin ich ein wenig high von dem vielen Fett und Zucker, und so torkeln wir weiter, kreuz und quer durch diese mir völlig unbekannte kleine Stadt. Wir durchqueren Wohngebiete, bestaunen die ersten Frühlingsblumen und landen schließlich in einem Wald. Ich bin nur froh, dass offenbar wenigstens Tim über einen rudimentären Orientierungssinn verfügt, denn sollte ich jetzt in die Richtung zeigen, in der unser Hotel liegt, müsste ich raten.

Wir folgen einem mit weichen Blättern gepolsterten Waldweg, und ich genieße den sanft schwingenden Boden. Wir laufen relativ dicht nebeneinander her. Sehr dicht, um genau zu sein. Was mir aber erst jetzt auffällt.

»Was ist eigentlich aus dem Artikel von der Frau mit dem langen Namen geworden?«, fragt Tim unvermittelt. Er hat den Kopf gehoben und betrachtet den mittlerweile blauen Himmel hinter den noch kahlen Baumkronen. Ich habe das Bedürfnis, ihn an die Hand zu nehmen, damit er nirgendwo gegen läuft.

»Den habe ich entsorgt, und die Welt hat ihn schon wieder vergessen«, antworte ich und spiele jetzt ernsthaft mit dem Gedanken, Tim anzufassen. Er wird sonst irgendwie vom Weg abkommen und in den Graben fallen. Oder gegen einen Baum rennen. Er guckt immer noch in den Himmel.

»War es so schlimm?«

»Sie hat das Buch nicht verstanden. Und dich auch nicht. Man muss solche Dinge schnell vergessen und nach vorne blicken.«

»Hm«, brummt er.

»Nach vorne blicken«, wiederhole ich nachdrücklich und berühre Tim jetzt doch vorsichtig am Arm.

»Bea«, brummt er und fängt äußerst geschickt meine Hand ein. Damit habe ich nicht gerechnet. Eine gewisse Starre überkommt mich. Tim merkt das und lässt mich sofort wieder los, lächelt mich aber an. So als wüsste er, was in meinem Kopf vor sich geht. »Du musst auch mal nach oben gucken. Das fühlt sich komisch an. Leicht. Wattig. Als ob das Gehirn anders funktioniert, wenn der Blick mal nicht auf Autos, Ampeln, Straßen und Menschen gerichtet ist.«

»Ich würde überall gegen laufen.«

Tim schnaubt. »Nein. Wir alle haben ein Körperschema, das uns hilft, uns im Raum zu orientieren. So schnell rennt man nirgendwo gegen.«

»Das Körperschema kennt sämtliche Astlöcher und Stolpersteine auf diesem Waldweg? Ich bin zutiefst beeindruckt.«

»Ich laufe hinter dir und passe auf.«

Und ich tue es. Ich hebe den Kopf und gehe langsam weiter. Ganz schnell stellt sich dieses sonderbare Gefühl ein. Als ob die Erde sich mit mir drehen würde und die Wolken die festen Elemente am Himmel wären. Ich kichere und lasse es zu, dass Tim mich sanft an den Schultern berührt und um einen Baumstamm herummanövriert, den wohl der letzte Sturm mitten auf den Weg gefegt hat. Und mehr noch: Ich lasse es nicht nur zu, ich genieße Tims Berührung. Seinen sanften Halt. Ich genieße es viel zu sehr. So sehr, dass ich nach ein paar Minuten einen Schritt nach vorne mache und mich so von ihm löse. Schwungvoll drehe ich mich zu ihm um. Offenbar so schnell, dass ich für den Bruchteil einer Sekunde noch etwas in Tims Augen entdecke, das ich nicht hätte sehen sollen. Denn er versteckt es augenblicklich. Eine sonderbare Zärtlichkeit. Die mir galt. Für einen kleinen Moment stehen wir uns wortlos gegenüber. Dann fängt Tim sich, hebt den linken Arm und deutet hinter mich.

»Da vorne wächst Bärlauch.«

»Oh«, sage ich und gebe mich völlig überrascht und nun eiligst bestrebt, mir den Bärlauch näher anzusehen. Ich meine, was für ein Ereignis! Bärlauch! Alles ist bestens geeignet, diesen Moment aufzulösen. Dazu stapfe ich sogar ein wenig in das Walddickicht hinein und lasse dann suchend den Blick schweifen. Dabei weiß ich gar nicht so genau, was Bärlauch eigentlich ist. Tim ist mir gefolgt und deutet nach links. Da wächst eine Pflanze mit satten grünen Blättern und weißen Blüten.

»Sorry, aber das sind Schneeglöckchen«, sage ich. Also ganz rudimentär kenne ich mich dann ja doch in der Flora und Fauna von Deutschland aus. Außerdem bin ich froh, dass es etwas gibt, auf das ich meine Konzentration lenken kann. Etwas, das nicht Tim ist.

»Nee. Bärlauch. Sieht dem Schneeglöckchen nur ziemlich ähnlich. Die wiederum sind ziemlich giftig. Ungünstige Gesamtsituation.«

Wir erklimmen wieder die kleine Anhöhe zum Weg und wenden uns nach links.

»Denkst du jetzt die ganze Zeit über das Buch nach?«, frage ich und bin froh, dass mir diese Frage eingefallen ist. Die Alternative wäre nämlich Schweigen. Allerdings reagiert Tim nicht.

»Tim?«, frage ich und sehe ihn an. Er wird doch nicht ohne Ankündigung wieder in den Hornochsen-Modus verfallen? Mein Magen krampft sich kurz zusammen.

»Ja?« Tim hat endlich den Kopf zu mir gedreht.

»Denkst du jetzt die ganze Zeit über das Buch nach?«, wiederhole ich meine Frage, und Tim runzelt die Stirn.

»Was?«, fragt er.

»Willst du mich verarschen?«, erwidere ich vorsichtig. Tim kratzt sich am Kopf. »Ich bin auf dem linken Ohr fast taub. Du musst zu dem anderen sprechen.«

Mir fallen die unzähligen Male ein, in denen ich dachte, er würde mich gekonnt ignorieren.

»Ein Hörgerät funktioniert nicht so gut bei mir«, fügt er hinzu. »Ich wollte mir immer schon mal ein kleines Mute-Zeichen darunter tätowieren lassen.« Er tippt sich unter das Ohr. »Weil alle das vergessen und ich nicht immer alles mitbekomme.«

»War das eine Mittelohrentzündung?«, frage ich und folge Tim, der langsam wieder losgelaufen ist. Er schüttelt den Kopf.

»Das war der Mann meiner Mutter«, sagt er sehr leise. So leise, dass ich nicht weiß, ob seine Antwort überhaupt für meine Ohren bestimmt war.

»Aber wie war die Frage?«, sagt er im nächsten Moment, als wäre nichts geschehen. »Ob ich jetzt die ganze Zeit über mein Buch nachgrüble?«

Ich nicke wortlos und bemühe mich, mit ihm Schritt zu halten. Der ungewollte Ausflug in seine Kindheit hat seine Körperhaltung verändert. Er ist plötzlich das Gegenteil von entspannt und rennt förmlich voraus.

»Das passiert unterbewusst. Manchmal lösen sich Plotlöcher dann ganz einfach auf«, sagt er schließlich, immer noch schräg vor mir.

Ich nehme mir ein Herz und fasse ihn vorsichtig am Ärmel. »Renn nicht weg«, sage ich, und tatsächlich wird er langsamer. Er schweigt noch einen Moment und seufzt dann: »Manchmal aber auch nicht.«

»Es wird ein wenig eng mit dem Buch, richtig?«

Tim atmet tief durch. »Ich muss nur wieder in den Tritt kommen, dann können die letzten Kapitel innerhalb von wenigen Tagen stehen.«

»Dafür brauchst du Ruhe und Zeit«, mutmaße ich.

»Korrekt. Nun hast du es verstanden. Komm mal mit. Ich zeige dir noch was.«

»Ich bitte darum!«, sage ich und folge ihm. Auch als er mitten in den Wald einbiegt. Er läuft kreuz und quer und lässt sich schlussendlich auf einem umgefallenen Baumstamm nieder. Einladend klopft er neben sich, und ich setze mich ebenfalls.

»Was machen wir hier?«, frage ich ganz leise. Es ist herrlich still mitten im Wald. Nur die ersten Vögel, die den Frühling besingen, sind zu hören. Ich glaube, hier darf man nicht laut sprechen. Wie in einer Kirche.

»Nachdenken«, flüstert Tim zurück.

»Ich auch?«

»Du ganz besonders.«

26

Wünsch dir was

Ich bin mittlerweile ein Kofferpack-Profi. Und eine Fachfrau für »Pulli im Handwaschbecken waschen« ebenfalls. Wir sind Nomaden. Seit einigen Tagen schlecht gelaunte Nomaden, denn die Hotels, in denen wir die Nächte verbringen, sind, sehr vorsichtig ausgedrückt, knapp über Campingplatz-Niveau, und mein Autor hat begonnen zu meutern. Tim bräuchte dringend Ruhe, Abgeschiedenheit, Tage, an denen er sich treiben lassen kann, und sein Langmut unseren miesen Absteigen gegenüber nimmt von Tag zu Tag ab. Proportional zu meinem zunehmenden Stresspegel, denn meine lieben Kolleginnen scheinen einfach nicht verstehen zu wollen, dass ich eigentlich mit Packen, Autofahren, Auspacken, Tim motivieren, Essen beschaffen und Lesungen überwachen komplett ausgelastet bin.

Sie schicken mir weiterhin massenhaft Arbeit, und das, obwohl wir heute auf dem Weg nach Hiltrudenhimmelstadt am unteren Führt sind. Der Ort heißt nicht so, aber da ich komplett den Überblick verloren habe, habe ich mir einfach einen Namen ausgedacht. Ich finde, er klingt ganz gut. Vielleicht sollte ich es auch mal mit dem kreativen Schreiben probieren?

Heute fährt Tim, damit ich arbeiten kann. Und Tim fährt wie eine Schnecke. Uns hat gerade ein dunkelgrüner Opel Corsa überholt, an dessen Steuer eine ältere Dame mit blauen Haaren verkrampft auf dem Fahrersitz saß, die Nase fast im direkten Kontakt mit der Windschutzscheibe. Ich denke, dies war ihr erster Überholvorgang überhaupt in ihrem langen gemeinsamen Leben mit eben jenem Opel Corsa, und sie war *not amused*. Aber Tim muss man überholen. Er fährt sechzig. Auf einer komplett freien Landstraße.

»Bitte. Fahr schneller«, sage ich, muss aber gleichzeitig ans Telefon gehen. Es ist der siebte Anruf. Innerhalb einer halben Stunde.

Diana. Es gibt wieder mal Probleme mit dem Marketingmaterial. Die Druckerei hat zwar gedruckt, und sogar die Lesezeichen und Coverpostkarten geschickt, aber die Farben stimmen offenbar nicht.

»Dann ruf da doch bitte an und beschwere dich«, sage ich.

Diana schnauft. »Aber du hast sonst den Kontakt. Außerdem weiß ich gar nicht, was es mit diesen komplizierten Farbtabellen auf sich hat. Kannst du das nicht machen? Bitte!«

»Eigentlich nicht«, sage ich. »Ich weiß gar nicht, wann ich das noch machen soll.«

»Geht doch schnell. Ist ja nur ein Anruf.« Diana klingt zufrieden, einen Punkt auf ihrer To-do-Liste spontan abgegeben zu haben. Ich ärgere mich, sage aber »Okay«. Weil ich immer »Okay« sage. Das ist ein Automatismus. Als ich auflege, ärgere ich mich weiter und blicke auf die vielen Zettel, die ich auf meinen Knien balanciere.

»Eigentlich nicht, bedeutet nicht nein«, sagt Tim unvermittelt und guckt dabei völlig unbeteiligt auf die Straße, sodass ich für einen Moment überlege, ob ich es mir nur eingebildet habe, dass er gesprochen hat. Er wirft mir einen kurzen, aber sehr intensiven Seitenblick zu, einen von denen, die mir durch und durch gehen, womit ich mir sicher bin, dass er tatsächlich mit mir gesprochen hat.

»Einer muss sich ja nun mal um diese Dinge kümmern«,

sage ich knapp. Wir bewegen uns auf dünnem Eis. Tim ist nun wirklich der Letzte, mit dem ich über meinen manchmal etwas überbordenden Arbeitseifer reden möchte. Schließlich ist er einer der absoluten Nutznießer dieser Fähigkeit. Abgesehen davon sind meine Gefühle für ihn völlig unangemessen. Zumindest glaube ich das, denn diese Gefühle sind mir neu. Sie sind sehr verwirrend. Und dann auch noch so einem Hornochsen gegenüber. Seitdem wir aus dem Wald zurückgekehrt sind, bin ich deshalb auch sicherheitshalber auf Distanz gegangen. Tim ist gefährlich für mich. Nicht nur, weil er mich offenbar so sieht, wie ich bin, sondern weil er es auch noch ständig ausspricht.

»Der Pädagoge Kurt Singer nennt es ›Folgsamkeitsreflex‹.«

»Du kennst einen Pädagogen? Ich bin beeindruckt«, sage ich und versuche meiner Stimme einen ätzenden Klang zu geben. Es klappt nicht so gut, darin bin ich nicht geübt. Meine Stimme klingt eigentlich immer freundlich.

»Bei dir würde der Arbeitsbienen-Reflex wohl besser passen, hm? Ich habe Pädagogik studiert, du erinnerst dich?« Tim hingegen hat keine Probleme, seiner Stimme einen ätzenden Unterton zu verpassen. »Hier, tu das! – Okay«, fährt er fort. »Die Streberin unter den Arbeitsbienen. Mit ekstatischem Eifer bei der Sache. Ein Traum für jeden Arbeitgeber.«

»Es kann ja nicht jedermanns Lebenstraum darin bestehen, ein wahrhafter Egoist zu sein«, kommentiere ich und kralle mich dabei an meinen vielen kleinen Post-it-Zetteln fest. Ich koche innerlich. Tim kann manchmal wirklich ein arrogantes Arschloch sein.

»Vielleicht«, sagt Tim. »Vielleicht bin ich auch nur eigensinnig. Ich halte mit meinen Ansichten nicht hinter dem Berg. Ich habe Wünsche und Bedürfnisse. Andere auch. Das respektiere ich. Meistens. Wäre ich egoistisch, würde ich mich darüber hinwegsetzen. Auf Kosten anderer. So wie deine Kollegen. Die das bestimmt nicht böse meinen. Es ist nur so einfach.«

Ich schweige. Mir fällt nichts ein, was ich dazu noch sagen könnte.

»Brüll die doch auch mal an. Vielleicht hilft das.«

Noch nie in meinem Leben hat jemand mich und mein Tun und Handeln derart gut erkannt und auf den Punkt gebracht. Ich möchte ihm sagen, er soll die Klappe halten und sich seine Weisheiten in den Hintern stecken, und zwar quer. Nachdem ich lange Minuten über eine geeignete Erwiderung nachgedacht habe, öffnet sich mein Mund, und ich sage, ohne weitere Zuhilfenahme meines Gehirns: »Vielleicht hast du recht.«

Hiltrudenhimmelstadt ist groß und nicht schön. Was in gleicher Art und Weise auf unser Hotel zutrifft. Außerdem hat es begonnen zu regnen, und als kleines Schmankerl hagelt es zwischendurch auch noch. Bevor wir uns für unser Abendevent vorbereiten, muss ich noch in eine Bäckerei und dann in eine Drogerie, nur um dann noch in einen Supermarkt zu laufen, weil das Gewünschte in der Drogerie nicht zu bekommen war. Tim hat heute Geburtstag, und da ich es erst gestern zufällig wieder in seiner Vita gelesen und realisiert habe, muss ich die Geburtstagsvorbereitungen eben zwischendurch und nebenbei machen, was dazu führt, dass ich nach einer Stunde bis auf die linke Socke nass bin. Mein ständiger Begleiter, der Schirm, war den Wassermassen nicht gewachsen. Meine Haare tropfen, und ich bin äußerst übellaunig, muss mich aber flugs wieder komplett trocknen, ansehnlich gestalten, den Kuchen nett drapieren, das Geschenk einpacken und die Kerzen auf dem Kuchen installieren. Jeder Mensch hat nämlich das Grundrecht auf einen Geburtstagskuchen! Ich habe auch einen wirklich schönen Kuchen ausgesucht. Er ist mit weißem Zuckerguss versehen und mit rosafarbenen Herzen dekoriert. Ist jetzt nicht so der »Echte-Kerle-Kuchen«, aber die Auswahl in der Bäckerei war nicht gerade gigantisch. Man kann halt nicht alles haben im Leben. Dann suche ich verzweifelt nach einem Feuerzeug, leihe mir das des Herrn an der Rezeption, mache mir in meinem Handy eine Notiz, dass ich nicht vergesse, es zurückzubringen, und stehe kurz darauf bei Tim vor der Tür. Der mal wieder nicht aufmacht. Wie ich das hasse.

Ich klopfe noch einmal, diesmal energischer, und endlich öffnet er mir. »Herzlichen Glückwunsch!«, sage ich so enthusiastisch, wie es mir möglich ist, denn eigentlich wollte ich sagen: »Wir müssen los. Zieh dir Schuhe an. Zack!«

Tim starrt erst mich, dann den Kuchen an. »Du musst die Kerzen auspusten«, erkläre ich und halte ihm den Teller unter die Nase. Aber er macht keine Anstalten. Stattdessen huscht eine Reihe von Gefühlen über sein markantes Gesicht. Tim will etwas sagen, klappt den Mund aber wieder zu und räuspert sich stattdessen.

»Ich wusste nicht …«, setzt er an, spricht aber nicht weiter.

»Dass ich weiß, dass du Geburtstag hast? Ha! Ich weiß alles.«

»Wann hast du den denn noch besorgt? Ich denke, deine To-do-Liste reicht bis nach Meppen.«

»Vorhin.« Ich zucke mit den Schultern. »Aber man muss Geburtstage doch feiern! Dieser Kuchen hatte da oberste Priorität! Er ist ein bisschen rosa. Es gab nix für Kerle. Aber ansonsten ist der doch sehr hübsch, oder?« Verdammt. Vielleicht findet Tim das hier total dämlich? Was für ein Glück, dass ich nicht gesungen habe. Das mache ich nämlich sonst immer. Eine Rap-Version von Happy Birthday.

»Äh. Ja.« Tim scheint kurzfristig ein wenig orientierungslos zu sein.

»Also: Du pustest jetzt die Kerzen aus, und dann wünscht du dir was. Aber nicht verraten, was, okay?«

Ich habe es irgendwie geschafft, Tim aus der Fassung zu bringen. Ich bin mir nur nicht schlüssig, wie ich das gemacht habe. Aber ich spüre den Wunsch, ihn zu umarmen. Es ist ein tiefer Wunsch. Und es wäre noch nicht mal sonderlich unpassend, ist ja schließlich sein Geburtstag. Aber ich verbiete es mir und reiße mich zusammen. Und trotzdem rappelt es auf eine sonderbare Art und Weise in meinem Herzen.

»Ja.« Tim nickt, und dann pustet er die Kerzen aus. So vorsichtig, dass er drei Anläufe braucht. Dabei sind es nur sechs Kerzen, denn wir sind mittlerweile beide in einem Alter, in dem die Anzahl der Kerzen nicht mehr dem Alter entsprechen muss. Bis zehn ist das wichtig, danach wird der Kuchen zu voll.

»Und jetzt wünsch dir was«, sage ich, und Tim schließt gehorsam die Augen.

»Okay!«, trällere ich nach einer Minute. »Und jetzt ist die Party schon wieder vorbei! Wir müssen los! Geschenk gibt's später.«

Tim scheint immer noch ein wenig verwirrt zu sein, denn er folgt mir kommentarlos. Aber erst, nachdem er den Kuchen vorsichtig auf den Nachttisch neben seinem Bett gestellt hat, so ehrfürchtig wie einen Schatz. Ich habe so eine Ahnung, dass Tim Bergmann in seinem Leben noch nicht viele Geburtstagskuchen bekommen hat.

27

Wie Disneyland – nur schlimmer

Ich schiebe die Decke beiseite und pelle mich aus den nassen Klamotten. Mein Leben ist derart aus den Fugen geraten, dass ich zurzeit fast jede Nacht von meinen Träumen heimgesucht werde. Aus Ermangelung an frischen Sachen, schlüpfe ich in eine weite Boyfriend-Bluse, das einzige nicht muffelnde und halbwegs saubere Kleidungsstück, drehe die Decke um und klettere wieder ins Bett. Um dort regungslos herumzusitzen. Schlafen ist jetzt nicht mehr. Leider weiß ich auch, wie müde ich morgen sein werde. Und morgen müssen wir früh weiterfahren, denn am Vormittag haben wir in einer großen Stadt (ich kann mir keinen einzigen Stadtnamen mehr merken, Tim und ich sagen nur noch »große Stadt« oder »kleine Stadt«) eine Signierstunde. Leider in einem Einkaufszentrum, was ich Tim noch nicht gesagt habe, denn dann hätte er wieder gemeutert, und noch mehr Meuterei ertrage ich zum aktuellen Zeitpunkt nicht.

Ich lege mich zurück auf das Kissen und schließe die Augen. Vielleicht kann ich schlafen, wenn ich so tue, als ob ich schlafen könnte. Ich leere meinen Geist und atme tief und regelmäßig bis zu meinem Sonnengeflecht. Helles Licht strömt durch mein Kronenchakra, und mit jedem Atemzug werde ich ruhiger und ruhiger. Diese Form der Selbstverarschung praktiziere ich zehn lange Minuten, dann setze ich mich ruckartig wieder hin. Das ist doch alles Bullshit! Ich kann nicht schlafen. Punkt. Ob meine Aura mit hellem Licht umschmeichelt wird oder nicht. Meine Therapeutin hat mir zwar sehr geholfen, aber ihr Hang zum Esoterischen ist einfach wenig hilfreich gewesen.

Ich stehe auf und wühle in meiner Handtasche nach den M&Ms. Die habe ich mir gestern noch zusammen mit den Kerzen für Tims Kuchen zur Beruhigung meiner Nerven gekauft. Fett und Zucker helfen in vielen Situationen ja doch enorm. So auch jetzt. Ich stehe am Fenster, starre auf die dunkle, große Stadt und kaue Erdnüsse im Schokoladenmantel. Mein müdes Gehirn schwingt frei in meinem Kopf, und ich kann es nicht daran hindern, dass es das Gespräch mit Tim auf seiner Schneckenfahrt über das hügelige Land hervorkramt. Ich stecke mir noch sieben M&Ms in den Mund. Seine Charakteranalyse hat mitten ins Schwarze getroffen. Es ist natürlich nicht so, als würde ich völlig unreflektiert durchs Leben gehen, aber manche Dinge hat man einfach nicht so gerne auf der Liste der persönlichen Charaktereigenschaften. Ich weiß, dass ich die absolute und ungekrönte Streberin der fleißigen Arbeitsbienen bin, aber ich kann nicht anders. Zumindest habe ich mir das immer eingeredet. Vielleicht würde mir ein wenig mehr Sinn für mich und für meine eigenen Bedürfnisse ganz guttun. Also übersetzt: Eigensinn. Vielleicht ist es gar nicht so schlecht, ein wenig eigensinnig zu sein, und das beginnt wohl mit der Frage: Will ich das wirklich tun? Will ich jetzt für Diana diesen Anruf übernehmen? Es war mir wirklich wichtig, für Tim einen Kuchen zu kaufen. Aber will ich für Diana die Nummer googeln, in meinem Posteingang mühsam nach der Mail-Korrespondenz suchen, meine wenige Zeit opfern, während Diana alle wichtigen Informationen in einer Mappe gebündelt auf dem

Schreibtisch hat? Es erscheint mir im Nachhinein betrachtet wenig sinnvoll zu sein. Ich leere die M&M-Tüte, knülle sie zusammen und werfe sie mit Schwung in den Mülleimer. Dann greife ich mir mein Handy und schreibe Diana eine Whatsapp. Vermutlich wäre es besser, sie am Morgen anzurufen, aber dann besteht die Gefahr, dass ich wieder einknicke. Hier und jetzt habe ich eine echte Chance, Nein zu sagen. Ich formuliere freundlich, sorgfältig, aber eindeutig, und bitte Diana, sich gleich morgen früh darum zu kümmern.

Danach krieche ich mit einem komischen Gefühl im Bauch wieder ins Bett und ziehe mir die Decke bis zum Kinn. Ich kann es kaum glauben, aber ich habe schon wieder etwas von Tim gelernt.

»Nee!« Tim lacht herzhaft und macht keine Anstalten, das Auto zu verlassen, das ich gerade im Schweiße meines Angesichts auf dem obersten Parkdeck des riesigen Einkaufszentrums in eine Miniaturparklücke manövriert habe.

»Du sollst nur signieren. Das kannst du!«, sage ich energischer, als mir zumute ist.

»Ich habe dir von Anfang an gesagt, dass ich keinen Fuß in so einen kapitalistischen Konsumtempel setzen werde. Buchhandlungen. Davon war die Rede. Keine Mega-Kette.«

»Eine Ausnahme«, sage ich.

»Stand nicht auf der Liste«, erwidert er kalt. Ja, dieser Termin stand nicht auf seiner Liste, ich habe ihn nämlich dazwischengeschoben und dann aus strategischen Gründen vergessen, seine Liste zu aktualisieren. Ein Fehler. Aber würde Tim hin und wieder mal über seinen Tellerrand von Schreiben und Lesen hinausgucken, wäre ihm sicherlich aufgefallen, dass dieser Tag bisher ungeplant war. Er hätte mich fragen können. Hat er aber nicht.

»Vergiss es«, sagt er leise und lehnt sich zurück. Im selben Moment klingelt mein Handy. Diana. Ich nehme das Gespräch entgegen, einfach weil mir gerade nichts Besseres einfällt.

»Hallöchen!«, flötet Diana mir entgegen. Ich sage »Hmpf!« und bemerke erstaunt, dass ich nicht freundlich klinge.

»Du, ich wollte noch mal fragen wegen der Druckerei …«, setzt Diana an, doch ich unterbreche sie. »Die Unterlagen liegen in der gelben Eckspannmappe auf deinem Schreibtisch. Da steht alles drin, was du wissen musst. Wir zahlen die Rechnung, wenn die Postkarten nicht mehr schrillpink, sondern rosa sind. Punkt. Tschüss.«

Sie wird mich ab heute nicht mehr mögen. Aber ich habe irgendwie keine Kapazitäten frei, mir darüber Gedanken zu machen. Ich muss diesen widerspenstigen, eigensinnigen und starrköpfigen Autor in dieses Shoppingcenter bugsieren. Darüber hinaus ist mir kalt, ich bin hundemüde und in meinem Kopf hockt offenbar ein Zwerg, der mit entnervendem Rhythmusgefühl einen Vorschlaghammer exakt alle sechs Sekunden auf meinen vorderen Stirnlappen schlägt. Und weil ich heute Nacht beschlossen habe, einen »Vielleicht ist Eigensinn auch was für mich«-Check durchzuführen, sage ich: »Steig aus!«

Also, ich sage das nicht nur. Nein, ich herrsche Tim an. Als ich den Mund wieder zuklappe, spüre ich, dass meine Stimmbänder ganz rau sind. So viel Zugluft scheinen sie nicht gewohnt zu sein. Das bekommen sie sonst nur beim Niesen ab.

Tim sieht mich von der Seite unter halb geschlossenen Lidern an. Sein Gesichtsausdruck ist nicht zu deuten. »Ist das der Tonfall, den du für einen zukünftigen Roderich-Preisträger benutzen solltest?«, fragt er und verschränkt die Arme. Er meint das nicht ernst. Noch nicht. Aber ich spüre eine dumpfe Vibration in der Luft zwischen uns, die nichts Gutes bedeuten kann. Und da ist auch wieder diese unterschwellige Aggression, die mir schon so oft zu schaffen gemacht hat. Sie war lange verschwunden. Aber das hier kratzt tatsächlich an seinen Prinzipien.

Aber jetzt bin ich mal eigensinnig. Ich verschränke ebenfalls die Arme und drehe mich ein wenig zu ihm. Er kann so stechend gucken. Er kann so gucken, dass man ganz schnell den Laternenpfahl, den Horizont oder ein im Wind tanzendes Staubkorn beobachten möchte. Er ist in der Lage, sich durchzusetzen, wenn er was will. Wie Diana. Und meine Chefin. Und alle anderen auch. Weil ich das, was sie wollen, tue. Aber hier und heute werde ich nicht Frau Hesebock, der Organisatorin der Signierstunde, gegenübertreten und ihr sagen, dass der liebe Herr Bergmann leider nicht in der Lage war, das Shoppingcenter zu betreten.

»Wir gehen da jetzt rein, und du wirst signieren. Sollte dir der Gedanke kommen, hier weiter rumzumeutern, werde ich Dinge tun, die du dir in deinen kühnsten Träumen nicht ausgemalt hast!«, sage ich drohend.

»Und das wäre?« Er sieht mich immer noch mit hochgezogener Augenbraue an. Ja. Was wäre das? Da habe ich mich wohl hinreißen lassen. Ich habe nämlich keine Ahnung, was er sich so in seinen kühnsten Träumen ausmalen würde. Meine Mutter sagt nach der Aufzucht all der vielen sonderbaren kleinen Menschen nicht umsonst: »Droh nichts an, was du nicht auch halten kannst!«

»Wir gehen da jetzt rein!«, sage ich und werfe einen besorgten Blick auf die Uhr in meinem Armaturenbrett. Wir haben noch exakt fünf Minuten für weitere Diskussionen.

»Ich bin noch bei den kühnen Träumen.« Sein Lächeln ist gar liebreizend, und ich möchte ihn schubsen. Es ist vermutlich genau dieses leicht abfällige Grinsen in seinem linken Mundwinkel, das plötzlich und ohne Vorwarnung irgendein Autoritätsgen in mir aktiviert. Vermutlich das gleiche Gen, das meine Mutter befähigt, vier Kinder zeitgleich und verspätungsfrei an den gewünschten Aufenthaltsort zu dirigieren. Sie muss es mir per Liebe vererbt haben. Ich sage nämlich: »Aussteigen!« Dann haue ich auf das Lenkrad, prelle mir dabei das Handgelenk und fauche wie ein kochender Wasserkessel. All das spielt sich weit außerhalb der steuerbaren Instanz in mir ab. Ich flippe einfach mal ein bisschen aus. Und Tim Bergman zeigt sich von dieser Tatsache derart beeindruckt, dass er kommentarlos aussteigt.

Es ist wie Disneyland. Nur schlimmer. Das Licht im Einkaufszentrum ist grell, die Auslagen bunt, die Menschen hektisch. Ich irre vorweg, und Tim folgt mir wortlos – beziehungsweise trottet mir stumm hinterher und scheint durch nichts und niemanden zu beschleunigen zu sein.

Aber immerhin versucht er nicht zu fliehen, und er fängt auch keine wüste Schlägerei mit einem der vielen schwarz gekleideten Securitymitarbeiter an, die an jeder Ecke rumstehen. Ich hantiere hektisch mit der ausgedruckten Mail, auf der sich eine grobe Wegbeschreibung zu dem im Obergeschoss liegenden Raum befindet, in dem die Signierstunde stattfinden soll. Nachdem wir zum vierten Mal an einer bekannten Drogeriekette vorbeigekommen sind, greift sich Tim wortlos den Zettel, studiert ihn kurz und nickt dann mit einer energischen Kopfbewegung nach rechts. »Ich wage es kaum zu sagen, aber wir laufen die ganze Zeit im Kreis.«

»Du solltest mittlerweile wissen, dass Orientierung auf fremdem Gebiet nicht zu meinen Kernkompetenzen gehört«, sage ich genervt.

»Wir befinden uns in einem beschissenen Einkaufszentrum, in das ich nie wollte, das ich nur betreten habe, weil mir sonst

Furchtbares angedroht wurde, und dann rennen wir wie zwei Kaninchen auf der Flucht ständig im Kreis?«, erkundigt er sich mit ernster Miene.

Ich nicke. Was bleibt mir auch sonst übrig? Was für ein bescheuerter Tag. Ich bin so unfassbar müde. Und genervt. Und hungrig. Na, herrlich. Hunger habe ich auch plötzlich, was meine Kopfschmerzen noch mal um ein paar Prozentpunkte nach oben katapultiert. Mit einem Seufzer lehne ich mich an eine Betonsäule. Ich habe jetzt die Wahl zwischen Weinen oder Lachen. Der für die Emotionen zuständige Teil meines Gehirns entscheidet sich für das Lachen. Es ist jetzt nicht unbedingt ein fröhliches, herzliches Lachen, sondern hat eher einen leicht hysterischen und schrillen Touch.

Tim betrachtet mich einen Moment, presst kurz die Lippen aufeinander, und dann lacht er auch. Sein Lachen ist echt und erstaunlicherweise so ansteckend, dass die Hysterie von mir abfällt und das Lachen etwas Befreiendes bekommt. Ganz plötzlich, als hätte jemand einen Schalter umgelegt oder einen Knopf gedrückt, sind wir beide Verbündete. Verbündete, die in den vergangenen Wochen so viel zusammen erlebt haben, dass es für ein eigenes Buch reichen würde. Im nächsten Moment wird Tim aber wieder ernst und sagt ganz unvermittelt: »Mein Leben war unfassbar langweilig ohne dich.«

Seine Worte berühren mich so sehr, dass mir ein wenig die Knie wackelig werden.

»Okay«, sage ich deshalb schnell und deute nach rechts. »Wir müssen uns jetzt wirklich beeilen!« Obwohl mir in diesem Moment erstaunlicherweise eigentlich völlig egal ist, dass wir zu spät kommen werden. Eine sonderbare Erkenntnis. Vielleicht ist das nur mit plötzlich auftretendem Eigensinn zu erklären.

»Müssen wir das?«, fragt Tim, und in seinen Augen lodert

wieder dieses Feuer, das mir schon das ein oder andere Mal ernsthafte Probleme bereitet hat. Ich weiche seinem Blick aus und nicke bekräftigend.

Wir schaffen es tatsächlich auf die Bühne, wo die Signierstunde stattfinden soll, auch wenn wir zehn Minuten zu spät sind. Der Raum ist gut gefüllt, hauptsächlich mit pubertierenden Mädchen zwischen vierzehn und achtzehn Jahren.

»Ich scheine mir über Nacht eine völlig neue Zielgruppe erschrieben zu haben«, murmelt Tim beim Anblick seiner Fans. Hat ein bisschen was von einem Rockkonzert. Ich hoffe ja mal nicht, dass die Mädels reihenweise in Ohnmacht fallen. Oder der Autor. Der ist nämlich trotz seiner ihm allgemein zu eigenen Coolness ein wenig blass um die Nase.

Als wir den Raum betreten, wogt ein leises Raunen durch die Menge. Brüste werden vorgereckt und Lippen geleckt.

»Wo sind all die durchschnittlichen Reihenhausbewohner mit 1,7 Kindern und fünfundzwanzig Tagen Jahresurlaub abgeblieben?«, fragt Tim, kämpft sich dann aber unerschrocken bis zur Bühne durch, wo er hartnäckig und offenbar ermüdungsfrei zwei Stunden lang Bücher signiert. Und E-Book-Reader. Und Handtaschen, Jeans und T-Shirts. Das Signieren von Bäuchen, Hüften oder gar Brüsten kann ich durch beherztes Eingreifen jedes Mal knapp verhindern.

»Wie kommt es, dass die alle ohne Erziehungsberechtigte unterwegs sind?«

Tims Fans sind glücklich wieder abgezogen, und ich sinke neben Tim auf den freien Stuhl und kann nicht verhindern, dass mein Kopf auf die Tischplatte fällt. Mein Schädel schmerzt mittlerweile wirklich höllisch, und ich bin so müde, dass ich nur die Augen schließen müsste, um direkt in die REM-Phase zu fallen.

»Und wie kommt es, dass diese Zielgruppe dich über Nacht zu ihrem Helden auserkoren hat?«

»Ich weiß, dass ich mich wiederhole, aber das liegt daran, dass ich ein richtig gutes Buch geschrieben habe.« Tim bleckt die Zähne, offenbar der Versuch, ein Grinsen zu produzieren, und legt dann seinen Kopf neben meinen auf den Tisch.

»Ich weiß«, murmle ich matt.

Wir fühlen uns wie ausgespuckt, als wir zurück zum Auto laufen. Frau Hesebock hat uns mehrmals versichert, dass diese Veranstaltung, nein, dieses »Megaevent«, wie sie es ausgedrückt hat, in die Chroniken des Einkaufszentrums eingehen wird.

Tim steigt wie selbstverständlich auf der Beifahrerseite ein, dabei wäre ich jetzt echt dankbar, wenn er fahren würde. Meine Energie reicht aber nicht mehr aus, um ihn direkt zu fragen. Deswegen manövriere ich mein Auto in zweiunddreißig Zügen rückwärts aus der Parklücke, verliere auf dem Weg zur Schranke die Parkkarte, finde sie zum Glück unter dem Sitz wieder, schaffe es dann aber nicht, sie in den vorgesehenen Schlitz zu stecken, weil mein Arm zu kurz ist. Tim beobachtet das Schauspiel, zuckt zusammen, als hinter uns drei Autos zeitgleich anfangen zu hupen, steigt wortlos aus, kommt auf die Fahrerseite, öffnet die Tür, und sagt: »Es scheint sicherer für alle Beteiligten zu sein, wenn ich fahre.« Ich nicke stumm, verspüre so etwas wie Dankbarkeit und klettere umständlich über die Mittelkonsole auf den Beifahrersitz. Ich beantworte noch zwei Mails auf meinem Handy, dann fallen mir endgültig die Augen zu.

Wach werde ich, weil Tim mich an der Schulter schüttelt, was bei mir einen sofortigen Fluchtreflex auslöst, so dass ich mir schmerzhaft den Kopf an der Fensterscheibe stoße.

»Entschuldigung.« Tim hat sich ganz nach links an die Fahrertür gelehnt und betrachtet mich offenbar ernsthaft betroffen. »Ich wollte dich nicht erschrecken.«

Hat er aber. Ich muss wirklich fest geschlafen haben. Schnell fahre ich mir mit den Händen übers Gesicht in der Hoffnung, nicht auch noch gesabbert zu haben.

»Wir sind da«, sagt Tim leise, wohl um zu verhindern, dass ich schon wieder zusammenzucke.

Wir schleppen unsere Sachen, die sich, je länger wir unterwegs sind, zu vermehren scheinen, in die nebeneinanderliegenden Zimmer einer netten kleinen Pension. Tim verabschiedet sich, um weiter zu schreiben, und ich lege mich in voller Montur auf das Bett und falle umgehend in Tiefschlaf.

28

Alles okay?

Ich glaube nicht an die große Liebe. Diese Hollywood-Erfindung. Also, ich glaube schon, dass es sie gibt, aber man muss dafür normaler sein, als ich es bin. Ich muss ständig alles unter Kontrolle haben, und es fällt mir wirklich schwer, anderen Menschen zu vertrauen. Aber wenn man jemanden liebt, also wirklich liebt, mit Haut und Haaren, muss man ja genau das tun.

Ich starre aus dem Fenster und nippe an meinem Glas Leitungswasser. Es ist kurz vor Mitternacht, und ich sollte meinem straffen Tagesplan nach schon seit einer Stunde im Tiefschlaf liegen. Stattdessen starre ich in die Dunkelheit hinaus. Offenbar färbt Tims »Sich treiben lassen« schon ab. Ich habe eben *Rache über Xalanton* fertig gelesen. Als ich das Buch zugeklappt habe, fühlte es sich an wie ein Abschied. Tim Bergmann glaubt an die Liebe. Das habe ich glasklar erkannt, denn seine Hauptfiguren tun es ebenfalls, trotz aller Widrigkeiten. Nur wenn man an die Liebe glaubt, kann man seinen Figuren diesen unerschütterlichen Glauben an das größte Gefühl der Welt mitgeben. Warum kann er das? Und ich nicht? Und was um alles in der Welt ist dieses komische Gefühl, das sich seit einigen Tagen in meinem Herzen eingenistet hat?

Ich habe keine Ahnung, wann es das erste Mal aufgetreten ist. Es scheint ein schleichender Prozess gewesen zu sein. Eine stetige Veränderung, die es aber bis jetzt nicht in meine

Wahrnehmung geschafft hat. Bewusst geworden ist es mir, als ich Tim seinen Geburtstagskuchen überreicht habe. Seitdem treibt es mich allmählich in den Wahnsinn. Wenn ich doch der festen Überzeugung bin, dass ich mich nicht verlieben kann, was um alles in der Welt fühle ich dann hier?

Mein Handy piept leise und reißt mich aus meinen Gedanken. Eine Nachricht von Tim. Ich spüre, wie mir das Blut ins Gesicht schießt. Offenbar fühlt mein Unterbewusstsein sich ertappt.

Bist du noch wach?

Und offenbar ist besagtes Unterbewusstsein auch noch freudig dabei, Tim mitzuteilen, dass wir, also mein Unterbewusstsein und ich, noch hellwach sind. Ich kann gar nicht so schnell reagieren, wie mein Daumen tippt: *Ja!* Ich will noch das Ausrufungszeichen löschen, aber da ist die Nachricht schon abgeschickt.

Kommst du mit?

Ja!

Verdammt. Schon wieder mit Ausrufungszeichen. Bevor man »Ja« brüllt, sollte man doch wenigstens wissen, wohin man mitkommen soll. Eine Chance auf Nachbesserung habe ich nicht, denn keine zwei Sekunden später klopft es an meiner Tür.

»Ich habe Hunger«, begrüßt Tim mich.

»Es ist fast Mitternacht«, wage ich einzuwenden, doch Tim nickt nur zustimmend.

»Exorbitanten Kohldampf«, sagt er nur, und so schlüpfe ich in meine Sneakers, werfe mir meinen Mantel über, und wir streunen auf der Suche nach etwas Essbarem durch Hiltrudenhimmelstadt am unteren Führt Nummer drei. Nun ist dieser Ort nicht auf kohldampfschiebende Starautoren, die um Mitternacht noch einen Snack benötigen, eingestellt, und so landen wir schließlich im örtlichen amerikanischen Schnellrestaurant mit dem schottischen Namen. Und wir sind nicht alleine. Offenbar versammeln sich alle Einwohner von Hiltrudenhimmelstadt am unteren Führt Nummer drei, die unter Schlafstörungen leiden, genau hier. Ich hingegen war noch niemals um diese Uhrzeit in diesem Laden. Für mich war das bisher immer nur ein Ort für frühabendliche Kleine-Geschwister-Bestechungsbesuche. Dass auch erwachsene Menschen hier essen, war mir irgendwie nicht klar. Während ich noch verwirrt auf die große Menükarte über dem Tresen starre, hat Tim schon seine Bestellung auf einem Tablett entgegengenommen und balanciert sie zu einem freien Tisch.

»Hab dir ein Eis mitgebracht.« Er hat schon den halben Burger im Mund und stellt mir einen kleinen Becher vor die Nase.

»Ich wollte aber gar nichts«, entgegne ich und werfe einen Blick in den von außen bunt bedruckten Becher. Schockschwerenot! Das Zeug sieht aber lecker aus.

»Musst du probieren.« Tim widmet sich wieder seinem Burger, und ich tauche den Löffel in das Eis. Es ist sehr cremiges Vanilleeis, mit Karamellsoße und Keksstückchen.

»Kommst du weiter?« Mutig stecke ich mir den Löffel in den Mund. Eis nachts um halb eins hatte ich schon lange nicht mehr. Es löst eine wahre Geschmacksexplosion auf meiner Zunge aus.

»Säßen wir dann hier?«, fragt Tim trocken und hält mir zwei Pommes hin, die ich auch noch esse.

»Lassen wir uns gerade treiben?«, frage ich, doch er schüttelt nur knapp den Kopf. »Wir essen.« Ein minimales Grinsen erscheint in seinem linken Mundwinkel, kann aber die Anspannung, die ich jetzt in seiner Körperhaltung erkenne, nicht ausgleichen.

»Ich werde dieses Buch niemals fertig bekommen«, fügt er hinzu und beißt noch einmal beherzt von seinem Burger ab.

Das soll wohl von der tiefen Verzweiflung ablenken, die in ihm tobt. Aber ich erkenne sie trotzdem und kann nicht verhindern, dass sie über den Tisch springt und sich auch in mir einnistet.

»Scheiße«, sage ich herzhaft und stecke mir den nächsten Löffel Eis in den Mund.

Schweigend gehen wir zum Hotel zurück. Es scheint alles gesagt und gedacht zu sein. Tim bekommt das Buch nicht fertig, ich habe mich in ihn verliebt.

Auf dem Weg begegnen wir ein paar dunklen Gesellen, die mir einen Mordsschrecken einjagen, Tim aber nur ein Brummen entlocken. Offenbar hat er keine Angst im Dunklen, und so beschließe ich, es ihm gleichzutun. Ich richte mich neben ihm auf, strecke den Brustkorb raus und laufe einfach an den an der Bushaltestelle herumlungernden Jugendlichen vorbei. Als würde ich das täglich tun.

»Er schläft im Frühstücksraum!« Die Wirtin ist empört, und ich bin so müde, dass ich ihr nicht folgen kann. Dazu bräuchte ich dringend Kaffee, aber vorher muss ich mich augenscheinlich kümmern. Ich habe nur noch nicht genau verstanden, um was.

»Wer?«, frage ich deshalb ein wenig begriffsstutzig.

»Na, der Schreiberling! Wir haben jetzt nebenan eingedeckt, aber das geht doch nicht.« Sie stemmt ihre feisten Arme in die feiste Hüfte und betrachtet mich strafend mit zusammengekniffenen Augen, als wäre ich schuld, dass der Autor im Frühstücksraum schläft. Was ich ernsthaft nicht glauben kann. Vielleicht halluziniert sie?

»Er schläft im Frühstücksraum?«, frage ich deshalb konsterniert, und die Wirtin nickt so heftig, dass ihre ordentliche Föhnfrisur in Unordnung gerät.

»Warum haben Sie ihn nicht geweckt?«

»Ha!« Sie sieht mich an, als ob ich nicht mehr ganz frisch im Kopf wäre. »Ich habe ihn in der Talkshow gesehen. Ich bin doch nicht lebensmüde.«

Ich will gerade sagen »der tut nix«, besinne mich dann aber und mache mich stattdessen auf den Weg in den verwaisten Frühstücksraum. Tim hat den Kopf auf die verschränkten Arme gelegt. Neben ihm auf dem Tisch steht sein Laptop. Überall liegen Hunderte von Papieren und Karteikarten herum, und der komische Tacker in Froschform sitzt obendrauf. Das Ding ist ein Mysterium. Es scheint fest mit Tims Leben verwurzelt zu sein, passt aber in etwa so gut zu ihm, wie wenn ich mir eine Transformers-Figur als Glücksbringer an den Rückspiegel meines Autos hängen würde.

Ich ziehe die Tür hinter mir zu und gehe leise zum Tisch. Tim schläft wirklich tief und fest. Sein Atem geht ganz ruhig. Ich sollte ihn wecken, doch für einen Moment betrachte ich ihn nur. Den Kerl, der mein Leben so durcheinandergewürfelt hat. Der Schlaf lässt seine Züge weicher erscheinen. Jungenhafter.

»Tim?« Ich berühre ihn ganz vorsichtig. Ich will nicht, dass er sich erschreckt, aber er reagiert gar nicht. »Tim!« Ich stupse ihn etwas energischer an, halte aber einen Sicherheitsabstand von einem Meter ein. Man weiß ja nie. Und jetzt endlich passiert etwas. Tim hebt ruckartig den Kopf und blinzelt mich an. Für einen Moment sieht er aus, als ob er nicht wüsste, wo er ist. Und als ob er kein gestandener eigensinniger Starautor wäre, sondern ein kleiner Junge, den ich aus tiefem Schlaf gerissen habe.

»Ich hab alles wieder gelöscht«, sagt er unvermittelt mit rauer Stimme und reibt sich über das Gesicht. Tim ist vom Zustand des Wachseins so weit entfernt wie ich von der Erfüllung meiner To-do-Liste.

»Was?«, frage ich behutsam und lege ihm jetzt tatsächlich eine Hand auf den Arm, als könnte ihm das helfen, im Hier und Jetzt anzukommen.

»Alles. Wieder gelöscht.« Tim legt die Hände vor das Gesicht, als müsste er kurz die Welt aussperren. Als er sie wegnimmt, ist er wach. Sortiert. »Guten Morgen«, sagt er, und seine Stimme klingt fast wieder normal.

»Alles okay?« Ich setze mich zu ihm an den Tisch. Er erinnert mich für einen kurzen Moment an Fritzi, wenn der aus Versehen vor dem Fernseher oder im Auto eingeschlafen ist und wir ihn wecken müssen. Mit einem Bein noch in der Traumwelt.

»Alles okay?«, frage ich erneut. Verwirrt betrachtet er meine Hand auf seinem Arm, dann schüttelt er ruckartig den Kopf. »Ich konnte in dem kleinen Zimmer nicht arbeiten und bin hierhergekommen. Und dann habe ich die letzten zwanzig Seiten wieder gelöscht.«

»Wir können sie wiederfinden. Nichts ist wirklich gelöscht«, sage ich energisch. Das weiß ich aus leidvoller Erfahrung. Ich habe mal drei Tage lang nach einem verschwundenen Text gesucht und ihn tatsächlich wiedergefunden. Tim kneift kurz die Augen zusammen. »Nee. Ich wollte sie löschen. Weil sie schlecht waren.«

»Oh.« Meine Hand liegt immer noch auf seinem Arm.

»Ich schaff das nicht«, sagt er unvermittelt und sieht mich jetzt direkt an. Die Verzweiflung von letzter Nacht ist wieder da.

Ich kann nicht verhindern, dass sich Markus Drebels Nachricht von diesem Morgen vor mein geistiges Auge schiebt. Markus braucht Text. Schnell. Erste Auszüge. Für die Vertreter. Für den Klappentext.

»Wir kriegen das schon hin«, erkläre ich mit fester Stimme,

und dann passiert etwas Sonderbares. Tim greift ganz behutsam nach meiner Hand und nimmt sie in seine. Seine Handfläche ist ganz warm, und für einen kleinen Moment sitzen wir einfach so da. Erstaunt über diese plötzliche Nähe, mitten in einer sich anbahnenden Katastrophe.

29

Zusammenrücken

»Man hat mir intern zugesteckt, dass es gut aussieht! Offenbar hat Tim unfassbar viele Stimmen bekommen. Jetzt schon, dabei ist die endgültige Abstimmung ja noch ein wenig hin.«

»Warum flüsterst du?«, frage ich meine Chefin, die mich kurz vor der Lesung in Hiltrudenhimmelstadt Nummer neun erwischt hat.

»Weil das noch geheim ist!«, flüstert Carola aufgeregt.

»Cool!«, flüstere ich zurück und gebe dann vor, es fürchterlich eilig zu haben. Sonst würde sie mich fragen, wie es mit dem zweiten Buch aussieht, und darauf möchte ich gerade nicht näher eingehen müssen. Tim geht es gar nicht gut. Er sitzt neben mir hinter der riesigen Lesungsbühne und starrt die Wand an, während der Moderator vorne viele uninteressante Dinge erzählt. Es ist eine riesige Lesung in einer Stadthalle. Wir sollten aufgeregt sein, sind aber beide zu erschöpft für diese Emotion. Außerdem finde ich es irgendwie albern, dass Tim erst nach der zähen Anmoderation auf die Bühne darf. Wie ein Boxer in den Ring. Fehlt nur noch pathetische Musik und jemand, der vor ihm herläuft und sein Buch schwenkt.

»Begrüßen Sie mit mir Tim Bergmann!«, ruft der Moderator gerade in sein Mikro, und höflicher Applaus brandet auf. Tim sieht mich an und schüttelt matt den Kopf. Seine schönen grauen Augen sind seit einigen Tagen irgendwie stumpf.

»Ich brauche einen glitzernden Mantel. So einen mit Kapuze«, flüstert er mir zu.

»Okay. Das nächste Mal. Und ich trage dann Hotpants und halte mit einem debilen Grinsen dein Buch hoch, während du die drei Stufen zur Bühne erklimmst.«

»Hotpants? Ist das ein Versprechen?« Tim hat den Kopf schräg gelegt, und aus dem Nichts taucht ein leichtes Glitzern in seinen Augen auf. Entfernt höre ich, wie der Moderator Tim noch einmal ankündigt. Irgendwie keine befriedigende Lösung, wenn jemand nicht auf der Bühne erscheint.

Aber wir können hier gerade nur sitzen, denn irgendetwas ist in den letzten Sekunden zwischen uns passiert. Bei der Erwähnung der Hotpants. Dabei habe ich noch nicht mal welche. Und Beine habe ich zwar, aber die sollten keinesfalls in Hotpants gesteckt werden. Aber darum geht es nicht. Es geht darum, dass Tim Bergmann mich plötzlich interessiert, aber auch sehr vorsichtig mustert. Was an einer Fehlverknüpfung seiner Synapsen liegen muss. Immerhin kennt der Mann mich mittlerweile besser, als alle meine Kollegen zusammen. Dass es trotzdem zu so einem Glitzern in seinen Augen kommen kann, irritiert mich. Und das vorsichtige Lächeln, das plötzlich in seinem Gesicht aufgetaucht ist, ebenfalls.

»Sie müssen auf die Bühne!« Der Moderator hat seinen Kopf um die Ecke gesteckt und bedenkt uns mit einem wütenden Blick.

»Sind Sie schwerhörig?« Er ist ernsthaft angepisst. Verständlich. Schließlich macht er auch den Kasper vor dreihundertachtundsechzig Leuten, während wir hier stumm rumsitzen und uns anstarren.

»Ja, bin ich.« Tim erhebt sich langsam, ohne mich aus den Augen zu lassen. »Kommst du mit?«, fragt er und streckt mir seine linke Hand entgegen. Ich nicke und ergreife sie. Er zieht mich hoch, und für einen klitzekleinen Moment kribbelt es in mir. Herzhaft, unerwartet und völlig unpassend. Aber nicht zu leugnen. Mein Herzschlag gerät außer Kontrolle, und das liegt so eindeutig an Tim, dass auch eine ignorante Ignorantin wie ich das nicht mehr leugnen kann. Ebenso wenig wie ich leugnen kann, dass ich es mag, wenn seine starke Autorenhand mich festhält.

Wir lesen wieder zusammen. Mittlerweile sind wir ein eingespieltes Team. Ich habe mir angewöhnt, mir aus dem Publikum zwei oder drei freundlich aussehende Menschen herauszupicken, die ich immer wieder anschaue. Am Anfang habe ich den Fehler gemacht und den Blick schweifen lassen. Aber ich habe festgestellt, dass Menschen, die konzentriert zuhören, meistens einen leicht ablehnenden Blick draufhaben. Die können da nichts für. Oft legt man beim konzentrierten Zuhören die Stirn in Falten und kneift leicht die Augen zusammen, was der ungeübte Betrachter für Missbilligung halten könnte, und was mich am Anfang meiner Vorlesekarriere ernsthaft aus der Konzentration gebracht hat. Aber einige wenige können zuhören und trotzdem lächeln, und genau die suche ich mir raus. Noch etwas, das ich von Tim gelernt habe. Wir lesen also mal wieder mit verteilten Rollen, wobei ich mittlerweile alle weiblichen Rollen im Buch übernommen habe. Es macht Spaß, und weil es uns so viel Spaß bringt, gemeinsam zu lesen, ist auch das Publikum jedes Mal begeistert. Irgendwann hat sich der Applaus gelegt und alle Fragen sind beantwortet (unangefochten auf Platz eins steht immer noch: »Wie sind Sie zum Schreiben gekommen?«, was bei Tim jedes Mal ein leichtes Zucken auslöst, aber mittlerweile gibt er dann einfach drei eingeübte Sätze zum Besten), und wie immer nutze ich die gute Stimmung im Publikum und bitte um jede Stimme für den Roderich-Preis.

Kaum haben wir den Lesungsort allerdings verlassen, sind wir wieder im üblichen Trott – Hotel, schlafen, aufstehen, frühstücken, packen, weiterfahren. Nach Hiltrudenhimmelstadt Nummer elf oder siebzehn. Ich weiß es nicht.

»Ich bin echt froh, dass du es geschafft hast, ein richtiges Hotel für uns zu buchen. Es gibt sogar Buchsbäume in Töpfen, eine Drehtür und einen Parkplatz. Ich bin beeindruckt.« Tim stellt den Motor ab und zieht den Schlüssel aus dem Schloss. Erstaunlicherweise hat er freiwillig das Steuer übernommen.

Vor uns liegt das dritte Wochenende auf unserer Lesungsreise. Tim wird schreiben, und ich werde mal wieder meine To-do-Liste bekämpfen. Dabei würde ich so gerne nach Hause fahren, sehe aber ein, dass zweimal sechshundert Kilometer in zwei Tagen einer Erholung nicht zwingend zuträglich sein könnten. Dabei sehne ich mich nach meiner kleinen Wohnung, meinem eigenen Bett, Stille, Ruhe und einem Sonntagsfrühstück bei meinen Eltern.

»Da wir den ganzen Sonntag hier verbringen werden, dachte ich, ich schöpfe mal aus dem Vollen«, sage ich und muss so herzhaft gähnen, dass mein Kiefer knackt. Dass dieses Hotel das einzige war, dass noch Zimmer frei hatte, behalte ich erst mal für mich. Ich fühle mich wie nach einem Marathonlauf und einer Weltumsegelung, nachdem ich vorher noch den Mount Everest bezwingen musste. Der Parkplatz direkt beim Hoteleingang ist mit meinem Golf bis auf den allerletzten Platz gefüllt. Vor der Drehtür stehen viele Menschen mit vielen Koffern. Na, das kann ja heiter werden. Wo kommen die denn alle her?

»*Zwei* Zimmer«, sage ich nachdrücklich, und die blonde Dame an der Rezeption vertieft sich wieder in die Informationen, die ihr der Computerbildschirm zu diesem Thema wohl so mitteilt.

»Tut mir leid. Wir haben nur ein Zimmer für Sie«, wiederholt sie dann fast schon stoisch, und in der langen Schlange hinter uns regt sich langsam Unmut. Der Blick der blonden Dame in ihrem schicken dunkelroten Anzug wandert nervös über meine Schulter und zurück zum Bildschirm.

»Möchten Sie das Zimmer jetzt haben?« Sie sieht aus, als würde sie mich am liebsten zur Seite schubsen. Das ist vermutlich auch das, was die Menschen hinter mir gerne tun würden. Ich störe den allgemeinen Ablauf des Eincheckens. Wie gern hätte ich jetzt ein Loch in Größe XXL, in dem ich unauffällig verschwinden könnte.

»Das muss ein Fehler sein«, sage ich und suche verzweifelt in der Plastikhülle nach der Buchungsbestätigung. Ein älterer Herr mit schütterem Haar und Nickelbrille, der direkt hinter mir steht, so dicht, dass ich sein fragwürdiges Aftershave riechen kann, ruft über meinen Kopf hinweg: »Wagner!« Die Rezeptionsdame nickt eifrig und reicht ihm, ebenfalls über meinen Kopf hinweg, eine Zimmerkarte sowie den Gästefragebogen. Die machen hier einfach ihr normales Programm weiter und ignorieren mich. Fassungslos trete ich einen kleinen Schritt nach links, um Platz zu machen. Ich wühle mich weiter durch meine Unterlagen, bis ich endlich die Buchungsbestätigung finde. Und da steht: »1 Standard-Zimmer«.

Schockschwerenot! Ich habe mich verbucht! Bevor ich mir allerdings die Haare raufen kann, will sich schon der nächste Anzugträger mit genervter Miene an mir vorbeidrängeln. Ich springe vor ihn, beuge mich über den Rezeptionstresen und raune in verschwörerischem Ton: »Wir brauchen aber zwei Zimmer. Sie müssen einfach noch eins nachbuchen!«

»Das geht nicht«, sagt die Dame im dunkelroten Anzug. Sie versucht sich an einem freundlichen Lächeln und macht gleichzeitig eine beschwichtigende Handbewegung in Richtung der wartenden Schlange. Offenbar hat sie Sorge, dass die Meute anfangen könnte zu rebellieren. Dann raunt sie leise zurück: »Wir sind bis zur letzten Abstellkammer ausgebucht. In dieser Woche findet in der Region der internationale Kongress zur Entwicklung emissionsarmer Fahrzeuge statt.« Und damit ist das Problem für sie gelöst. Sie wendet sich mit einem entschuldigenden Laut von mir ab und widmet sich mit all ihrem Elan den anderen wartenden Gästen.

Spätestens jetzt hätte ich gerne einen Schnaps. Zu allem Überfluss hat Tim das ganze unerfreuliche Spektakel live mitbekommen. Er lehnt an der Seite des Tresens und beobachtet mich mit unbewegter Miene. »Läuft ja alles nach Plan«, sagt er schließlich.

»Ja«, sage ich und werfe ihm einen scharfen Blick zu. »Nur leider war der Plan Scheiße. Ich habe mich verbucht.« Hilft ja nichts. Hat er eh alles schon mitbekommen.

»Und nun?« Er stützt den Kopf in die Hände.

»Nun weiß ich auch nicht weiter«, antworte ich. Weiß ich auch wirklich nicht. Dass ich mir mit Tim Bergmann ein Zimmer teile, ist zumindest völlig ausgeschlossen.

»Ich bin so sauer!« Mit einem entnervten Seufzer schubse ich die ganzen Unterlagen über den Tresen in seine Richtung. Tim betrachtet mich prüfend.

»Wenn man ein Gesicht hat wie du, ist das nicht immer so leicht zu erkennen«, sagt er schließlich.

»Wie meinst du das denn jetzt wieder?«

»Du siehst immer gleich freundlich aus. Kein Mensch käme jetzt auf den Gedanken, dass du sauer bist. Ich warte darauf, dass du mal einen Regenbogen kotzt.«

Das spricht er so ganz leicht daher, und ich starre ihn für einen Moment nur an. Vielleicht steht mir dabei auch der Mund offen. Ich bin also zu blöd, um zwei Zimmer zu buchen, und ich kotze Regenbögen. Mein Leben lief auch schon mal wesentlich besser.

»Wir gehen jetzt hoch aufs Zimmer, und dann telefoniere ich herum, ob es irgendwo eine Alternative gibt.« Und dabei kann es nicht darum gehen, OB es eine Alternative gibt. Es MUSS eine Alternative geben. Punkt.

Wenigstens ist das Zimmer schön. Eine komplett neue Erfahrung für uns beide nach zwei Wochen zwischen Pressspanplattenmöbeln, fleckigem Linoleum und Schimmel in der Dusche. Tim pfeffert seine Reisetasche in die Ecke und murmelt: »Da hast du den Verlag ja richtig geschröpft!«

Matt sinke ich auf die Kante des ausladenden weißen Sofas. Ich habe dieses Hotel gebucht, weil es das einzige mit zwei freien Zimmern war. Tja, und weil ich mich verbucht habe, ist es jetzt nur noch eins. Der ganze Raum ist sehr hell gestaltet, skandinavisch Weiß und Hellblau. Es gibt sogar ein Prinzessinnenbett mit unendlich vielen Kissen. Sehnsüchtig starre ich es an. Der Drang, mich in voller Montur auf die offensichtlich gemütliche Matratze zu stürzen, überkommt mich wie eine Monsterwelle, doch ich bekämpfe ihn und zücke stattdessen mein Smartphone, um eine Zimmersuche im weiteren Umfeld von Hiltrudenhimmelstadt Nummer vierzehn zu starten. Zehn Minuten später balanciere ich knapp am Rande einer schweren Depression. Alles im Umkreis von fünfzig Kilometern ist komplett ausgebucht. Offenbar ist man über Nacht zur Weltmetropole avanciert und hat auch gleich noch die gesamte Welt zu Gast, weil man gemeinschaftlich über emissionsarme Fahrzeuge diskutieren möchte. Die Rettung des Weltklimas beginnt in Hiltrudenhimmelstadt Nummer vierzehn, und ich werde die Nacht mit Tim Bergmann in einem Zimmer verbringen müssen. Oder in meinem Auto. Diese Frage konnte noch nicht abschließend geklärt werden.

Betrink dich und geh einfach schlafen, empfiehlt Britta. Sie empfiehlt mir aber auch, mich nicht so anzustellen. Sie würde, laut eigener Aussage, aktuell mindestens ihre linke Hand dafür geben, mit einem gut aussehenden Mann in einem Bett zu schlafen. Müsste definitiv nicht der eigene sein. Sie würde auch nur gucken wollen, um dann in einen von Kindergebrüll befreiten tausendjährigen Schlaf zu fallen.

Ich kann das nicht!, schreibe ich zurück und bekomme postwendend die Antwort: *Reiß dich zusammen, Baby! TB wurde heute von einem der bekanntesten Fashion-Blogs zu DEM schärfsten Junggesellen Deutschlands gekürt!* Ich fühle mich nicht ernst genommen und schicke ihr als Antwort einen Hundehaufen. Manchmal helfen nur noch Symbole in der Kommunikation.

Tim ist seit etwa einer halben Stunde verschwunden. Er hat sich nicht weiter zu unserer Zimmer-Dramatik geäußert, sondern ist einfach kommentarlos gegangen und bisher nicht wieder aufgetaucht. Ich schleiche mich jetzt doch zum Bett, streife mir die Schuhe von den Füßen und lege mich auf die geblümte Tagesdecke. Tim ist wütend. Auf mich. Weil er Ruhe zum Schreiben braucht. Ich bin durchaus in der Lage, das zu verstehen, aber ich bin auch wütend. Auf mich. Gerade als ich die Augen schließen will, geht die Zimmertür wieder auf. Ich an seiner Stelle wäre leise. Immerhin gibt es jemanden im Raum, der in irgendeiner Art dabei ist, zu ruhen. Tim interessiert das nicht. Er pfeffert eine Tüte in die Ecke (Zimmerecke, nicht auf den Schreibtisch oder das Sofa, sondern einfach so in die Ecke) und poltert weiter zum Sofa. Ruckartig hebe ich den Kopf. Hat er mich nicht gesehen? Doch, hat er. Er blickt mich mit unergründlicher Miene an.

»Falls es dich interessiert«, sagt er schroff. »Ich finde das auch nicht lustig. Ich muss nämlich schreiben. Dafür brauche ich meine Ruhe und niemanden, der hier rumlungert. Aber offenbar warst du nicht in der Lage, dieses Problem zu lösen.«

Ich setze mich auf und starre ihn an. »Ich habe einen Fehler gemacht. Ja. Richtig. Es tut mir leid«, motze ich ihn an und lasse mich dann wieder auf das Bett fallen.

»Doch nicht so ein Organisationstalent wie behauptet?«, fragt er lässig und fängt an, seinen Kram im Zimmer zu verteilen. Er weiß, was er da gerade gesagt hat. Er weiß es sogar ganz genau, denn er hat es bewusst exakt so formuliert. Diese drei verdammten Wochen haben ausgereicht, dass Tim Bergmann mich besser kennt als Diana, mit der ich seit vielen Jahren ein Büro teile. Das ist erschreckend, zumal er gerade dabei ist, dieses Wissen auszunutzen.

»Es wird schon seinen Grund haben, warum du bei LOVE arbeitest und nicht bei Freidenburg.«

Ich spüre, wie mein Herz einen Zahn zulegt. Jetzt bloß nicht impulsiv reagieren. Erst denken, dann sprechen.

»Wie meinst du das?« Meine Stimme zittert ein wenig.

»Ich meine gar nichts«, sagt Tim und schenkt mir ein fast schon süffisantes Lächeln.

»Was wolltest du da gerade andeuten?«

In gespieltem Erstaunen runzelt Tim die Stirn. »Nichts!«, sagt er dann und grinst jetzt richtig. Er macht das gerne. Menschen provozieren. Ich verstehe nur nicht, was das jetzt soll. Warum er ausgerechnet zu mir plötzlich so gemein ist.

»Man kann alles missverstehen, wenn man sich nur genügend anstrengt.«

Jetzt brennen bei mir ein paar Sicherungen durch.

30

Der Druck steigt

Ich springe so plötzlich vom Bett, dass das Zimmer für einen kurzen Moment um mich herum schwankt.

»Was fällt dir eigentlich ein?«, schnauze ich, und der auf dem Sofa sitzende Hornochse blickt von seinen Unterlagen auf und starrt mich eindringlich an.

»Weißt du, warum ich es in München nicht ausgehalten habe?«, fauche ich und mache einen Schritt auf Tim zu. »Ich habe mich dort nicht wohlgefühlt. Nein, falsch formuliert: Ich habe es gehasst! Ich war einsam. Völlig alleine, und das kann ich nicht gut ertragen. Wenn das eine Charakterschwäche ist, sorry!«

Ich umrunde seine Beine mit einem gewissen Sicherheitsabstand und bleibe auf der anderen Seite des Sofas vor ihm stehen. Tims graue Augen sind mir gefolgt, der Rest von ihm ist völlig unbewegt.

»Muss denn jeder die vorgeschriebene Anzahl von Stellen durchlaufen, um von sich selber sagen zu könne, ich bin erfolgreich? Ich möchte mich einfach wohlfühlen. Das ist alles. Und in Braunschweig geht es mir gut. Dort sind meine Freunde, dort ist meine Familie, dort ist alles, was ich zum Glücklichsein benötige.«

Erschöpft von dieser Rede, die ich übrigens in dieser Form noch nie gehalten habe, lehne ich mich gegen die Wand und warte, ob von Tim noch eine Bösartigkeit kommt, aber er schweigt.

»Und das hier war ein Fehler.« Ich klopfe mit dem Zeigefinger auf das Holz des Tisches vor mir. »Sorry. Sorry, wenn ich dich durch meine Anwesenheit belästige, aber dieser Fehler ist passiert, und da müssen wir jetzt durch. Wenn dir das nicht passt, kannst du gerne im Auto nächtigen.« Ich werfe den Autoschlüssel auf den Tisch und rausche ab ins Badezimmer, nicht ohne demonstrativ die Tür hinter mir abzuschließen. Dann sinke ich auf den Badewannenrand und starre die hellblauen Fliesen an.

Nachdem ich eine Weile vor mich hingestarrt habe, seufze ich so tief, dass ich kurz Sorge habe, mir könnte ein Blusenknopf abspringen, dann stehe ich auf und wasche mir das Gesicht. Was wagemutig ist, ich bin nämlich komplett geschminkt, aber das spielt jetzt auch keine Rolle mehr. Ich kann nicht mit Tim Bergmann in einem Zimmer schlafen. Gemeinsam in einem Bett. Auch wenn selbiges so groß ist, dass wir weit voneinander entfernt schlafen könnten, aber allein die Tatsache, dass dieser Hornochse dann nur anderthalb Armeslängen von mir entfernt liegt, löst ein sonderbares Gefühl in mir aus.

Wie aufs Stichwort gibt mein Handy ein Piepen von sich, und wie ferngesteuert ziehe ich es aus der Hosentasche. Eine Nachricht von Markus Drebel.

Werte Kollegin, ich benötige DRINGEND Text. Mindestens die ersten hundert Seiten. Die Vertreter stehen Schlange, und ich kann hier nicht mehr alle hinhalten. Außerdem müssen wir mit dem Lektorat beginnen.

Mein Daumen schwebt über den Tasten. Ich möchte schreiben: »Werter Kollege. Das geht jetzt nicht, wir haben andere Probleme.« Stattdessen tippe ich: »Ich rede mit Herrn Bergmann. Kann aber nichts versprechen.« Dann stecke ich das Handy in die Hosentasche und gebe mir alle Mühe, das empörte Piepen zu ignorieren. Es klappt nur, weil es im selben Moment vor der Badezimmertür poltert, als wäre etwas sehr Großes, Schweres heruntergefallen. Vielleicht der Hornochse selbst? Ich schließe auf und gucke vorsichtig um die Ecke. Tim steht unbewegt am Schreibtisch und starrt auf sein Handy. Seine ganzen Unterlagen sind über den Fußboden verteilt. Offenbar hat er auch eine Nachricht von Markus Drebel bekommen. Und im Gegensatz zu mir hat ihn diese Nachricht nicht mit banger Verzweiflung erfüllt, sondern zum Hulk werden lassen. Als Nächstes fliegt sein Handy durch das Zimmer, und er gibt eine ganze Reihe nicht jugendfreier Flüche von sich.

Ich räuspere mich und ernte von ihm als Antwort ein dumpfes Grummeln. »Markus Drebel hat dir also auch geschrieben?«, frage ich vorsichtig. Tim strahlt eine subtile Aggression aus. Ich räuspere mich erneut.

»Tim. Sprich mit mir.« Ich stelle mich ein wenig breitbeiniger hin.

»Ich kann das nicht.« Er dreht sich so schnell zu mir um, dass ich automatisch einen Schritt zurückweiche.

»Ich kann dieses Buch nicht schreiben«, fügt er hinzu, für den Fall, dass ich ihn nicht verstanden haben sollte.

»Musst du aber«, sage ich tonlos.

»Ich kann das nicht!« Er brüllt mich an, so laut, dass mir der Atem stockt und ich einen Satz nach hinten mache.

»Das hier ist der Horror. Der absolute Horror.« Er macht einen Schritt auf mich zu. »Ich habe keine ruhige Minute, um mich in den Text zu vertiefen. Ständig ist irgendetwas. Ständig sind wir unterwegs. Ständig muss ich mit Menschen sprechen.« Er atmet tief durch, als würde er nach seiner Fassung suchen, findet sie aber nicht. »Ich habe die Schnauze voll!«

»Bitte, reg dich nicht so auf«, sage ich leise, und meine Stimme zittert formvollendet.

»Ich soll mich nicht aufregen?« In seinen Augen lodert wieder dieses vernichtende Feuer. »Hast du auch nur den Hauch einer Ahnung, was es bedeutet, einen zweiten Roman zu schreiben? Nachdem der erste dermaßen eingeschlagen ist? Hast du eine Vorstellung davon, unter welchem Druck ich stehe?«

Ich öffne den Mund, schließe ihn aber unverrichteter Dinge wieder.

»Verdammte Scheiße!« Seine laute Stimme ist jetzt absolut aggressiv und das löst etwas in mir aus. Ich weiche einen Schritt zurück und stehe jetzt mit dem Rücken an der Wand, direkt neben der Zimmertür. Mit der linken Hand taste ich nach der Türklinke. Es ist Zeit, sich für eine Weile in Luft aufzulösen. Tims Blick folgt meiner Hand, und plötzlich sagt er, jetzt in einem fast normalen Tonfall: »Bitte geh nicht.«

Ich halte weiterhin die Türklinke umklammert.

»Schmeiß mir was an den Kopf, brüll mich an, aber hau jetzt nicht ab! Verdammt! Ich brauche dich!«

Langsam löst sich mein Klammergriff um die Türklinke. Jetzt ist es Tims Stimme, die zittert.

»Du hast mich schon zweimal derart zusammengestaucht, dass die Fenster gewackelt haben. Mach das von mir aus wieder. Nur bitte geh jetzt nicht.«

Langsam drehe ich mich um. Tim hockt auf der Bettkante. Seine Wut ist verschwunden, geblieben ist nur ein tiefer Schmerz. Vielleicht ist es auch blanke Angst. Tims Angst, den Anforderungen der Welt an ihn nicht gerecht zu werden. Obwohl er das will. Er will dieses zweite Buch fertigschreiben, aber er kann nicht. Weil wir alle ihn daran hindern. Ich gehe zu ihm und setze mich direkt neben ihn auf die Bettkante.

»Was soll ich tun?« Tims Stimme ist rau, und ohne darüber

nachzudenken, greife ich nach seiner Hand. Er umfasst meine Finger, und ich spüre dieses mittlerweile altbekannte Kribbeln in meiner Handfläche.

»Schreiben«, sage ich dann leise.

»Ich weiß nicht wie.«

»Du hast das schon mal gemacht. Mehrmals. Das bedeutet, du kannst es. Der Druck hindert dich nur daran. Den musst du ausblenden und dich dann hinsetzen und schreiben. Und dabei lächeln, als wäre es ganz einfach.«

»Hm«, Tim runzelt die Stirn und betrachtet nachdenklich unsere plötzlich miteinander verwobenen Finger.

»Du musst so tun, als ob es diesen Druck gar nicht gibt. Wir können uns selber verarschen. Wenn wir eine volle Windel wechseln müssen, wird uns nicht schlecht, wenn wir dabei lächeln. So funktioniert unser Körper. Du musst lächeln und ein Wort nach dem nächsten tippen. Wenn ich ein schwieriges Telefonat vor mir habe, stelle ich mich gerade hin und lächle dabei. Das hilft enorm. Es geht leichter.«

»Schreibst du heimlich für Frauenmagazine?«

»Nein, aber manchmal weiß ich, wo der Frosch die Locken hängen hat«, sage ich.

Eine Weile sitzen wir schweigend auf dem Bett. Tims Atem beruhigt sich langsam wieder. Sein »Ich brauche dich« geht mir nicht mehr aus dem Kopf. Es spukt dort herum und setzt sich schließlich in eine Ecke, um dort zu verweilen. Wie kann es sein, dass dieser autarke Mensch irgendjemanden braucht? Und dann auch noch mich.

Tim fährt sanft mit dem Daumen über meine Hand, und mir läuft ein Schauer über den Rücken. Ich weiß, dass wir aufhören müssten. Dass wir das nicht zulassen dürfen. Er ist mein Autor. Wir haben eine berufliche Beziehung. Aber ich kann nicht einfach so tun, als würde das hier alles nicht stattfinden. Dieses

Gefühl, warm und wohlig kribbelnd, das sich immer weiter von meiner Herzgegend ausbreitet, kann ich beim besten Willen nicht ignorieren. Es ist ein neues Gefühl in meinem Leben. Und vielleicht ist genau dieses Gefühl der Beweis dafür, dass ich doch eigentlich ganz normal bin. Dass ich doch in der Lage bin, mich zu verlieben. Denn eins ist ganz klar: Das Zeitalter »Keine Schmetterlinge, keine Tränen« ist vorbei.

31

Schatten der Nacht

Ich habe mich meinem Schicksal ergeben und liege auf der linken Seite des großen Betts dicht an der Kante. Ich spüre Tims Präsenz nur einen Meter entfernt. Er liegt auf dem Rücken und starrt die Decke an. Ich weiß nicht, wie ich mich verhalten soll. Ich war selten in meinem Leben so ratlos, aber eines weiß ich mit Gewissheit: Ich werde heute Nacht nicht schlafen. Aus Sicherheitsgründen. Denn was ist, wenn ich einen meiner üblichen Albträume bekomme? Das wäre eine Katastrophe. Also werde ich wach bleiben. Das kann ich ja eigentlich total gut. Schlafen ist nicht meine Paradedisziplin, aber Wachsein schon.

»Bea?« Er flüstert.

»Hm?«, brumme ich und bemühe mich, meiner Stimme einen schläfrigen Ton zu geben. So leicht brummig und rau.

Tim antwortet nicht, also wiederhole ich mein »Hm?« etwas lauter, denn schließlich kann sein linkes Ohr mich nicht hören.

»Danke für den Kuchen«, sagt er, und ich höre, wie er sich zu mir herumdreht. In der Dunkelheit kann ich ihn nur schemenhaft sehen, aber sein eigener Tim-Duft hängt in der Luft. Er scheint in Plauderlaune zu sein.

»Ich musste mich immer um mich selbst kümmern«, sagt er, und jetzt drehe auch ich mich zur Seite, um ihn besser verstehen zu können. »Deshalb war es ein wenig befremdlich, als du die Regie in meinem Leben übernommen hast.« Ich höre, dass er lächelt. »Ich fühle mich schnell bevormundet«, fügt er hinzu, als ob das eine brandaktuelle Neuigkeit für mich wäre. »Und dann war das auf einmal sehr ...«, er scheint nach den richtigen Worten zu suchen. »Es war gut. Es war gut, das alles zu teilen, jemanden zu haben, der mich versteht, der die richtigen Worte findet. Und jemanden zu haben, der mir einen Kuchen zum Geburtstag schenkt.«

Seine Worte sind ganz warm, und ohne es zu wollen, entspannt sich mein Körper. Und meine Seele. Nein, das hier ist keine normale Situation, aber sie tut erstaunlich gut.

»Ich raste manchmal aus, Bea.« Er räuspert sich. »Ich bin total impulsiv. Das gehört zu mir, aber ich tue niemandem etwas. Das musst du mir glauben. Dass du dann sofort in Deckung gehst oder die Flucht antrittst, erschreckt mich.«

»Das hat nichts mit dir zu tun«, sage ich leise. Das nicht, aber alles andere, denke ich, behalte diesen Gedanken allerdings für mich.

»Schlaf gut«, sagt Tim und seufzt einmal tief. So tief, wie man es nur kann, wenn man einen enormen Brustkorb hat. Das Bett erbebt kurz und heftig, und dann herrscht rechts neben mir absolute Stille. Offenbar gehört Tim zu den Sofort-und-überall-schlafen-Könnern. Ich drehe mich auf den Rücken und suche mir einen kleinen dunklen Punkt an der Decke. Den werde ich einfach die ganze Nacht im Auge behalten. Schließlich ist morgen Sonntag, und ich werde vielleicht still und heimlich ein wenig Schlaf nachholen können. Tim muss eh arbeiten, und tagsüber kommen die Albträume so gut wie nie.

Der Punkt an der Decke verändert sich, wird dunkler und größer. Ich muss mehrmals zwinkern, bis er sich wieder scharf stellt.

Ich träume. Ich bin klein und sitze unter einem Tisch. Ich habe Angst. Der Mann vor mir brüllt mich an. Plötzlich greifen Hände nach mir. Ich schreie panisch auf. Aber die Hände tun mir nicht weh. Sie sind ganz warm und geben mir Sicherheit. Jemand sagt meinen Namen. Leise, kaum hörbar. Unerwartet liebevoll. Langsam löse ich mich aus meinem Traum. Die schrillen Farben verblassen, die Bilder in meinem Kopf werden kleiner, und irgendwo zwischen den sich auflösenden Bildern und dieser Stimme, die meinen Namen sagt, hänge ich fest.

»Bea!« Ich öffne die Augen. Die Angst ist noch da, sitzt mir tief im Herzen. Ich kann sie nie einfach so abschütteln. Tim sitzt neben mir, seine Hände auf meinen Schultern. Ich zucke zusammen, aber nicht zurück, sondern zu ihm hin, lehne mich einfach gegen seinen Oberkörper. Mit einem tiefen überraschten Atemzug legt er sanft seine Arme um mich und hält mich fest. Beschützt mich. Und das erste Mal seit sehr langer Zeit gibt es jemanden, der mich beschützen kann. Dem ich zutraue, dass er es kann. Mein Kopf ist an seine Brust gebettet, und ich lausche seinem beständigen, kraftvollen Herzschlag. Es dauert lange, bis sich in mir Widerstand regt. Es ist mein Kopf, der sich ganz plötzlich wieder einschaltet und mit dem Denken anfängt. Er schimpft mit mir. Weil ich eingeschlafen bin. Weil ich dadurch meinen obligatorischen Ganzkörperschutzanzug abgelegt habe und ihn auch jetzt noch nicht finde. Aber ich kann nicht anders. Ich bleibe einfach so liegen und lasse mich halten. Denn das hier fühlt sich ausgesprochen richtig an. Tim kann mich beschützen, weil er das Gleiche erlebt hat wie ich. Weil ihn das stark und unabhängig gemacht hat.

Er lässt mich nicht los. Wir legen uns dicht nebeneinander aufs Bett, und seine Hände halten mich immer noch fest. Ich habe die Augen geschlossen.

»Wer hat dir so wehgetan?« In seiner Stimme schwingt etwas mit, das ich nicht deuten kann. Erst als ich die Augen öffne und ihn ansehe, erkenne ich, dass er nicht weniger bewegt ist als ich. Ein Spiegelbild meines eigenen ungläubigen Staunens darüber, was hier gerade passiert ist. Und passiert.

Ich kann es nicht erzählen. Noch nicht. Also lächle ich.

»Ich bekomme keine Antwort«, stellt Tim leise fest und legt seine warme Hand auf meinen Kopf. »Vielleicht irgendwann?«, fragt er und fährt mir sanft mit dem Finger über die Stirn. Seine Stimme ist so sanft wie seine Berührung, und ich nicke.

»Mit dir zusammen zu sein ist so einfach, es fühlt sich so leicht an«, sagt er ganz unvermittelt. Ich bin mir noch nicht mal sicher, ob er mit mir spricht. Sein Blick ruht auf einem Punkt weit hinter mir. »Irgendwann habe ich angefangen, mich auf dich zu freuen.« Ich kann das dunkle Grau seiner Augen erkennen, denn der Morgen schickt uns seine ersten dämmrigen Lichtstrahlen ins Zimmer. Eine fremdartige Sanftheit liegt darin.

Tim schläft, und ich sehe ihm dabei zu. Er liegt auf der Seite, das Gesicht mir zugewandt, und seit ungefähr einer halben Stunde schafft es das anbrechende Tageslicht, die Schatten der Nacht aus dem Zimmer zu vertreiben. Seitdem liege ich unbewegt und betrachte den schlafenden Mann neben mir. Seine körperliche Präsenz wird auch durch den Schlaf nicht gemindert. Dafür ist er einfach zu groß und zu männlich. Ganz vorsichtig strecke ich die Hand aus und lege sie ihm auf den Unterarm. Er ist ganz warm. Ich schließe für einen Moment die Augen, und meine Fingerspitzen fangen an, leicht zu prickeln.

Es hat etwas sehr Intimes, jemandem beim Schlafen zuzusehen. Wir hatten keinen Sex. Vielleicht waren wir beide zu sehr damit beschäftigt, diesen außerordentlichen Gefühlen füreinander nachzuspüren. Vielleicht ist es auch einfach unsexy, wenn eine Frau schreiend aus einem Albtraum aufwacht.

Trotzdem ist Tim der erste Mann, der in mir ungewohnte hormonelle Verstörungen auslöst. Man könnte wohl auch sagen, ich würde definitiv gerne Sex mit ihm haben. Meine Finger stoppen in ihrer Bewegung. Tim scheint mich auf den Kopf gestellt zu haben. Ich fühle mich irgendwie demontiert und neu zusammengesetzt. Anders, als die vielen Jahre davor. Das könnte sich falsch anfühlen, tut es aber nicht.

Tim hat mich die ganze Nacht gehalten, und ich habe in seinen Armen geschlafen. Tief, fest, traumlos und vor allen Dingen ohne die Angst, dass meine Träume mich wieder heimsuchen könnten. Aus irgendeinem Grund war mir klar, dass das nicht passieren würde. Weil Tim da war.

Ich taste mit meinen Fingern nach seiner Hand. Probehalber und ganz vorsichtig, aber kaum habe ich ihn berührt, umfasst er im Schlaf meine suchenden Fingerspitzen und seufzt leise. Ich atme ebenfalls tief durch und ziehe seine Hand zu mir, um mein Gesicht auf seinen Arm zu betten. Tims Körper scheint dafür gemacht, sich an ihn zu lehnen. Er ist so groß und fest und stark. Sonderbarerweise ist seine Haut fast samtig und immer noch warm. Warm genug, um mich aufzuwärmen, diesen kleinen kalten Kern, der immerzu in mir schlummert, langsam zu schmelzen.

Als ich irgendwann die Augen wieder öffne, sitzt Tim im Schneidersitz neben mir und hat seinen Laptop auf dem Schoß. Er tippt und hat sich offenbar kurz vorher die Haare gerauft, die in den vergangenen Wochen richtig lang geworden sind, weswegen sich das Raufen gelohnt hat. Um ihn herum sind zwei Teller mit Croissants, ein Kaffeebecher auf einem Buch und diverse leere Schokoladenverpackungen verteilt. Er muss uns Frühstück besorgt haben, und ich habe das schlicht verpennt. Ich klappe die Augen wieder zu, aber Tim hat sehr wohl bemerkt, dass ich wach bin. Schwungvoll schiebt er den Laptop von seinem Schoß und beugt sich über mich. Mein Herz macht kurz einen erschrockenen Doppelschlag, aber nur bis ich begreife, dass Tim mir stürmisch einen Kuss auf die Stirn drückt.

»Morgen«, murmelt er und wirft mir aus seinen grauen Augen einen derart intensiven Blick zu, dass es tief in meinem Unterleib zuckt. Dann schnappt er sich wieder seinen Laptop. Ich brauche einen Moment, um seine ungestüme Begrüßung zu verarbeiten, aber Tim scheint sich wieder in einer anderen Welt zu befinden. Er schreibt, und ich stehe ganz leise auf und gehe ins Badezimmer, wo ich mir eine sehr lange, sehr heiße Dusche gönne. Beim Blick in den Spiegel stelle ich fest, dass ich heute ernsthaft ausgeschlafen aussehe. Vermutlich habe ich in der letzten Nacht so viel geschlafen wie in den vergangenen zwanzig Jahren nicht. Kurz spiele ich mit dem Gedanken, mich zu schminken oder mir wenigstens die Augen ein wenig anzumalen, doch dann stecke ich den Mascara energisch zurück in mein Schminktäschchen. Tim scheint mich auch ohne dunkle und volle Wimpern zu mögen. Der Gedanke daran beschert mir ernsthaft weiche Knie, dabei habe ich diese Umschreibung bisher nur für eine Redewendung gehalten. Aber es scheint sie auch in der Realität zu geben. Mein Herz macht wieder einen hektischen Doppelschlag. Ich bemühe mich, diese körperlichen Reaktionen durch ein energisches Schulterstraffen unter Kontrolle zu bringen, doch es hilft nichts. Jede Zelle, jedes noch so kleine Teilchen in mir möchte zurück ins Bett kriechen und sich dicht an Tim schmiegen, und so rubble ich mir ein wenig die Haare trocken, laufe zurück ins Zimmer, klettere ins Bett, ziehe mir die Decke bis zu den Schultern und bekomme von Tim ein derart großartiges Grinsen geschenkt, dass mein Herz augenblicklich und sofort mehrere Saltos hinlegt.

»Ich schreibe«, sagt er.

»Sehe ich. Mach einfach weiter. Ich … bin halt hier.« Tim hebt noch einmal für ein paar Sekunden den Blick von seinem MacBook und schaut mir direkt in die Augen. »Das ist gut«, sagt er schlicht und tippt weiter.

32

Kopf aus, Herz an

Eine sonderbare Leichtigkeit trägt uns durch diesen Sonntagmorgen. Das Wetter hat sich mit uns verbündet und Regen, Sturm und spektakuläre Wolken geschickt, damit wir einfach im Zimmer bleiben können. Tim schreibt. Es ist fast beängstigend zu sehen, in welcher Geschwindigkeit seine Finger über die Tastatur fliegen. Offenbar geht es plötzlich sehr gut voran, denn mit dem fortschreitenden Schreibprozess wird Tim immer entspannter. Fast fröhlich. Ich muss nichts tun, außer neben ihm im Bett zu liegen. Das haben wir nämlich immer noch nicht verlassen. Ich lese und lasse mich vom leisen Klappern der Tastatur hin und wieder in den Schlaf wiegen. Ein wohliges Geräusch, das ich vermutlich bisher in meinem Leben noch nie wirklich wahrgenommen habe. Dabei umgibt es mich im Büro ständig. Es ist wie damals, als ich gerade zu meinen Eltern gezogen war und mit meiner Bettdecke oft unter dem Esstisch meinen Wachposten bezogen habe. Dort war ich sicher und habe trotzdem alles mitbekommen. Meine neue Mutter sang, sprach mit meinem neuen Vater, das Geschirr klirrte, irgendwo dudelte leise ein Radio, und ich war sicher. Hier im Bett neben Tim spüre ich dieses Gefühl plötzlich wieder.

Zu dem Geschirr und den Essensresten haben sich noch diverse Speichersticks und Notizzettel gesellt. Ich will gerade wieder die Augen schließen, als Tim geschmeidig wie eine junge Birke aus dem Bett springt und im Bad verschwindet. Kurz darauf höre ich die Dusche rauschen. Ich bin von dieser Aktion nicht sonderlich überrascht, schließlich hatte ich den ganzen Vormittag Gelegenheit, diesen Mann beim Schreiben zu beobachten. Und wenn dieser Mann im Schreibmodus ist, scheinen ihm alle schreibfernen Tätigkeiten spontan einzufallen. Dann schmeißt er plötzlich alle Sachen vom Bett oder kippt seine komplette Reisetasche auf dem Boden aus, weil er irgendetwas sucht. Oder springt eben auf und geht unter die Dusche. Und das alles tut er zumindest heute mit ausgesprochen guter Laune. Ein bisschen verrückt wirkt er dabei schon. Leicht durchgeknallt.

Es ist nur ein Dusch-Quickie, denn keine fünf Minuten später ist er wieder da. Mit Wassertropfen in den Haaren, frischen Klamotten und leichtem Lavendelduft. Offenbar hat er sich an meinem Duschgel vergriffen. Er springt wieder auf das Bett, verknotet die Beine und sieht mich dann durchdringend an. Mein Herz hämmert von innen gegen meinen Brustkorb, und aus einem Reflex heraus setze ich mich ebenfalls hin. Die Absurdität dieser Situation versucht sich bis in meine bewusste Wahrnehmung vorzuarbeiten. Was wir hier tun, ist nämlich wirklich völlig absurd. Aber ich schiebe diesen Gedanken entschlossen beiseite.

»Bea«, sagt Tim, und seine Stimme klingt ein wenig heiser. »Ich möchte dich küssen.« Er macht aber keine Anstalten dazu und sitzt einfach weiterhin kerzengerade im Schneidersitz vor mir, während es wieder unterhalb meines Magens zuckt. »Aber ich weiß nicht, ob du das auch willst«, fügt er hinzu und legt abwartend den Kopf schräg.

Ich bin nicht mutig. Nie gewesen. Wenn man mutig ist, passieren unvorhersehbare Dinge, und die mag ich nicht leiden. Warum ich plötzlich so mutig bin und mich ein gutes Stück nach vorne lehne, weiß ich nicht. Ich tue es einfach, und Tim versteht die Einladung richtig. Er umfasst mein Gesicht mit seinen Händen und küsst mich. Mit größter Ernsthaftigkeit, während ich plötzlich wieder das Feuer in ihm auflodern spüre. Als er für einen kleinen Moment seine Lippen von meinen nimmt, kann ich es auch in seinen Augen sehen. Noch nie in meinem Leben bin ich von einem Mann so angesehen worden. In Tims Augen funkelt es, und ich erkenne sein Verlangen und seine Sehnsucht. Nach mir. Es ist sein Blick, der die letzten Barrikaden in mir einreißt. Ich umfasse sein Gesicht und küsse ihn erneut, und jetzt genieße ich das Kribbeln in meinem Unterleib.

So lange, bis Tim sich ein wenig von mir zurückzieht und mir in die Augen blickt. Seine Hände wandern langsam über meine Arme, zu meinen Schultern, bis zu meinen Wangen und verharren dort. Sanft streichen seine Daumen über mein Gesicht, und ich kann gar nicht anders, als ihm fest in die grauen Augen zu sehen. Diese Nähe ist ungewohnt, aber irritierend schön. Und als wüssten unsere Körper, was zu tun ist, beugen wir uns im selben Moment vor und küssen uns erneut.

Es ist ganz leicht, als wären wir ein eingespieltes Team. Als wäre uns beiden instinktiv klar, was der andere braucht. Und vielleicht ist das auch so. Ich greife in seine vom Duschen noch feuchten Haare und ziehe ihn näher zu mir heran. Bereitwillig folgt er mir, und wir landen rücklings auf dem Bett. Sein T-Shirt ist das erste Kleidungsstück, das fällt. Ihm folgt Tims Hose. Ich brauche eine Sekunde, um Tims Körper in seiner nackten Pracht zu verarbeiten. Er ist um einiges unbefangener als ich, schließlich habe ich noch immer alles an – wobei ich zugebe, dass Tim sehr geschickt daran arbeitet, genau das zu ändern. Meinem T-Shirt widerfährt das gleiche Schicksal wie Tims, und es landet auf dem Boden, während Tim ungerührt fortfährt, mich meiner Klamotten zu entledigen. Ich bin allerdings für einen Moment abgelenkt. Tim ist nämlich nicht nur nackt, ich sehe auch das erste Mal seine großflächigen Tätowierungen, die beide Oberarme und einen Teil seiner Brust bedecken.

»Bea?« Tim hat sich mit beiden Armen neben meinem Körper abgestützt und begonnen, meinen Bauch zu liebkosen. Jetzt aber hebt er den Kopf und blickt mir mit halb geschlossenen Lidern entgegen. »Was ist los?« Er klingt so atemlos, wie ich mich fühle.

»Wow«, flüstere ich und fahre mit dem Zeigefinger zögerlich über das Kunstwerk an seiner linken Schulter. Er wirft einen kurzen Seitenblick auf das Tattoo und schenkt mir dann ein überwältigendes Grinsen. »Ich vergesse das immer. Es gehört einfach zu mir.«

»Ist das ernsthaft ein Rennauto?« Meine Fingerspitze verharrt auf einem fast kindlich gezeichneten Auto. Darunter befindet sich ein wild verschlungenes Tribal, das aber gar nicht nach den Neunzigern aussieht, sondern sich in faszinierender Schönheit auf Tims makelloser Haut abzeichnet. »Mein Leben in Bildern«, murmelt Tim und lehnt sich mit seinem Oberkörper dichter an mich heran. Sofort rücken seine Tattoos wieder in den Hintergrund, und es passiert das, was mein Körper offenbar schon seit sehr langer Zeit herbeigesehnt hat: Wir haben Sex. Kein Herumlieben, kein Liebe machen, sondern einfach Sex. Und wir genießen es.

Immer noch leicht außer Atem liegen wir nebeneinander. Ich drücke meine Hand gegen seine Brust, direkt auf ein stilisiertes rotes Herz, sodass ich seinen rasanten Herzschlag spüren kann.

»Oh Bea«, murmelt Tim und legt seine große Hand über meine.

»Was?«, frage ich leise.

Tim setzt sich auf und betrachtet mich jetzt aus seiner erhöhten Sitzposition. »Ich fasse dich gerne an. Ich fasse sonst niemanden gerne an.« Die Worte verlassen seinen Mund, und ich bin mir absolut sicher, dass er nicht eine Sekunde über sie nachgedacht hat. Er wirkt oft nach außen hin so rotzig und überlegen, aber das hier, dieser Tim, scheint der zu sein, der unter der harten Schale haust. Diesem Mann hier vor mir brauche ich nichts vorspielen. Er hat mich schon lange vollkommen durchschaut. Und er scheint mich zu mögen, so wie ich bin. Ohne Orientierungssinn, ohne Mascara und mit ein wenig zu viel Kontrollsucht.

»Geht mir auch so«, sage ich ganz leise und spüre, wie sich etwas in meiner Brust löst. Was ist mir in den vergangenen Jahren entgangen? Dabei ist es ganz leicht. Aber vielleicht kann es nicht mit jedem leicht sein. Vielleicht gibt es nur einen Menschen, mit dem das möglich ist? Einen Menschen, dem ich absolut vertraue. Und offenbar ist Tim genau dieser Mensch.

»Ich fühle mich ein wenig betrunken«, sagt er und lächelt, während er sich das Gesicht reibt.

Ich kann nichts dafür, aber aus heiterem Himmel überfallen mich Zweifel. Sorgen. Das übliche Gedöns, das sich so in meinem Kopf einnistet und mir das Leben schwer macht.

»Aber wie soll das weitergehen …« Ich habe es noch nicht ganz ausgesprochen, geschweige denn auch nur im Ansatz darüber nachgedacht, da hebt Tim in einer sonderbar bittenden Geste die Hände. »Bea. Nein. Nicht zerreden. Nicht denken. Einmal nicht. Bitte. Das hier ist etwas Außergewöhnliches. Ich fühle mich so frei, wie schon lange nicht mehr.«

»Okay«, murmle ich und fange die plötzlich so hektischen Gedanken energisch wieder ein. Und dann tun wir einfach etwas Unbedachtes und Ungeplantes und lieben uns erneut. Jetzt richtig. Und langsam. Und voller Wonne.

Tim schreibt, ich liege daneben. Ich würde mir gerne einbilden, dass es meine Anwesenheit ist, die ihn zum Schreiben animiert, ich wäre gerne mal eine Muse, aber ich glaube, Tim hat einfach einen Schreibflash. Er sitzt immer noch im Schneidersitz neben mir und tippt. Jetzt hält er inne, sieht kurz aus dem Fenster und nimmt meine Hand. Ich lasse es geschehen und spüre, dass er mit seinen Gedanken weit weg ist. Die Geschichte in seinem Kopf hat endlich konkrete Formen angenommen, aktuell scheint da ganz schön die Post abzugehen, und er sucht nur nach den richtigen Worten, um das Geschehen auf Papier zu bringen. Er lässt meine Hand wieder los und tippt weiter. Vielleicht bin ich doch seine Muse? Das wäre doch mal was. Ich müsste mich um niemanden kümmern und könnte durch meine bloße Anwesenheit kreative Prozesse auslösen. Während ich mich in die Kissen kuschle, erwäge ich ernsthaft einen Jobwechsel, wobei dieser Gedankengang mich spontan an meinen echten Job erinnert. Meine Chefin wäre ganz sicher *not amused*, wenn sie wüsste, dass ich mit unserem Starautor hier im Bett rumliege. Und Sex mit ihm habe. Und statt zu arbeiten den schönen Mann neben mir anstarre und schon wieder lüsterne Gedanken bekomme. Ich könnte vielleicht versuchen, diese Tatsache mit einer aktiven Musentätigkeit zu erklären, bin mir aber sicher, dass sie sehr deutliche Worte für mich übrig hätte. Fakt ist: Das hier ist das Verwegenste, was ich jemals in meinem Leben getan habe. (Und bisher war das eine Station Schwarzfahren mit der Straßenbahn in Braunschweig, weil ich mein Portemonnaie vergessen hatte und DRINGEND zu einem Termin musste. Es handelt sich also um eine wirklich exorbitante Steigerung.)

Ich habe keine Ahnung, wie ich das jemals irgendjemandem erklären soll. Vorsichtig und völlig lautlos lege ich einen kleinen Teil meines Ganzkörper-Schutzanzuges, meiner Panzerung, wieder an. Es ist, als würde die Realität trotz heftiger

Gegenwehr langsam wieder in mein Bewusstsein dringen. Das ist nicht gut. Wo ich es doch gerade zum ersten Mal geschafft habe, die Realität komplett auszublenden. Aber das gelingt mir wohl nur bedingt. Plötzlich fällt mir auf, dass das Klackern der Tastatur verstummt ist. Ich sehe hoch und blicke direkt in Tims Augen. Fragend sieht er mich an. Statt einer Antwort schiebt er den Laptop von seinem Schoß, entknotet sich und legt sich neben mich. Er ist vorsichtig. Auch im Eifer der überbordenden Gefühle war immer ein Rest an Vorsicht in seinen Bewegungen, so als wäre er sich nicht sicher, ob ich nicht doch ein ungesicherter Sprengsatz bin. Er dreht sich zu mir, legt den Kopf auf seinen Arm und betrachtet mich.

»Ich glaube, zu viel Denken ist nicht gut für dich«, sagt er dann leise, und sein Zeigefinger streicht sanft über meinen Arm.

Ich seufze und kann ihm nicht sagen, wie recht er damit hat. Und ich kann ihm auch nicht sagen, dass es da noch etwas gibt. Eine so unfassbar große Gemeinsamkeit. Das, was mich und mein manchmal sonderliches Verhalten durchaus erklären würde.

Die meisten Menschen verstört es zu hören, was ich für eine Kindheit hatte. Und es verstört sie nicht nur. In ihrem Unterbewusstsein versehen sie mich umgehend mit einem Stempel und legen mich in eine Schublade. Das tun sie nicht aktiv, es scheint ganz automatisch zu funktionieren, aber wenn ich Menschen erzähle, aus was für einem Drecksloch ich gekrochen bin, sehen sie mich hinterher mit anderen Augen. Als ob sie eine Bestätigung in den Dingen suchen, die ich sage oder tue. Etwas, bei dem sie sagen können: »Ah! Ja! Daran merkt man es!«

Tim würde mir zuhören, und er würde mich verstehen. Und trotzdem erzähle ich es ihm nicht. Trotzdem halte ich den letzten Rest, den klitzekleinen Rest meiner alten Barrikade oben.

33

Notfälle und Nordseekrabben

DAS IST GUT!

Ich habe Markus Drebel verboten, mich anzurufen, stattdessen schickt er jetzt Mails und Nachrichten, in denen er alles großschreibt. Wohl um sein Wohlwollen zum Ausdruck zu bringen. »DAS IST GUT!« bezieht sich auf Tims letzten Textausschnitt, den ich ihm geschickt habe. Er ist lange noch nicht fertig, hat aber einen solchen Schwung drauf beim Schreiben, dass mir schon beim Zuschauen ganz schwindelig wird. Wenn er so weitermacht, hält er den Abgabetermin tatsächlich ein. Die restlichen Lesungen sind für ihn nur noch ein ärgerliches Hindernis. Wer je einen Autor im Schreibwahn erlebt hat, würde deutliche Parallelen zu kleinen Kindern erkennen, die das erste Mal ihre Playmobilburg aufbauen. Tim versinkt im Text. Und ich reiße mich zusammen, um nicht in ihm zu versinken. Denn das könnte ohne Probleme geschehen. Nur mit größter Mühe gelingt es der Arbeitsbiene in mir, das zu verhindern.

Etwas hat sich seit jener gemeinsamen Nacht verändert. Abgesehen davon, dass Tim schreibt wie ein Wasserfall. Er hat sich verändert und scheint das, was da scheinbar aus dem Nichts plötzlich zwischen uns entstanden ist, mit stiller Freude zu betrachten.

Er konnte mir geben, was ich dringend benötigte. Schutz vor der Welt.

Vorsichtig trage ich eine Tasse Kaffee, meine Unterlagen, mein Handy und eine Tafel Schokolade die Treppe hinauf. Nur noch vier Lesungen, dann ist unser gemeinsames Abenteuer zu Ende. Dieses Wochenende, und dann noch drei Tage, bevor ich dem drohenden Konkurs meines Verlags, meiner Chefin, meinem mittlerweile vermutlich überquellenden Schreibtisch und meiner leeren Wohnung gegenüberstehe. In den letzten Tagen habe ich mich von Tims innerer Freiheit anstecken lassen. Und ich habe sie genossen. In vollen Zügen. Bei dem Gedanken, dass das bald vorbei sein könnte (ich korrigiere: vorbei sein wird), krampft sich schmerzhaft mein Magen zusammen. Und sogar meine Beine erzittern, sodass ich mich kurz an die Flurwand zu Tims Zimmer lehnen muss.

Ich möchte nicht, dass es vorbei ist. Aber da ich nun leider ein Mensch bin, der zu nüchternen und pragmatischen Gedankengängen neigt, bleibt mir nichts anderes übrig, als der Realität ins Auge zu blicken.

Eigentlich wollte ich zu Tim. Mich neben ihm aufs Bett legen und der Tastatur zuhören, mit der er seine fremde Welt ins Dokument tippt. Jetzt aber laufe ich an seiner Tür vorbei und gehe schnurstracks in mein eigenes Bett. Wir haben natürlich weiterhin zwei Zimmer. Schon allein weil ich ein Doppelzimmer auf der Abrechnung wirklich schlecht erklären könnte.

Ich liege im Bett und starre die Decke an. Mein Handy piept leise und verkündet mir eine neue Nachricht. Langsam nehme ich es und lese. *Hast du dich verlaufen?* Tim. Er wartet auf mich. Aber ich muss jetzt auf Distanz gehen. Es sind nur noch drei Tage. Drei Tage, in denen ich mich aktiv entwöhnen muss, so sehr das auch schmerzt. Ich schreibe: *Bin müde und gehe ins Bett*, lege das Handy weg und versuche zu schlafen.

Mein Klingelton weckt mich, und für einen Moment starre

ich orientierungslos an die Zimmerdecke, auf die die Straßenlaterne von draußen sonderbare Muster malt. Es ist Nacht geworden. Ich rolle mich zur Seite und angle wieder mein Smartphone vom Nachtschrank, halte es mir dicht vor die Nase, erkenne die Festnetznummer meiner Eltern, registriere die Tatsache, dass es halb zwei in der Nacht ist, bekomme sofort Schnappatmung und gehe ran.

»Mama?«, frage ich atemlos.

»Hallo Bea«, sagt mein Vater, und an seinem Tonfall erkenne ich, dass es ein Problem gibt. Was mir eigentlich schon die späte Stunde seines Anrufs deutlich vor Augen geführt hat. Bei meinen Eltern herrscht ja nun um diese Uhrzeit strengster Kommunikationsstopp.

»Wir haben hier ein kleines Problem«, sagt mein Vater. »Ob du wohl in der Klinik vorbeifahren könntest? Ich weiß, dass es spät ist«, fügt er noch hinzu.

»Was ist passiert?«, frage ich und sitze augenblicklich aufrecht auf dem Bett.

»Ach so, deine Mutter hat dir gar nicht Bescheid gesagt?«, fragt er, und ich höre Gepolter im Hintergrund. Ich würde meinen Vater gerne beschleunigen, aber das geht nicht. Er funktioniert sehr seriell. Immer eins nach dem anderen.

»Wer ist in der Klinik?«, versuche ich der Sache jetzt strukturiert und möglichst zielführend auf den Grund zu gehen.

»Fritzi. Er hatte seit drei Tagen wieder einen heftigen Schub. Und seit einer Stunde ist auch deine Mutter im Krankenhaus.«

Ich spüre, wie die Panik nach mir greift.

»Also, wegen der Grippe«, sagt mein Vater, und es soll wohl beschwichtigend klingen. Das funktioniert aber leider überhaupt nicht. »Grippe?!«, frage ich hektisch.

»Ja. Es ging ihr schon die ganze Woche nicht gut, aber heute Abend hat sie Atemnot bekommen, und da habe ich den Notarzt gerufen. Ich fahre jetzt mit den anderen Kindern ins Krankenhaus zu Mama nach Braunschweig. Wie es immer so ist, sind alle Nachbarn entweder im Urlaub oder sonst wo unterwegs. Es müsste aber jemand zu Fritzi fahren. Der arme Kerl ist ganz alleine und liegt in der Klinik in Wolfsburg.«

»Ich komme!«, sage ich und springe auf. In fliegender Eile packe ich meine Sachen zusammen. Offenbar weiß mein Vater nicht, dass ich gar nicht in Braunschweig bin. Und offenbar hat meine Mutter mir nicht erzählt, dass es ihr nicht gut geht, weil sie eben wusste, dass ich gar nicht da bin. Während ich meine Sachen in die Tasche stopfe, versuche ich meine Geschwister zu erreichen. Ich lande auf zwei Mailboxen, spreche aber nicht drauf, und einmal klingelt das Handy unendlich lange, aber mein Bruder Max geht nicht ran. Bevor ich das Zimmer verlasse, lehne ich mich noch gegen den Türrahmen und versuche meine Atmung unter Kontrolle zu bekommen. Ich darf jetzt nicht panisch werden. Meine Mutter hat die Konstitution eines Dinosauriers. Ihr kann so eine Grippe gar nichts anhaben.

Ich laufe zu Tims Zimmer und klopfe vorsichtig gegen die Tür. Wie immer tut sich nichts. Vermutlich schläft er. Oder schreibt mit Kopfhörern auf den Ohren, durch die er sich mit sehr lauter, sehr aggressiver Musik bedröhnt. Ich versuche es noch einmal und tippe dann eine Nachricht mit der rudimentären Information, dass ich dringend nach Braunschweig muss. Dann schultere ich meine Reisetasche und laufe durch das Treppenhaus nach unten. Als die Eingangstür des Hotels hinter mir ins Schloss fällt, spüre ich, dass ich am ganzen Körper zittere. Wobei es das nicht ganz trifft. Ich schlackere innerlich. Wie gekochte Spaghetti. Ich bin wirklich notfallerprobt und behalte in der Regel immer einen kühlen Kopf, aber wenn es um meine Mutter geht, kann ich nicht mehr klar denken. Wegen der schlackernden Knie muss ich mich kurz auf die Steine setzen, die ein Blumenbeet umfassen, und wegen des nicht mehr kühlen Kopfes reibe ich mir wie verrückt durch das Gesicht, um umgehend wieder in den Normalzustand zu kommen, damit ich mich ins Auto setzen und nach Braunschweig fahren kann.

»Was machst du da?« Plötzlich steht Tim vor mir. Ich räuspere mich, straffe ein wenig die Schultern, hoffe inständig, dass mein Zittern äußerlich nicht wahrgenommen werden kann, und antworte: »Ich muss zurück nach Braunschweig. Es gibt ein familiäres Problem.« Tim runzelt die Stirn, geht in die Hocke und betrachtet mich eingehend, soweit das im fahlen Licht der Straßenlaterne möglich ist.

»Macht das Sinn? Jetzt loszufahren? Du wirst mindestens fünf Stunden brauchen, und du warst doch vorhin schon müde.« Ein Hauch Besorgnis schwingt in seiner Stimme mit, und ich verspüre schlagartig den Wunsch, kurz meinen müden Kopf an seine breite Schulter zu lehnen.

»Was für ein Notfall?«, fragt Tim knapp und nimmt meine Hände. Es muss daran liegen, dass ich wirklich sehr müde, wirklich sehr besorgt bin, aber ich antworte ehrlich: »Mein kleiner Bruder ist chronisch krank und liegt in der Klinik. Und meine Mutter hat eine schwere Grippe und musste vor einer Stunde mit Atemnot ebenfalls in die Klinik gebracht werden. Mein Vater ist zwar da, aber sie haben auch noch vier andere Kinder. Die dürfen nicht mit auf die Station.«

»Okay«, sagt Tim gedehnt. »Vier?« Er zieht eine Augenbrauen nach oben. »Das ist aber sportlich.«

»Eigentlich sind wir zehn«, sage ich seufzend.

»Ich fahre dich.« Er nickt in Richtung meines Autos.

»Du musst ein Buch schreiben«, erwidere ich matt. »Und hast morgen eine Lesung.«

»Ja, aber dafür muss ich mich konzentrieren, und das fällt mir schwer, wenn du im Zustand der totalen Erschöpfung quer durch Deutschland fährst. Und die Lesung fällt halt aus.« Ich brauche einen kleinen Moment, bis mich seine Worte in ihrer Gänze erreicht haben. Theoretisch müsste ich ihn energisch nach oben schicken und sagen, dass ich wirklich kein Problem habe, die ganze Nacht durchzufahren. Praktisch sage ich: »Danke.«

Tims Angebot, mich zu fahren, ist das Beste, was mir passieren konnte. Wir stehen nämlich mittlerweile im dritten Stau. Es ist mir absolut schleierhaft, was Menschen in tiefster Nacht auf einer deutschen Autobahn zu suchen haben, wenn sie nicht entweder auf dem Weg zu einem persönlichen Notfall sind oder frische Nordseekrabben an Bord haben. Und davon sollte es in einer Nacht nicht allzu viele geben. Aber statt auf einer leeren Autobahn befinden wir uns auf einer Art Kirmes der Automarken. Wenn hier schon so viel los ist, könnte man fast glauben, dass auch auf den Baustellen, die uns den Weg so schwer machen, richtig was los sein sollte. Das ist aber nicht der Fall. Gebaut wird in Deutschland wohl nur von acht bis sechzehn Uhr.

»Jetzt sprich doch einem von deinen vielen Geschwistern mal auf die Mailbox. Wenn du immer nur auflegst, wissen die ja gar nicht, was los ist«, sagt Tim irgendwann genervt, weil ich nebenbei ständig versuche, jemanden zu erreichen.

»Die bekommen doch einen Schock, wenn ich ihnen das auf die Mailbox spreche«, sage ich empört, und Tim bricht in lautes Gelächter aus. »Und du hattest keinen Schock? Du bist hier diejenige, die sich nach vier hammerharten Wochen über die Autobahn quält, obwohl deine Geschwister offenbar alle in der Nähe wohnen.«

Leider hat er recht. Also rufe ich alle nacheinander noch mal an und spreche ihnen tatsächlich eine knappe Zusammenfassung der Dinge, die in den letzten zwei Stunden passiert sind, auf die Mailbox – samt der dringenden Bitte mich a) zurückzurufen und b) umgehend in die Klinik zu fahren. In genau dieser Reihenfolge.

»Du scheinst lernfähig zu sein.« Tim grinst mich an, wird aber sofort wieder ernst. »Wie kommt es, dass du so viele Geschwister hast?« Er nippt an seinem zehnfachen Espresso, den er sich direkt nach dem letzten Stau an einer Raststätte besorgt hat.

»Meine Eltern sind Pflegeeltern, und irgendwann haben sie mich adoptiert.« Jetzt ist es raus.

»Du bist also nicht bei deinen leiblichen Eltern groß geworden?«, fragt er und starrt dabei offenbar gedankenverloren auf die vielen roten Rücklichter vor uns.

»Ich bin mit zehn Jahren zu meinen jetzigen Eltern gekommen«, antworte ich. Mein Herz schlägt mir bis zum Hals. Ich habe ihm gerade mein letztes Geheimnis offenbart.

»Ich war älter«, sagt Tim sehr leise. »Ich war schon vierzehn. Warum hast du mir das nicht erzählt?«

Ich schweige und denke über die richtige Antwort nach. Weil ich es eigentlich niemandem erzähle? Weil es noch mehr Nähe zwischen uns geschaffen hätte? Weil …

»Ich weiß es nicht.«

»Ich habe dich aber auch nie gefragt.« Tim stellt den Motor aus. Viele Autofahrer tun es Tim gleich. Es wird dunkel und still um uns herum. Irgendwie geht es einfach nicht weiter. Mein Vater weiß, dass ich später komme. Nachdem er begriffen hat, dass ich noch mindestens vier Stunden unterwegs sein werde, hat er versucht, mich irgendwie zu beruhigen. Meiner Mutter und auch Fritzi gehe es den Umständen entsprechend gut. Was ja alles heißen kann. Er wird derweil versuchen, mit einer Chaostruppe aus vier kleinen Kindern im Schlepptau mitten in der Nacht an zwei Orten gleichzeitig zu sein.

»Du hast gedacht, dass ich dich dann mit anderen Augen sehe«, führt Tim seinen Gedankengang fort, blickt aber weiterhin nach vorn auf die Straße. Und wieder einmal spricht er aus, was ich denke. Manchmal ist er mir unheimlich. Vorsorglich schweige ich.

»Das ist scheiße.«

Ich riskiere einen Seitenblick und sehe, dass er mich im fahlen Licht stirnrunzelnd betrachtet. »Was denkst du, warum ich zum Lesen in die Schule gegangen bin? Weil es so witzig ist?« Ich schweige weiter, weil da ganz plötzlich wieder dieses leidenschaftliche Feuer in seinen Augen lodert. Wenn ich es trotz der Dunkelheit sehen kann, muss es sich um einen Großbrand handeln.

»Wir müssen es jedem erzählen! In unsere Vita schreiben! Dahin gehen, wo Jugendliche am Scheideweg stehen, um sie zu bestärken. Damit sie sehen, dass ein beschissener Start nicht zwangsläufig die Richtung für das restliche Leben vorgibt.«

Ich räuspere mich, schweige aber weiter. So habe ich das, ehrlich gesagt, noch nie betrachtet.

»Wir kommen auf die Welt und brauchen jemanden, der uns an die Hand nimmt, bis wir groß genug sind, um alleine zu gehen. Wenn derjenige, den wir nun mal abgekommen haben, uns immer wieder loslässt oder uns absichtlich schubst, wird es schwierig. Aber es ist verdammt noch mal nicht unmöglich, irgendwann alleine aufrecht durch die Welt zu gehen.«

»Punkt«, sage ich leise.

»Punkt«, sagt Tim und lässt den Motor an, denn vor uns geht es endlich weiter.

34

Firlefanz und Tacheles

Wir sind immer noch nicht da. Eigentlich sind wir sogar immer noch weit entfernt von Wolfsburg. Ich lehne den Kopf gegen das Polster der Rückenlehne und schließe die Augen. »Ist es okay, wenn ich ein wenig die Augen zumache?«

»Klar. Ich hab doch gesagt, dass ich fahre.«

Mit der rechten Hand umklammere ich weiter fest mein Handy, die linke schiebe ich unter meine Jacke. Mir ist kalt. Eine innere Kälte hat von mir Besitz ergriffen. Die aktuellen Informationen von meinem Vater beruhigen mich ein wenig. Er ist in Braunschweig bei meiner Mutter, und es geht ihr wohl ganz gut. Obwohl sie stinksauer ist, dass er mich angerufen hat und ich jetzt nachts über die Autobahn rase. Oder schleiche. Das allerdings ist alternativlos, denn meine großen Geschwister, die einzigen, die für den Job der Fritzi-Betreuung noch infrage kämen, haben sich immer noch nicht gemeldet. Trotzdem dämmere ich langsam weg. Das Letzte, was ich spüre, während der Schlaf schon nach mir greift, ist, dass Tim seine Jacke über mir ausbreitet und es mir wohlig warm wird.

Tatsächlich schaffe ich es, bis kurz vor Hannover zu schlafen. In Anbetracht der Gesamtsituation eine Meisterleistung. Oder der eindeutige Hinweis, wie erschöpft ich tatsächlich bin. Normalerweise kann ich im Auto nämlich überhaupt nicht schlafen. Was daran liegt, dass es keinen Fahrer gibt, dem ich genug vertraue, um die Augen zu schließen. Britta zum Beispiel fährt anderen Leuten so dicht auf, dass ich die TÜV-Plakette am vorderen Auto ablesen kann. Dabei kann doch keiner schlafen. Mein Vater hingegen blinkt fast nie. Er hält das für überflüssigen Firlefanz. Nun hat aber mein Unterbewusstsein, vermutlich beeinflusst von dem Grad meiner Erschöpfung, beschlossen, Tim so weit zu vertrauen, dass es mich kurzfristig mal in das Land der Träume entlassen hat.

Als ich wieder aufwache, hält Tim meine Hand. Ich werfe schnell einen Blick auf mein Handy, aber es gibt keine neuen Nachrichten.

»Ich schulde dir noch eine Antwort«, sage ich leise und hoffe, dass Tim mich vielleicht nicht hört. Aber sein rechtes Ohr funktioniert gut, denn er sieht ganz kurz zu mir rüber und schenkt mir das Aufblitzen eines Lächelns.

»Du hast mich gefragt, wer mir so wehgetan hat.« Ich halte mich wieder an meinem Handy fest, als würde mir das helfen, die folgenden Worte auszusprechen. »Das war mein Vater. Also mein leiblicher Vater.«

Tim gibt ein Geräusch von sich, das ich nicht deuten kann, und bevor mein kontrollierender Anteil in mir eingreifen kann, spreche ich schnell weiter.

»Er war ständig betrunken. Meine Mutter auch. Es gab keine Regeln, keine Struktur. Alles hing davon ab, wer gerade nüchterner war. War es mein Vater, herrschte Ruhe, weil er dann die Wohnung verlassen hat. War es meine Mutter, gab es manchmal was zu essen. Wenn der Alkohol sie im Griff hatte, konnte es passieren, dass ich eine Woche lang nicht geduscht habe. Oder auch zwei. Und von der Nachbarin durchgefüttert wurde.«

»Wann ist das Amt eingeschritten?« Tims Stimme ist nüchtern, als versuche er, sich dadurch von meinen Worten zu distanzieren. Oder von den Gefühlen, die sie bei ihm auslösen.

»Spät«, antworte ich. »Obwohl ich schon während meiner Kindergartenzeit eine Akte im Jugendamt hatte, die so dick war wie ein Harry-Potter-Band. Das ist heute wesentlich besser geworden. Aber damals hat man versucht, das Ganze mit ein bisschen Familienhilfe zu lösen. Das Problem war nur, dass meine Eltern auch ganz anders sein konnten. Es gab mich, das verwahrloste Kind, und dann gab es meine Eltern, die sich bei jedem Besuch durch das Amt plötzlich an all ihre elterlichen Pflichten erinnerten und Besserung schworen.«

»Die trat aber nie ein.«

»Doch. Immer für ein paar Tage. Ich glaube, auf eine verschobene, von der Sucht überlagerte Art und Weise, haben sie mich schon irgendwie geliebt. Bis sie das durch den Alkohol wieder vergessen haben.«

Der Verkehr fließt wieder, aber Tim hat sich auf der rechten Spur eingeordnet und trödelt zwischen zwei Lkws herum. Mir ist das nur recht. Ich möchte jetzt, wo ich das alles endlich mal erzähle, nicht gestört werden und seine volle Aufmerksamkeit bekommen.

»Wann hat er dich geschlagen? Und ist das niemandem aufgefallen?«, fragt er und nimmt wieder meine Hand. Erst als er mich berührt, wird mir bewusst, wie kalt meine eigene ist.

»Er hat nie wie verrückt auf mich eingeprügelt. Er wollte mich nicht verletzen. Aber ich war ihm halt manchmal im Weg. Dann wurde er laut, hat geschrien und getobt, und ich habe mich versteckt. Unter dem Küchentisch. Im Kleiderschrank. Im Keller.«

»Verdammte Scheiße!«, flucht Tim und drückt meine Hand. Diese Wutausbrüche kenne ich mittlerweile von ihm. Und sie sind vielleicht nur sein hilfloser Versuch, mit starken Gefühlen umzugehen.

»Hast du noch Kontakt?«, fragt er unvermittelt, und ich

schüttle den Kopf. »Ich habe es versucht, aber es geht nicht. Sie trinken immer noch und haben kein wirkliches Interesse an mir und meinem Leben. Ich kann auch gar nicht in ihre Wohnung gehen. Ich halte das Chaos nicht aus, obwohl ich ja genauso aufgewachsen bin. Hast du Kontakt zu deiner leiblichen Mutter?«

Er zögert einen Moment. »Nein. Sie ist mir total fremd. Hin und wieder versuche ich, sie in Bremen zu besuchen, aber wir haben uns nichts zu sagen.«

Einen kurzen Moment lang schweigen wir. Es ist das erste Mal, dass ich – abgesehen von meinen Geschwistern – mit einem erwachsenen Menschen spreche, der eine ähnliche Kindheit hatte wie ich, der das Gleiche gefühlt und erlitten hat. Und der einen Weg gefunden hat, sich aus dem Urschlamm zu ziehen.

»Ich brauche Sicherheit. Mein bis aufs i-Tüpfelchen durchstrukturierter Alltag gibt mir diese Sicherheit. Meine ganzen Listen geben mir das Gefühl, alles im Griff zu haben. So halte ich meine Angst in Schach. Deswegen war ich in München so unglücklich. Ich war unsicher und einsam und habe irgendwie keine Struktur gefunden.«

»Verstehe ich«, sagt er nur und drückt noch einmal meine Hand. Wir fahren eine ganze Weile schweigend weiter, bis Tim sich irgendwann räuspert, die Hand wieder ans Lenkrad legt und sagt: »Soll ich dir erzählen, wie ich angefangen habe zu schreiben? Also die wirkliche Geschichte?«

»Bitte«, sage ich leise, und er atmet tief durch.

»Auf einem Polizeirevier«, sagt er schließlich und räuspert sich erneut. »Ich war vierzehn und das erste Mal in einer Pflegefamilie. Zusammen mit meinem kleinen Bruder. Wir fühlten uns wie Aussätzige, und es ist mir schwer gefallen, ein ›normales‹ Leben zu führen.« Er malt mit einer Hand Anführungsstriche in die Luft. »Die Familie war prima, die Pflegeeltern auch, aber wir mussten die Schule wechseln, und an dieser neuen Schule ging es ziemlich rau zu. Das war ich gewohnt, damit konnte ich umgehen, aber es passte plötzlich nicht mehr zu meinem neuen Leben, so zu handeln, wie ich es die Jahre vorher immer getan hatte. Dann wurde mein kleiner Bruder auf dem Schulhof verprügelt. Und nicht nur ein bisschen, sondern die harte Nummer mit Zutreten, wenn man schon am Boden liegt. Er war da erst zehn. Und ich bin dazwischengegangen.« Er schweigt einen kleinen Moment. »Ernsthaft dazwischengegangen. So ernsthaft, dass die Polizei kam und mich mitgenommen hat.«

»Was ist passiert?«, frage ich.

»Passiert ist, dass mir genau einmal im Leben die Sicherungen durchgebrannt sind und ich so heftig zugeschlagen habe, dass ich gleich zwei Nasen gebrochen habe. Es war Notwehr, ja, aber es war eine Spur zu heftig. Mit vierzehn kann man das nicht so genau dosieren.«

Er wirft mir einen Seitenblick zu, und ich nicke aufmunternd. »An diesem Tag bin ich auf Menschen getroffen, die mich haben spüren lassen, dass sie mich für den letzten Abschaum halten. Die Lehrer, die Polizisten und der Sozialarbeiter, der auch irgendwann auf der Polizeistation aufgetaucht ist. Keiner hat verstanden, dass hier ein vierzehnjähriger Junge in völliger Verzweiflung gehandelt hat und nicht mit Vorsatz. Ich wollte niemanden derart verletzen. Ich konnte das damals einfach nicht kontrollieren. Ich habe geglaubt, dass die meinen Bruder umbringen wollen. Der ganze Schmerz der vergangenen Monate und Jahre ist aus mir herausgebrochen. Der Verlust meiner alten Freunde in Bremen durch den Umzug, das Gefühl, nirgends dazuzugehören, weil ich den Stempel *Asoziales Pack* direkt auf der Stirn trug, die permanente Unsicherheit im Leben und die Angst um meinen kleinen Bruder. Er kann sich nicht gut selber wehren, weißt du? Dafür war ich zuständig. Er hat bei der Geburt zu wenig Sauerstoff bekommen und motorische Einschränkungen. Er konnte einfach nicht so schnell rennen, wie es in unserem Leben notwendig gewesen wäre.«

Ich nehme seine Hand. In *Rache über Xalanton* hat Links kleiner Bruder auch eine körperliche Behinderung. Ich erinnere mich, wie mir der Atem stockte, weil er in der Geschichte so ungerecht und gemein behandelt wurde. »Sie haben mich auf dem Revier behalten. Einfach so. Die ganze Nacht. Das Einzige, was sie mir gegeben haben, waren ein paar Zettel und einen Stift, und so habe ich das alles aufgeschrieben. Sonst wäre ich vermutlich implodiert.«

»Danke«, sage ich und streiche mit dem Daumen über seinen Handrücken. »Wir sind quitt. Dein Vertrauen gegen meins. So läuft das im Leben.«

35

Kreuzverhör

Die restliche Fahrt über schweigen wir, aber es ist ein einvernehmliches, angenehmes Schweigen. Irgendwann erreichen wir dann tatsächlich die lange Braunschweiger Straße, die zum Klinikum in Wolfsburg führt, wo Fritzis alter Kinderarzt arbeitet. Der Einzige, der nach einer langen und komplizierten Odyssee durch Kinderarztpraxen und Kliniken endlich herausgefunden hat, was Fritzi wirklich fehlt. Ich lotse Tim zur Rückseite der Klinik, wo wir den Wagen abstellen, um uns dann mitten durch das riesige Klinikgebäude bis zur Kinderstation vorzuarbeiten. Wir tun dies, indem wir durch die verwinkelten Korridore im Untergeschoss der Klinik laufen. Ich kenne mich hier aus, schließlich haben Fritzi und ich schon sehr viel Zeit hier verbracht. Noch ist es relativ still auf den langen Gängen und Fluren, und es riecht wie überall in Kliniken: steril, kalt mit einem Hauch nach Eau de Pippi.

»Du kennst den Weg?«, fragt Tim, während wir eine scharfe Linkskurve einlegen.

»Ja. Gut, was?«, frage ich und lasse es zu, dass er im Laufen nach meiner Hand greift.

»Ganz hervorragend«, stimmt er mir zu. »Was hat dein Bruder denn?«

»PFAPA«, sage ich und fahre fort, bevor Tim mich fragend ansehen kann, so wie es alle tun, die das zum ersten Mal hören.

»Das ist eine regelmäßig wiederkehrende Fiebererkrankung. Noch nicht sonderlich gut erforscht. Man hofft, dass sie sich zwischen dem sechsten und achten Lebensjahr verwächst. Bis dahin hat er alle drei oder vier Wochen einen Fieberschub, und manche davon sind sehr heftig. Er muss sich übergeben und hat schmerzhafte Aphthen im Mund, und es geht ihm wirklich schlecht. Cortison hilft oft, die Schübe zu verkürzen, aber meine Mutter gibt es nicht gerne und nur in Ausnahmefällen, weil es zwar den Schub an und für sich verkürzt, aber die Intervalle ebenfalls.«

»Das klingt schrecklich«, stellt Tim fest.

»Oh ja. Das ist es.« Seitdem Fritzi bei uns ist, ist nichts mehr, wie es war.

»Es ist noch keine Besuchszeit!« Die Schwester sieht mich an, als hätte ich nicht mehr alle Latten am Zaun, morgens um fünf auf der Kinderstation aufzutauchen. Okay. Ich muss natürlich zugeben, dass Tim und ich auch aussehen, als hätten wir die Nacht unter einer Brücke verbracht. Besonders Tim, dessen Haare während unserer Lesereise ernsthaft lang geworden sind und neuerdings immer wild in alle Richtungen abstehen. Er muss dringend zum Friseur. Für einen kurzen Moment habe ich das Bedürfnis, ihm mit allen zehn Fingern durch die Haare zu fahren und den unordentlichen Zustand irgendwie zu verbessern.

»Ich bin die große Schwester von Fritzi«, sage ich und bekämpfe mein Bedürfnis, Tim durch die Haare zu wuscheln.

»Und ich bin ihr Mann. Also der Mann der großen Schwester von Fritzi«, fügt Tim ernst hinzu. Die Schwester mustert uns. Sie muss am Ende der Nachtschicht sein, denn auch sie sieht müde aus und hat tiefe Augenringe.

»Zimmer drei«, sagt sie schließlich und deutet den Flur entlang. Offenbar steht ihr so kurz vor Feierabend nicht mehr der Sinn nach großen Diskussionen mit Menschen, die aussehen wie wir. »Ihr Vater hat Sie ungefähr vierhundertmal angekündigt.« Ah. Er ist ihr gehörig auf die Nerven gegangen.

»Wann haben Sie denn das letzte Mal Fieber gemessen?«, frage ich und setze mich schon mal in Bewegung. Ich kann die Antwort der Nachtschwester leider nicht abwarten, denn Fritzis Gegenwart zieht mich wie ein kleiner Magnet an. Als ich die Tür öffne, sitzt er in seine Winterjacke gehüllt im Bett und blickt mir mit angstvoll geweiteten Augen entgegen. Vierjährige Kinder sollten niemals alleine im Krankenhaus sein.

»Bea!«, ruft er und atmet dabei prustend aus. Ich springe ihm entgegen, bevor er aus dem Bett plumpst (eine seiner Spezialitäten, weil er selbstständig das Gitter herunterklappen kann), und nehme ihn ganz fest in den Arm. Fritzi drückt sich an mich und umschlingt mich mit seinen kleinen Armen, als wolle er mich nie wieder loslassen.

»Hallo.« Tim taucht im Türrahmen auf. »Die Antwort der Schwester hast du nicht mitbekommen, weil du wie eine Pershing auf Kollisionskurs über den Flur geschossen bist. Das Fieber wurde zum letzten Mal vor einer halben Stunde gemessen und es lag unter neununddreißig Grad.«

Fritzi schielt an mir vorbei und betrachtet Tim interessiert. »Wer bist du?«, fragt mein kleiner Bruder in seinem unverständlichen Singsang. Er spricht für sein Alter wirklich schlecht. Vermutlich hat es ihm nie jemand richtig beigebracht. Ich will gerade den Mund aufklappen, um seine Worte zu übersetzen, was ich sehr oft machen muss, da antwortet Tim.

»Ich bin Tim«, sagt er. »Und ich freue mich, dich endlich kennenzulernen. Bea hat mir schon ganz viel von dir erzählt.«

»Cool«, haucht Fritzi und sieht Tim mit offenem Mund an. Er findet große Jungs faszinierend. Und Tim ist ein wirklich großer Junge, mit Lederjacke, Dreitagebart und der Aura der Freiheit. Und das erkennt selbst Fritzi glasklar und einwandfrei.

Um halb sieben meldet sich Max, mein großer Bruder.

»Mann! Da bin ich erleichtert, dass du da bist!«, ruft er mir fröhlich ins Ohr, während Tim Fritzi völlig unerschrocken die Kotzschüssel hält. Das Fieber ist wieder gestiegen.

»Erleichtert?«, frage ich konsterniert.

»Ich habe deine Nachricht eben erst abgehört und muss dringend zu einem Pitch in die Agentur.«

»Ich war sechshundert Kilometer entfernt und habe die Nacht auf der Autobahn verbracht«, sage ich und stelle mit Genugtuung fest, wie schneidend meine Stimme klingt. »Du wirst augenblicklich nach Hause fahren und die Kinder dort von Papa in Empfang nehmen. Der ist auf dem Weg. Und dann fahre ich nach Braunschweig zu Mama.«

»Oh«, sagt Max, und ich kann seine Verwunderung aus diesem kleinen Laut heraushören.

»Du hast doch mitbekommen, dass Mama in der Klinik ist? Wegen Atembeschwerden? Weil sie eine Grippe hat und es nicht über sich gebracht hat, um Hilfe zu bitten?«

Max schweigt. »Ich habe nicht mitbekommen, dass es ihr so schlecht geht«, sagt er schließlich tonlos. »Ich fahre nach Hause, verteile die Kinder auf Kindergarten und Schule und fahre dann auch zu Mama.«

»So ist es recht«, sage ich und lege auf.

»Deine Schwester ist aber auch ein Teufelsweib«, murmelt Tim und wirft mir jetzt doch einen leicht verzweifelten Blick zu. Fremde Kotzschüsseln sind nicht jedermanns Sache.

Eine Stunde später schießt mein Vater durch die Tür. Hektik im Blick und latente Panik im Gesicht. Mit einem tiefen Seufzer schließt er erst Fritzi, dann mich und dann aus Versehen auch noch Tim in seine Arme.

»Oh, Entschuldigung«, murmelt er, als ihm das bewusst wird, und lässt Tim, der die Umarmung stocksteif über sich hat ergehen lassen, los wie ein Stück glühende Kohle.

»Papa, das ist Tim Bergmann«, springe ich ein, und mein Vater nimmt Tims Hand mit dem ihm eigenen Ernst entgegen und schüttelt sie heftig. »Bernhard, der Vater«, murmelt er und zieht dann eine wilde Grimasse in meine Richtung, mit der er sich erkundigt, ob dieser Mann der sonderbare Autor ist, der zurzeit in den Genuss meiner Rundumbetreuung kommt. Mein Vater zieht diese Grimasse keinesfalls heimlich, deshalb zuckt es nun auch in Tims Gesicht. Allerdings vor unterdrücktem Lachen. Ich nicke meinem Vater ernst zu.

Und dann überlassen wir Fritzi meinem Vater und fahren nach Braunschweig zu meiner Mutter. Tim fährt. Ich fühle mich, als hätte jemand kleine Bleigewichte an meinen Augenlidern befestigt, die beständig dem Gesetz der Schwerkraft folgen wollen. Deshalb schlafe ich, kaum im Auto, auch sofort wieder ein und wache erst auf dem Parkplatz des Krankenhauses in Braunschweig auf. Tim sieht jetzt exakt so aus, wie ich mich fühle. Er hat dunkle Augenringe, und der Bartschatten gibt seinem Gesicht etwas Düsteres. Ich glaube, das war das erste Mal in meinem Leben, dass ich Hilfe einfach so angenommen habe, ohne vorher stundenlang mit mir selbst zu hadern.

»Danke«, sage ich und schnalle mich ab.

»Bitte«, sagt Tim und zieht den Schlüssel aus dem Zündschloss. »Wofür?«, fragt er dann noch und wirft mir einen müden Blick zu.

»Dass du mit mir gefahren bist«, sage ich schlicht.

»Echt jetzt? Fällt das nicht in die Kategorie ›selbstverständlich‹? Hättest du doch für mich auch gemacht. Und für alle deine Kolleginnen. Und den Müllmann.«

Vermutlich hat er recht. Ich hätte das für jeden getan. Ohne ein Lob oder ein Dankeschön zu erwarten. Im Gegenzug hätte ich selbst es aber von niemandem erwartet.

»Ich bleibe hier. Fremde Männer besuchen keine unpässlichen Frauen am Krankenbett.« Tim lehnt den Kopf gegen die Stütze und schließt die Augen, und ich beuge mich zu ihm herüber und drücke ihm einen Kuss auf die geschlossenen Lippen. Er öffnet die Augen wieder, umfasst blitzschnell meinen Hinterkopf und erwidert den Kuss. Mit allen Facetten, die ein Tim Bergmann trotz bleierner Müdigkeit so draufhat.

Meine Mutter ist blass und sieht schlecht aus. Offenbar ist nicht viel los, denn sie hat ein Einzelzimmer. Sie hängt am Tropf und hat ganz glasige Augen. Es ist das erste Mal, dass sie nicht aussieht wie die starke Frau, die alles im Griff hat. Ich sehe, vielleicht zum ersten Mal, die feinen Linien, die sich um ihre Augen und den Mund herum eingegraben haben, und spüre ein Ziehen im Herzen, das jedoch abrupt endet, als sie mich anlächelt. Schlagartig sieht sie wieder aus wie meine Mutter. Meine starke, unverwüstliche Mutter, die unser aller Kompass im Leben ist.

»Ich wollte nicht, dass du mitten in der Nacht aus Hinter-Taka-Tuka-Land über die Autobahn rast!«, sagt sie streng und streicht sich gleichzeitig mit der Hand, in der nicht der Zugang liegt, die Haare glatt.

»Was denkst du? Dass ich entspannt wieder ins Bett gehe, nachdem Papa mich mitten in der Nacht anruft?«, frage ich, setze mich auf die Bettkante und nehme ihre Hand.

»Unsere Nachbarn gehen nie auf Partys. Und sie fahren nie in den Urlaub. Und ich brauche sie auch nie. Und ausgerechnet wenn man sie dann doch mal braucht, feiern sie irgendwelche wilden Partys am anderen Ende der Welt.« Meine Mutter klingt erzürnt. Sie hat nämlich überhaupt kein Problem damit, Menschen Dinge aufzudrücken. Sie hätte die Kleinen ohne mit der Wimper zu zucken bei Inge geparkt, ihrer Lieblingsnachbarin. Und das auch nachts um drei.

»Jetzt ist ja alles gut«, sage ich fest. »Papa ist bei Fritzi, die Kinder sind versorgt und ich bin hier. Außerdem wurde ich gefahren.«

»Oh«, meine Mutter spitzt die Lippen. »Von deinem renitenten Starautor?«

Ich nicke, und im selben Moment passiert das, was nur meine Mutter kann. Sie sieht mich scharf an und analysiert im Bruchteil einer Sekunde die Quintessenz der Gesamtlage. »Aha«, sagt sie dann und nickt zufrieden. Sie weiß es. Sie sieht es in meinem Gesicht oder sie kann es riechen oder sie hat irgendwelche Eingebungen durch eine höhere Macht. Das war schon immer so.

»Wo ist er denn? Ich würde ihn gerne kennenlernen«, sagt sie ernst.

»Er schläft im Auto.«

»Na, dann weck ihn mal und hol ihn her.«

»Mama!« Ihr Ansinnen entrüstet mich. »Fremde Männer besuchen keine unpässlichen Frauen am Krankenbett!«

»Ich bin nicht unpässlich. Und wenn du mir den Lippenstift aus meiner Handtasche reichst, sehe ich auch nicht mehr so aus.«

Ich habe kein sonderlich gutes Gefühl dabei, aber meiner Mutter widerspricht man nicht. Deswegen eile ich zum Parkplatz und reiße meinen Lieblingsautor aus dem Schlaf. Der das mit den Worten »Bist du irre?« quittiert. Ich erkläre ihm mein Anliegen und kann an seiner Miene erkennen, dass er in diesem Moment meine Mutter als auch mich für ziemlich bescheuert hält. Ich kann es ihm nicht verdenken. Und trotzdem zerre ich ihn aus dem Auto. Wenn meine Mutter ihn kennenlernen möchte, wird sie das tun. Er stolpert mir durch die Krankenhausflure hinterher und folgt mir in das Krankenzimmer meiner Mutter, die dort derweil schon aufgerichtet auf den Kissen thront. Sie hat sich die Lippen geschminkt und die Haare zurückgenommen und sieht plötzlich wieder so aus wie immer.

»Herr Bergmann. Wie schön, Sie kennenzulernen.«

Ich kenne Tim. Mittlerweile schon ziemlich gut. Und ich hatte angenommen, dass er vor nichts Angst hat. Vielleicht vor zu vielen komischen Leuten im Lesungspublikum oder daherschwätzenden Literaturkritikern, aber sonst nicht vor Furz und Feuerstein. Nun, jetzt und hier, beim Anblick meiner Mutter, geht ihm der Arsch auf Grundeis. Wer hätte das gedacht!

Meine Mutter richtet sich noch einmal kurz das Haar, dann fixiert sie Tim mit ihren plötzlich wieder hellwachen und klaren Augen. Es muss sich um eine spontane Genesung handeln. Ich könnte auf der Stelle peinlich berührt sein, bin es aber nicht.

»Danke, dass Sie Bea gefahren haben.« Und dann schenkt sie ihm ein Lächeln, das sie für alle Menschen reserviert hat, die sie für außergewöhnlich, besonders und absolut einzigartig hält. Ein Lächeln, das sie immer ihren Kindern schenkt, um dann übergangslos, ungeachtet der Grippe, der frühen Stunde oder unserer Müdigkeit Tim Bergmann ins Kreuzverhör zu nehmen.

36

Back-up für Bea

»Sie hat mich echt strammstehen lassen.« Tim kippt den dritten Kaffee des Morgens und sieht mich schräg an. Wir sitzen in den ersten wärmenden Sonnenstrahlen auf einer Bank hinter dem Krankenhaus und versuchen unsere Müdigkeit mithilfe von noch mehr Koffein unter Kontrolle zu bringen. Wir müssen nämlich gleich zwei funktionsfähige Gehirne haben und die kommenden Tage planen. Ich werde hierbleiben, denn meine Mutter soll noch mindestens drei Tage im Krankenhaus ausruhen. Das stößt nicht auf Gegenliebe ihrerseits, aber es erscheint durchaus sinnvoll, denn wenn sie zu Hause ist, kann sie sich nicht wirklich auskurieren. Das Los der Mütter. Mein Vater kann sich noch einen Tag freinehmen, dann muss er wieder nach Amsterdam, weil dort zwanzig orientierungslose Mitarbeiter eines furchtbar wichtigen Auftrags auf seine Anreise warten. Und so werde ich die Sippe koordinieren. Denn auch Fritzi bleibt noch in der Klinik.

»Sie hat mich strammstehen lassen! Hallo?« Tim beugt sich zu mir, nimmt mein Gesicht in seine großen Hände und dreht es zu sich, damit ich ihn endlich ansehe.

»Na ja«, sage ich schlicht und beiße mir von innen auf die Wangen, um nicht zu lachen. »So ist sie eben. Sie wollte wohl fix mal gucken, ob der Kerl, der dem Literaturkritiker im Fernsehen fast den nackten Hintern gezeigt hätte, auch würdig genung ist, die eigene Tochter durch Wind und Sturm zu transportieren.«

Er lässt mich los. »Das ist mir ja noch nie passiert«, sagt er leise, zieht eine Augenbraue hoch und seufzt, während ich weiter auf meinem Zettel herumkritzle, um irgendwie einen Plan zu erstellen, wie die kommenden Tage funktionieren könnten. Erschwerend kommt hinzu, dass ich jetzt schon dreimal aus dem Büro angerufen wurde, weil irgendwelche wichtigen oder schrecklichen Dinge passieren oder passiert sind oder demnächst passieren werden. Es ist Montag, und Tim wird spätestens gegen Mittag wieder nach Süddeutschland fahren, um heute Abend zu lesen. Wir müssen unbedingt noch ein Zugticket kaufen. Mein Telefon klingelt schon wieder. Ich erkenne Dianas Nummer auf dem Display und stöhne auf. Tim nimmt mir kurzerhand das Smartphone aus der Hand und drückt das Gespräch weg.

»Du rufst jetzt zurück und erklärst dieser hilfebedürftigen, entscheidungsunfähigen und faulen Bagage, dass du einen familiären Notfall hast und dich in den kommenden drei Tagen um NICHTS kümmern kannst. Außer um deine Familie. Dann machst du einen Plan, welches deiner vielen Geschwister was wann übernehmen wird, setzt sie darüber in Kenntnis, und alles wird gut.«

Er sieht mir tief in die Augen. »Und ich verspreche dir hiermit, dass ich die kommenden drei Lesungen ohne dich durchziehen werde. Ich werde leiden, es hassen, alles scheiße finden, aber ich lasse die Hosen an, tue neunzig Prozent der Zeit so, als wäre ich ein netter Mensch und nenne niemanden ›Arschloch!‹. Oder nur in absoluten Ausnahmefällen.« Seine Hand hält schon wieder meine. Diese Redewendung »Die Hände nicht voneinander lassen können« trifft plötzlich auf uns zu.

»Du solltest dann auch gleich sämtliche Relativierungen wie

›ein bisschen‹, ›vielleicht‹ und ›eigentlich‹ aus deinem Wortschatz streichen. Sprich Tacheles. Guter Plan?«

»Ja, guter Plan«, sage ich, und weil mir nichts Besseres einfällt, setze ich ihn in die Tat um.

Ich rufe auch nicht Diana, sondern gleich meine Chefin an, die achtundzwanzigmal hintereinander »Oh Gott!« sagt. Das »Ich brauche jetzt eure Unterstützung« geht mir dabei genauso leicht von den Lippen, wie das »Es ist eine Notlage!«, und nachdem sie die »Oh Gott«-Phase abgeschlossen hat, erklärt meine Chefin mir resolut, dass sie umgehend ein Meeting einberufen wird, in dem meine Aufgaben verteilt werden. Sie schwört mir, dass nichts und niemand mich bei der Rettung meines kleinen Bruders stören wird. Ich bin ernsthaft erstaunt, und Tim klopft mir, nachdem ich aufgelegt habe, anerkennend auf die Schulter.

»Und jetzt buchen wir dir ein Zugticket«, sage ich und mache mich sogleich daran, die entsprechende Seite aufzurufen, doch Tim lacht nur. »Ein klein wenig hältst du deine Umwelt aber doch für dämlich, oder?«

Ich blicke auf. »Ernsthaft?«, fragt er. »Du willst mir ein Ticket buchen? Und du glaubst nicht, dass ich das nicht kann? Menschen werden in deiner Gegenwart irgendwann bestimmt alle fett und faul, weil sie nix selber machen müssen. Bea, die Retterin der Bequemen und Doofen.«

»Okay«, sage ich. »Du hast schon eins.«

Er nickt, und so fahren wir zum Bahnhof, wo ich kurz in Tränen ausbreche, als Tim sich anschickt in den Zug zu steigen, woraufhin Tim total erschrocken wieder aussteigt und ich es nur knapp schaffe, ihn zu beruhigen, damit er wieder einsteigt. Kaum ist der Zug verschwunden, vermisse ich ihn. Schmerzlich. So schmerzlich, dass mir augenblicklich klar wird, dass ich Tim Bergmann in einem Winkel meines Herzens wirklich liebe.

Leider habe ich keine Zeit, dieses wundervolle Gefühl genauer zu erkunden, denn ich muss nach Hause fahren und duschen, um den leicht muffigen Geruch loszuwerden, der mich mittlerweile umgibt. Auf der ganzen Fahrt fühle ich mich fürchterlich einsam. Deshalb rufe ich kurzerhand erst Britta und dann Norman an. Die ich beide erreiche, und die sich beide angemessen erschüttert von der Gesamtlage zeigen. Frisch geduscht und halbwegs wach fahre ich weiter nach Wolfsburg, um meinen Vater abzulösen.

Als ich in der Klinik ankomme, bleibe ich im Flur vor Fritzis Zimmer erstaunt stehen. Dort scheint eine Party stattzufinden. Es haben sich jede Menge Menschen versammelt. Einige haben Luftballons an Schnüren bei sich. Andere Tupperschüsseln. Norman steht verängstigt mitten in der Menschenmenge. Eine mir bis jetzt unbekannte Krankenschwester beaufsichtigt die Kirmes und versucht die offenbar wartende Truppe unter Kontrolle zu bringen.

»Ach!«, ruft meine Chefin. »Da bist du ja!«

Diana springt mich an und drückt mich so fest, dass mir fast die Luft wegbleibt. Und meine Lieblingspraktikantin ruft: »Wir sind sofort losgefahren. Was können wir tun?«

»Wir haben uns nicht reingetraut. Nachher bekommt dein kleiner Bruder noch einen Schock.« Carola hat sich durch das Gewühl gekämpft und nimmt mich ebenfalls kurz, aber herzhaft in den Arm.

»Was ist hier eigentlich los?«, ruft die Schwester über die Köpfe der vielen Menschen hinweg.

»Wir sind das soziale Back-up von Fritzis großer Schwester«, erklärt Diana fröhlich, während ich nur verdattert im Flur herumstehe.

»Du hast gesagt, du brauchst jetzt unsere Unterstützung«, erklärt meine Chefin und betrachtet mich prüfend.

»Ja, aber ich meinte doch, dass ihr meine Arbeit mit übernehmen müsst und solche Dinge …«, fange ich an und ende lahm, weil mir im selben Moment klar wird, dass man meinen Satz tatsächlich mit viel Wohlwollen als Bitte um Hilfe hatte interpretieren können. Und hier war Hilfe. In Form meiner Chefin, Diana und sehr vieler anderer Menschen. Offenbar braucht man um Hilfe tatsächlich nur zu bitten.

Ich lotse alle zu Fritzi, der vor Kurzem ein fiebersenkendes Mittel bekommen hat und nun frohen Mutes im Bett sitzt und auf Bespaßung wartet. Er liebt Menschen. Und wenn sie Luftballons, Mickey-Mouse-Hefte und Plüschtiere dabeihaben, gleich noch mehr. Mein Vater begrüßt jeden mit Handschlag und steht dann etwas verloren herum, während er beobachtet, wie die Lawine an Menschen sich ins Zimmer ergießt. Carola zückt ein Kinderbuch, stellt sich Fritzi kurz vor und beginnt übergangslos aus *Der Wald der wilden Tiere* zu lesen, während sich alle anderen andächtig schweigend und somit der Situation angemessen im Zimmer verteilen. Ein warmes Gefühl breitet sich in meiner Brust aus. Es dauert ein wenig, bis ich es zuordnen kann. Es ist Erleichterung. Und Zuversicht, auch diese Krise meistern zu können. Weil ich nämlich nicht alleine bin. Diana packt, während meine Chefin liest, ein nagelneues Puzzle aus. »Du solltest nach Hause fahren und dich ein wenig hinlegen«, sagt sie und deutet mit einer Hand an, dass ich Augenringe bis nach Meppen habe, was wohl den Tatsachen entspricht, und so schleiche ich mich zu Fritzi, gebe ihm einen Kuss und wende mich gerade zum Gehen, als ich einen alten Bekannten entdecke. Auf dem Nachttisch, zwischen Kinderbüchern und Kuscheltieren, steht Tims Tackerfrosch.

37

Zusammen sind wir stark

»Er ist kindersicher. Ich habe vorher geguckt, ob sein Finger hineinpasst und er sich selber piercen könnte. Aber der Schlitz ist zu klein«, sagt Tim mir am Abend, als wir telefonieren. »Ich dachte, er wäre ein guter Talisman für Fritzi.«

»Wow«, sage ich und kann nicht verhindern, dass ich gerührt bin.

»Das Ding hat keine große und weltbewegende Geschichte. Ich habe ihn irgendwann irgendwo gekauft, und seitdem leben wir zusammen. Er war ein guter Begleiter. Aber jetzt brauche ich seine Unterstützung nicht mehr.«

Bräuchte er aber doch. Denn nur eine Woche später, Tim hat es mittlerweile geschafft »Ende« unter das zweite Buch zu schreiben, findet die Preisverleihung für den Roderich-Preis statt. Auf der Leipziger Buchmesse. Im ganz großen Rahmen. Alle, die nominiert wurden, versammeln sich dort bangen Herzens, um auf die Verkündung der Jury zu warten.

Die komplette Belegschaft des Verlags ist angetreten, dabei haben wir aus Kostengründen dieses Jahr gar keinen Stand auf der Messe. Was, bei Tageslicht betrachtet, eine schlechte Entscheidung war. Trotzdem sind alle da und herausgeputzt wie die Zirkuspferde. Und alle sind auf eigene Kosten angereist. Marlene ist leider auch da, und sie sieht nicht aus wie ein Zirkuspferd, sondern direkt wie die Direktorin vom ganzen Zirkus. Im schwarzen bodenlangen Abendkleid rauscht sie durch die auf den Einlass wartende Menge und steuert direkt auf mich zu. Ich möchte mich gerne in Luft auflösen, weiß aber mittlerweile, dass das nicht funktioniert, und so straffe ich, umgeben von meinen schillernden Kolleginnen, die Schultern.

»Bea!«, ruft sie schon fünf Meter entfernt und beginnt ihren linken Arm zu schwenken, als wäre sie ein Fluglotse, der einen Jumbo einweisen muss. Dabei schillern Unmengen von silbernen Armreifen an ihrem Handgelenk und umgeben sie mit einer funkelnden Aura.

»BEA!« Sie hat mich erreicht und umarmt mich, nicht ohne mindestens dreißig Zentimeter Abstand zwischen uns zu lassen. Eine Luftumarmung. Dabei ruft sie noch dreimal »Bea!«, womit jetzt auch wirklich alle Umstehenden meinen Namen kennen. Meine Kolleginnen verziehen schmerzhaft das Gesicht und gucken in die Luft.

»Wie geht es dir?« Marlene nimmt mich an den Schultern und schiebt mich mit ausgestrecktem Arm ein wenig von sich weg, um mich genauestens zu betrachten. Dabei zieht sie ein Gesicht, als hätte sie etwas Pelziges auf dem Gebiss. Ich finde sie so unfassbar nervig, ringe mir aber ein Lächeln ab.

»Prima«, sage ich.

»Ach, du bist ja so tapfer!«, ruft sie jetzt, und ich möchte ihr einen Kinnhaken versetzen. So ein sonderbares Bedürfnis hatte ich noch nie in meinem Leben.

»Wieso?«, frage ich zurück und winde mich aus ihrem Griff. Mich macht dieses Getue wütend. Ihr aufgesetztes Mitleid, ihre Geilheit auf schlechte Nachrichten, ihr Genuss daran, dass es anderen Leuten schlecht gehen könnte. Weil es ihr offenbar nur gut geht, wenn es anderen Leuten schlecht geht.

»Um deine vielen Fragen gleich im Vorfeld zu beantworten, liebe Marlene: Wir haben keinen Stand, weil unsere Marketingschwerpunkte in diesem Jahr komplett anders gewichtet sind«, sage ich kühl. »Der Markt hat sich verändert, und wir passen uns dieser Entwicklung geschmeidig an. Allerdings sind unsere Pläne noch geheim. Und jetzt entschuldige mich bitte, ich habe zu tun. Unser Bestsellerautor muss gleich auf die Bühne.« Mit diesen Worten lasse ich sie stehen, drehe eine Runde durch die Menge, achte dabei tunlichst darauf, möglichst wichtig und geschäftig auszusehen, und lande schließlich wieder bei meinen im Kreis stehenden Kolleginnen, die mich allesamt verwundert anstarren. Marlene ist natürlich schon weitergezogen, vermutlich versucht sie dem nächsten Menschen eine depressive Verstimmung anzuhexen.

»Wie genau werden wir uns geschmeidig den geänderten Marktbedingungen anpassen?«, fragt meine Chefin mich und nimmt einen tiefen Schluck von ihrem Prosecco.

»Das weiß ich noch nicht genau. Diese Strategie ist in Arbeit«, antworte ich huldvoll.

»Ah.«

»Das hier gerade war zumindest folgende Strategie: Vollkommen sicheres Auftreten bei totaler Ahnungslosigkeit. Das ist manchmal sehr hilfreich. Wir wollen ja nicht, dass Marlene, die Frau mit dem Schwefelatem, der alles ins Verderben führt, herumläuft und erzählt, der Königstein Verlag hätte keinen Stand, weil er es sich nicht leisten kann.«

»Wir haben aber tatsächlich keinen Stand, weil wir es uns nicht leisten können«, wirft Diana wenig hilfreich ein, und ich winke ab. »Egal!«

Bevor ich aber dazu komme, meine Gedankengänge weiter auszuführen, taucht Tim endlich auf. In verwaschener Jeans, Biker-Stiefeln, Lederjacke und Drei-Tage-Bart. Meine Kolleginnen schnappen erschrocken nach Luft. Alle anderen potenziellen Preisträger tragen nämlich einen Anzug. Eine Dame ist sogar im pinkfarbenen Abendkleid erschienen und stolpert auf mindestens zehn Zentimeter hohen Stilettos durch die Gegend. Tim nicht. Er sieht aus wie immer, und sieht mich mit einem irren Glitzern in den Augen an. Ich möchte ihn anfassen. Seine Hand oder seinen Arm oder seine Wange. Aber das wäre jetzt wirklich unpassend, denn niemand aus dem Verlag weiß, was in den vergangenen Wochen zwischen uns passiert ist. Tim lässt den Blick schweifen, und im nächsten Moment ist er auch schon wieder verschwunden.

»Wo geht er jetzt hin?« Carola hat einen kleinen, hysterischen Unterton in der Stimme. In zwanzig Minuten beginnt die Preisverleihung. »Weiß ich nicht«, zische ich zurück. »Ich konnte ihn ja nun nicht niederstrecken und somit am Verschwinden hindern.«

»Wenn er den Preis bekommt, bekommt er ihn dann auch, wenn er nicht da ist?«, reißt Diana mich aus meinen Gedanken. Sie hat begonnen, wie ein Preisboxer vor einem wichtigen Kampf herumzuhüpfen, und ich versuche wieder in der Wirklichkeit zu landen. Der Wirklichkeit, dass wir unseren Verlag ohne den Roderich-Preis dichtmachen können.

Endlich werden die Türen geöffnet, und wir strömen in den riesigen Saal. Ganz vorne sind einige Plätze für die Verlagsmitarbeiter und ihre Autoren reserviert. Carola und ich hocken uns an den Rand der Stühle und recken die Hälse, während die restliche Belegschaft sich weiter hinter uns verteilt.

»Bea!«, raunt meine Chefin und rollt dabei mit den Augen. »Wo ist er?«

Gute Frage. Die Antwort wäre wichtig, denn bereits jetzt haben sich alle anderen nominierten Autoren eingefunden und Platz genommen. Mein Herz schlägt mir bis zum Hals. »Ich suche ihn«, presse ich hervor, stehe auf und gehe, so schnell es mir möglich ist ohne aufzufallen, aus dem Saal. Kaum habe ich die große Flügeltür passiert, renne ich los, ein wenig wie ein aufgescheuchtes Huhn, weil ich keinen blassen Schimmer habe, wo er stecken könnte. Schließlich halte ich den Atem an, zücke mein Handy und rufe ihn an.

Er geht auch tatsächlich ran, und ich sage sofort: »Wo bist du?«

»Siehst du die Treppe nach unten zu den Toiletten?«

»Ja, ich stehe fast davor.«

»Da runter, und dann immer geradeaus. Am Ende ist eine Tür, die ist nicht verschlossen.«

Ich renne los, durch den schmucklosen Flur, an den Toiletten vorbei und lande schließlich in einem Lagerraum. Tim lehnt an der Wand neben der Tür. Er ist blass und sieht mich eindrücklich an.

»Was ist los?«, frage ich atemlos.

Statt einer Antwort hält Tim mir ein kleines Glas und einen Plastiklöffel entgegen. »Für dich.«

Ich nehme es, drehe es erst unschlüssig in den Händen und öffne es dann.

Es ist Apfelkompott. Köstlicher Apfelkompott mit echter Bourbonvanille. Vermutlich das Beste, was ich jemals gegessen habe. Aber es ist viel mehr. Es ist ein Versprechen. Sein Versprechen, derjenige in meinem Leben zu sein, der mir Apfelkompott kocht. Mein Herz verströmt eine intensive Wärme. Ich atme tief durch, stelle mich vor ihn hin und lehne meinen Kopf an seine Schulter. Er atmet tief durch und umfängt mich mit seinen starken Armen.

»Machen wir das zusammen?«, fragt er ganz leise. Ich hebe den Kopf, sehe in seine grauen Augen und nicke. In seinem Mundwinkel zuckt ein Lächeln, und ich spüre, wie mich ein Stück seiner Energie durchströmt. Und tatsächlich stößt er sich von der Wand ab, nimmt meine Hand, und gemeinsam kehren wir zurück in den Saal.

Die ersten Redner haben begonnen zu reden. Ich husche geduckt durch den Gang, um niemandem die Sicht zu nehmen, während Tim mir aufrecht folgt. Wir sind so unterschiedlich. Und passen so großartig zusammen.

Als wir unsere Plätze erreichen, drückt Carola meine Hand. »Du bist ein Tausendsassa«, flüstert sie, und dann lauschen wir dem Vorsitzenden des Preiskomitees, der gerade enthusiastisch erklärt, wie wichtig es sei, dass auch ein Publikumspreis solche Beachtung erlangt hat. Die Spannung steigt. So sehr, dass ich das Gefühl habe, mir hüpft gleich das Herz aus der Schädeldecke. Irgendwann fällt mir auf, dass Tim meine Hand hält. Was völlig unpassend ist. Aber jetzt nicht anders geht. Wir müssen uns aneinander festhalten. Vielleicht muss ich Tim auch festhalten, damit er nicht wieder stiften geht. Der Vorsitzende stellt jetzt alle Nominierten und ihre Bücher vor. Höflicher Applaus brandet nach jedem neuen Namen auf, bis er am Ende das Mikro vom Ständer nimmt und einen Schritt nach vorne zum Bühnenrand macht.

»Und jetzt ist es mir eine große Ehre, Ihnen verkünden zu dürfen, dass der Roderich-Preis in diesem Jahr …« Er hält inne und lässt das Mikro sinken. Menschen, die etwas verkünden, müssen das wohl tun, aber ich habe das Atmen eingestellt. Mit einem verschmitzten Lächeln hebt er das Mikro wieder und sagt: »… an Tim Bergmann mit *Rache über Xalanton* geht!«

Die Tatsache, dass Tims Buch von einer deutlichen Mehrheit der Leser gewählt wurde, bekomme ich nur noch am Rande mit. Meine Chefin ist aufgesprungen und hüpft brüllend im Kreis. Hinter mir höre ich meine Kolleginnen schreien. Vermutlich hüpfen sie ebenfalls. Nur Tim und ich sitzen regungslos da und halten uns an der Hand.

»Herzlichen Glückwunsch«, sage ich schließlich, und er flüstert: »Danke.«

»Bitte kommen Sie nach oben, Herr Bergmann!« Der Vorsitzende strahlt Tim an, der einfach nur zurückguckt. Immer noch regungslos. Offenbar in Schockstarre.

»Los. Steh auf und geh da hin!«, sage ich und drücke Tims Hand. Die ich übrigens jetzt loslassen müsste, denn ein Kamerateam ist wie aus dem Boden gewachsen vor uns aufgetaucht und filmt Tim. Und mich. Und unsere Hände.

»Ich kann das nicht alleine«, sagt er leise, und ich nicke. Ist jetzt eh alles egal. Gemeinsam stehen wir auf, und Tim lässt meine Hand nicht los, während wir die Stufen zur Bühne erklimmen. Der Moderator ist ein Vollprofi. Wenn es ihn verwundert, dass der Preisträger mit einer Frau an der Hand auf der Bühne erscheint, lässt er es sich nicht anmerken. Ich bekomme nicht viel mit. Nur dass wir irgendwann am Rednerpult stehen und Tim sich das Mikro auf seine Höhe einrichtet.

»Falls Sie sich wundern, warum diese schöne Frau mich begleitet: Andere Menschen haben Kuscheltiere oder Steine als Talisman.« Er räuspert sich. »Ich habe sie. Ohne sie wäre das alles nicht möglich gewesen.«

Ich bin erstaunt, wie deutlich man das Lachen im Publikum auf der Bühne mitbekommt. Schlagartig fliegen Tim alle Herzen zu.

»Und für alle, die über mich gelacht haben, weil ich mein Buch dem Königstein Verlag verkauft habe, der ja eher für seine Liebesromane bekannt ist … Das hier ist eigentlich auch ein Liebesroman. Es geht nämlich um die Liebe. Es geht immer um die Liebe.« Er macht eine kurze Pause und guckt düster. Seine Paradedisziplin.

»In der Buchbranche sind viele arrogante Arschlöcher unterwegs, die von der Liebe keine Ahnung haben. Euch möchte ich sagen: Fickt euch ins Knie!« Ein Raunen geht durch die Menge. »Es ist mir egal, was ihr über mein Buch denkt und ob ihr zu blöd seid, es zu verstehen. Die Menschen, für die ich es geschrieben habe, habe ich erreicht. Danke.«

Und dann lesen wir. Gemeinsam. Wie wir es in der Vergangenheit schon so oft gemacht haben. Denn zusammen sind wir stark.

Dieses Buch ist Jutta gewidmet.
Meiner großartigen, weisen,
überaus klugen Freundin,
ohne die diese Welt sicherlich schon
einige Male untergegangen wäre.
Danke, Jutta!

Leseprobe

BENNE SCHRÖDER
In der Liebe ist die Hölle los

Der Cappuccino schmeckte, wie ein Cappuccino nun einmal schmeckte, wenn er aus abgestandenem Filterkaffee und Milchschaum, der wie billiger Styropor aussah, zusammengebastelt worden war. Daran änderten auch das andauernde Umrühren und die mittlerweile drei Tütchen Zucker nicht mehr viel. Vielleicht hätte ein ordentlicher Schuss Alkohol geholfen, aber dann hätte ich mich nicht länger so gut zusammenreißen können.

Einmal abgesehen von der miserablen Kaffeequalität, war dieser Abend ohnehin nicht gerade das, was ich mir unter einem romantischen Abendessen vorgestellt hatte. Wieder einmal klafften Wunschdenken und Realität weit auseinander.

Jan hatte sich mit mir treffen wollen. Jan, der Typ, von dem ich ehrlich sagen konnte, dass er der erste Mann war, mit dem ich eine echte Beziehung gehabt hatte, mit dem ich also länger als drei Dates zusammen gewesen war, der mich so genommen hatte, wie ich war, mit allen Ecken und Kanten – und das waren zugegebenermaßen verdammt kantige Kanten.

Aber genau hier lag ja auch schon das eigentliche Problem: nicht bei meinen Kanten, sondern dass ich mit ihm zusammen gewesen war – Vergangenheit. Gesagt hatte Jan zwar, dass er die Probleme in unserer Beziehung aus dem Weg schaffen wolle, tatsächlich wollte er aber anscheinend eher mich aus dem Weg schaffen.

»Ich mag dich wirklich, aber ist dir eigentlich klar, was in den letzten Monaten mit mir passiert ist?«, fragte er um Fassung bemüht und strich sich die braunen Haare aus der Stirn. Er sah mich unverwandt an, mit diesen wundervollen dunklen Augen, in die ich mich verliebt hatte. Jan war anders als die belanglosen Typen, die ich bisher immer getroffen hatte. Er war kein gewöhnlicher Mann, und manchmal glaubte ich sogar, dass er mit diesen außergewöhnlichen Augen hinter die Wand blicken konnte, die ich um mich herum errichtet hatte und die niemals verschwinden würde.

Außerdem sah er einfach viel zu fantastisch aus. Er war viel zu groß, viel zu gut gebaut und hatte viel zu schöne Augen – und der Sex war einfach sagenhaft.

Natürlich wusste ich, was er in den letzten Wochen durchgemacht hatte. Es war einfach nur das passiert, was immer mit Männern passierte, die mir zu nahekamen. Meine Familie hatte sich eingemischt, hatte deutlich gemacht, dass sie unzufrieden mit meiner Partnerwahl war und dass diese Beziehung gefälligst zu enden hatte. Und trotzdem war ich mit dem festen Vorsatz hergekommen, ein Ende dieses Mal nicht einfach so hinzunehmen.

»Ich weiß, dass das alles nicht leicht ist, aber …« Weiter kam ich erst gar nicht, bis Jan mir wieder ins Wort fiel, und dieses Mal schien er die Fassung an den Zorn verloren zu haben.

»Nicht leicht? Kapierst du eigentlich, dass dieser Typ mir damit gedroht hat, mich umzubringen?!«

Ich seufzte innerlich. Manchmal schoss Augusto ein winziges bisschen übers Ziel hinaus. Er hatte sicher nicht wirklich versucht, Jan umzubringen, sondern höchstens damit gedroht, und das war bei ihm schon ein gewaltiger Unterschied. Wenn Augusto tatsächlich kurzen Prozess machen wollte, schnippte er nur mit dem Finger, und wenn er Spaß an der Sache hatte, griff er tief in die Trickkiste der Grausamkeiten, über die ich lieber nicht nachdenken wollte. Aber eine einfache Warnung war wirklich nichts, worüber man sich ernsthaft Gedanken machen müsste – zumindest dann nicht, wenn man wusste, wer Augusto war.

»Also weißt du …« Okay, ich musste mir meine Wortwahl genau überlegen. »Ich glaube nicht, dass er wirklich etwas getan hätte, er wäre nur …« Wieder das gleiche Spiel – Jan unterbrach mich schneller, als ich meinen Gedanken überhaupt zu Ende bringen konnte. Das war wirklich ziemlich anstrengend.

»Er hat gesagt, dass er mir erst meine Eier und dann meinen Kopf abschneiden würde. Und er hatte ein ziemlich langes Messer dabei! Ein verdammtes Messer? In meiner Wohnung, im Schlafzimmer, als ich nach Hause kam.« Jetzt brüllte er sogar. Mittlerweile drehten sich einige der anderen Gäste zu uns um.

Ich musterte eine Gruppe reicher Kids, die sich eine Flasche Chardonnay nach der anderen kommen ließen und sich offensichtlich alle mit Chanel No. 5 eingenebelt hatten. Eine von ihnen trug eine pinke und mit Nieten besetzte Uniformjacke in Camouflageoptik, die sie mit einem ledernen Minirock kombiniert hatte – das hätte nicht einmal Lady Gaga angezogen. Abgesehen davon hätte ich in diesem Moment absolut alles für ein Glas Chardonnay getan.

»Was ist mit deiner Familie eigentlich los?!« Ich riss mich von der Clueless-Clique los und konzentrierte mich wieder auf Jans aufgebrachtes, aber immer noch atemberaubend schönes Gesicht.

Seine Frage brachte uns zurück zum Kern des Problems: Das Problem war mein Leben, das Leben, das durch und durch von meiner Familie bestimmt wurde. Ein goldener Käfig wäre noch das kleinste Übel gewesen, aber meine Familie hatte noch mehr in die Vollen gelangt und eine goldene Burg um mich herum gebaut – nur eben nicht aus Gold.

»Ist das irgendeine kranke Mafiascheiße?«, fragte er, und ich konnte sehen, wie seine Lider zuckten. Eigentlich war es kein Zorn, keine Wut, kein Hass – es war die pure Verunsicherung, die sich in ihm breitmachte. Er wusste nicht, woran er war, und ich würde das auch nicht ändern können.

Mit der Mafia lag er schließlich gar nicht so falsch. Die Tatsache, dass die Mitglieder meiner Familie ausschließlich in den teuersten Gegenden der Welt wohnten, die schnellsten Autos fuhren und die edelsten Kleider trugen – und das alles ohne jemals einen Job gehabt zu haben –, war sicherlich ein Indiz dafür, dass bei uns irgendetwas nicht in ganz geregelten Bahnen verlief.

»Jan, hör zu …« Ich versuchte es mit Vernunft. »Ich kann dir wirklich nicht erklären, was …«

»Ich habe eine andere kennengelernt.«

Die Unsicherheit war verflogen, und er sah mich aus kalten Augen an. Die Erkenntnis brauchte eine ganze Weile, um sich in mein Bewusstsein vorzukämpfen. Natürlich hatte ich ihn gleich verstanden, aber nicht begriffen, was das bedeutete.

»Hör zu, Catalea. Ich habe die Zeit mit dir wirklich sehr genossen, aber im letzten Monat hast du es mir alles andere als leicht gemacht. Ehrlich gesagt war es sogar echt schlimm. Letzte Woche habe ich dann Laura bei dem Workshop in Bonn kennengelernt.«

Ich antwortete nicht, starrte ihn nur an. Im Gegensatz zu meinem Freund – sorry, Exfreund – war ich hierhergekommen, um unsere Beziehung zu kitten. Jan hingegen hatte das alles nur inszeniert, um mit mir Schluss zu machen. Er demütigte mich gerade in aller Öffentlichkeit und führte mich vor.

»Laura …«, sagte ich langsam. Jan griff über den Tisch nach meinen Händen.

»Catalea, es tut mir ehrlich leid, aber du musst verstehen,

dass ich so nicht weitermachen kann. Ich habe dich sicher nicht betrogen, deshalb beende ich das hier jetzt, bevor ich mit Laura weitergehe. Ich wünsche dir wirklich, dass du glücklich wirst.« Ich entriss ihm meine Hände.

In diesem Moment fragte ich mich, ob er anders reagiert hätte, wenn er gewusst hätte, mit wem er es zu tun hatte, mit wem er hier gerade Schluss machte. Ich konnte es ihm nicht vorwerfen, immerhin hatte ich ihn ja selbst im Dunkeln gelassen – jetzt stellte sich heraus, dass das wohl auch besser so gewesen war. Wieder einmal hatte mein Bruder mit seinen Warnungen recht behalten, und dafür hasste ich ihn in diesem Augenblick noch ein bisschen mehr.

»Verschwinde.« Mehr brachte ich zwischen meinen zusammengebissenen Zähnen nicht heraus. Ich fand es erstaunlich, dass ich mehr oder minder gefasst klang, wenn man bedachte, wie sehr es in mir brodelte.

Jan sah mich einen langen Moment an, dann seufzte er resigniert, zahlte die Rechnung und blieb noch für einige Sekunden an unserem Tisch stehen, nachdem er sich erhoben hatte. Ich sah nicht auf, sondern richtete meinen Blick stur geradeaus.

»Es tut mir wirklich leid«, sagte er.

»Ja, mir auch.«

Andere Frauen hätten wahrscheinlich schon jetzt Tränen in den Augen gehabt, aber mein Vater hatte mir einmal eindrucksvoll demonstriert, dass Tränen meines Standes nicht würdig waren. Damals war ich vielleicht sechs oder sieben Jahre alt gewesen, genau wusste ich das nicht mehr, und er noch hin und wieder ein Teil meines Lebens gewesen. Ich hatte geweint, weil ich hingefallen und mit aufgeschürften Knien zurück nach Hause gekommen war. Er hatte mich nur eine Weile angestarrt, mich dann am Kragen gepackt und mir eine Handvoll Ohrfeigen verpasst.

»Tränen sind nur ein Zeichen von Schwäche, und Schwäche ist der Untergang deiner Familie«, hatte er gesagt und war gegangen. Er hatte mich mit dieser Aussage allein gelassen, und ich konnte ihre Bedeutung damals noch gar nicht verstehen. Heute weiß ich, dass eine Schwäche ihn tatsächlich zu Fall bringen könnte, aber ich hatte damit wenig zu tun. Ich war ihm mittlerweile nur noch eine Last, für die er allerdings selbst verantwortlich war.

Ich stand auf, zog meinen Mantel über und verließ das Restaurant. Der Trubel der bunten Aachener Straße umfing mich sofort, aber trotzdem fanden meine Blicke Jans Hinterkopf innerhalb weniger Sekunden. Er bahnte sich seinen Weg durch die vielen Menschen, durch Tische und Stühle, die vor Restaurants und Bars standen, und ich folgte ihm, hinein in die Seitenstraßen des Viertels.

Als er gerade vom Bordstein trat und eine der schmaleren Straßen überqueren wollte, rief ich seinen Namen, obwohl ich genau wusste, welche Kettenreaktion das in Gang setzen würde. Ich tat es im Bewusstsein der Konsequenzen und genoss es.

»Jan …« Ich stand mindestens fünfzig Meter von ihm entfernt, sah aber dennoch, wie er innehielt und sich langsam zu mir umdrehte. In seinen Augen lag Unverständnis, in meinen Gewissheit.

Als der Lieferwagen in der nächsten Sekunde für die schmalen Straßen viel zu schnell heranrauschte, hörte ich zunächst nur das Quietschen der Bremsen. Dann folgte der Aufprall des Körpers auf Blech und schließlich das Bersten der Windschutzscheibe. Das Brechen von Knochen war ein unverwechselbares Geräusch, das man niemals vergaß, wenn man es einmal gehört hatte – jetzt ging es allerdings in dem allgemeinen Dröhnen des Unfalls unter.

Kaum, dass der Fahrer gebremst hatte, sprang er schreiend

aus dem Wagen, hielt sich beide Hände an den Kopf und starrte auf das viele Blut und den leblosen Körper, der gekrümmt auf dem Boden lag.

Ich beobachtete die Szene noch einen Augenblick, dann drehte ich mich um und ging mit einem Lächeln auf den Lippen zurück in das Kneipenviertel – in der Gewissheit, dass ich Jan eines Tages auf der anderen Seite wiedersehen würde.

Bitte haben Sie keine Angst. Eine repräsentative Erhebung hat ergeben, dass vierundneunzig Prozent aller Menschen in Ihrer Situation Angst haben. Dazu besteht jedoch keinerlei Veranlassung. Sie haben soeben Ihre Augen geöffnet und dieses Buch gefunden. Es gehört von nun an Ihnen. Eine repräsentative Erhebung hat ergeben, dass zweiundachtzig Prozent aller Menschen in Ihrer Situation ein solches Buch hilfreich finden. Bitte beachten Sie, dass bei Verlust dieses Buches eine erneute Schutzgebühr fällig wird.

Sie sind in das Dunkel eingegangen, Ihre Seele hat Ihren vadhumantischen Körper und das Diesseits verlassen und wurde von einem Todeshändler des Hauses (Name des Hauses bitte einfügen) in das Jenseits transferiert. Dieser Seelenhandel hat Ihre Erdgebundenheit automatisch aufgelöst, weshalb Sie nun den Weg in diese Welt gefunden haben und von allen irdischen Pflichten entbunden sind. Einsprüche gegen eine etwaige Fehltransferierung können nach Ablauf der siebentägigen Erstaufnahmezeit beim Haus (Name des Hauses bitte einfügen) eingereicht werden. Ein Register aller Totenanwälte ist beim entsprechenden Haus zu erfragen. Weitere Informationen dazu, Kontaktadressen sowie ausführliche Wegbeschreibungen sind Kapitel 13.6 »Einspruch und Berufung« zu entnehmen. Fragen Sie auch nach unseren neuen Audioguides.

Bitte informieren Sie sich nun über alle weiteren Abläufe in Ihrer Erstaufnahmezeit.

Sollten Sie einer heidnischen Erdreligion angehören, lesen Sie bitte hier weiter. Buddhisten, Hinduisten und andere asiatisch geprägte Religionsströmungen finden den Folgetext in den Unterpunkten ab Kapitel zwei. Muslime blättern zu Kapitel drei, und alle christlichen Strömungen orientieren sich in Kapitel vier bei den jeweiligen Unterpunkten. Radikal evangelische Freikirchen warten bitte auf den Totenarbeiter.

...

Kapitel 4.1 – Katholizismus

Lieber Katholik, bitte erschrecken Sie nicht. Eine repräsentative Erhebung hat ergeben, dass neunundachtzig Prozent aller Menschen in Ihrer Situation bei den folgenden Informationen erschrecken. Sie befinden sich im Dunkel – in Ihrem Fall auch als »die Hölle« bekannt. Nach dem letzten ganzheitlichen Relaunch sind klassische Höllenqualen zwar weiter möglich, aber nicht verpflichtend. Das Dunkel passt sich dem aktuell gültigen Lebensstandard des Erdkreises an. (Weitere Informationen zum Dasein im Dunkel entnehmen Sie bitte der beiliegenden und attraktiv bebilderten Sonderbroschüre.)

Nach dem postparadiesischen Kreationisten-Abkommen von 4920 v. Chr. haben Sie sich nicht für das Licht qualifiziert und entsprechend Ihrer Taten einen Platz im Dunkel zugewiesen bekommen. Ihr Status errechnet sich anhand der von Ihnen begangenen Sünden nach § 7645 Abs. 13.9 Altes Testament/Bibel. Eine vollständige Auflistung können Sie beim Sündenportal einsehen oder auch durch Ihren Totenarbeiter beantragen.

Nach Ihrem Tod (17.21 Uhr, Rüttenscheiderstr. 12 in Essen – Torstadt: Köln) wurden Sie von einem Ihnen zugewiesenen Todeshändler ordnungsgemäß transferiert. Ihre Seele ist vollständig eingetroffen. Entsprechend Ihres irdischen Glaubens wurde eine Seelenausrichtung vorgenommen: Sie befinden sich nun im katholischen Teil des Dunkels, in dem die Gegebenheiten den Vorstellungen Ihrer vadhumantischen Religion angepasst wurden.

Bevor Sie sich den weiteren Detailerklärungen widmen, blättern Sie nun bitte zur letzten Seite. Dort finden Sie die Kontaktdaten Ihres persönlichen Totenarbeiters, der Ihnen in den nächsten Tagen zur Seite stehen wird. Eine repräsentative Erhebung hat ergeben, dass hundert Prozent aller Menschen, die diesen Abschnitt gelesen haben, eine fachkundige Ansprechperson wünschen.

...

Aus: Ratgeber für die Toten. 783. Auflage
Verlag der Finsternis

Das Haus lag im äußersten Süden der Stadt, eingebettet in eine prachtvolle Parkanlage mit uralten Eichen, die dort wahrscheinlich länger standen, als es die Stadt gab. Umgeben von einem hohen schmiedeeisernen Zaun und rund um die Uhr von Sicherheitspersonal bewacht, machte man es Gästen nicht gerade leicht, das Anwesen zu betreten. Selbst ich musste vor dem Tor warten und starrte nun in das rot blinkende Kameraauge hoch oben auf der Zaunkrone.

»Und Sie haben Ihren Passierschein wirklich nicht dabei?«, fragte einer der Wachen zum mittlerweile dritten Mal. Sein schwarzer Anzug war nicht irgendein Modell von der Stange, sondern eines, für das ein ganz normaler Mensch einen Monat arbeiten ging.

»Nein, verdammt.« Ich versuchte wirklich, ruhig zu bleiben, allerdings fiel mir das mittlerweile mehr als schwer. »Ich komme jeden Tag. Absolut jeden Tag, sieben Tage die Woche. Sie kennen mich doch. Ich habe meinen Passierschein nicht dabei. Wo ist das Problem? Warum brauche ich überhaupt einen Passierschein?«

Am Ende hatte ich zugegeben schon erheblich aufgebrachter geklungen, als ich es beabsichtigt hatte. Das passierte mir in letzter Zeit leider immer häufiger, und ich möchte an dieser Stelle erwähnen, dass die Schuld daran nicht einmal im Ansatz bei mir lag. Seit ich Tag für Tag das Haus aufsuchen musste, hatte ich mich immer mehr dem hingegeben, was ich war, aber nicht sein wollte. Neue Aufträge wurden unglücklicherweise nur hier ausgegeben, sodass es zwingend erforderlich war, vor Ort aufzuschlagen und sich mit meinesgleichen auszutauschen. Aber dazu später mehr.

»Sie müssen das verstehen. Unsere Sicherheitsrichtlinien sehen in diesem Fall eine persönliche Freigabe des Verwalters vor.«

Noch immer durchbohrte mich die Überwachungskamera mit ihrem roten Licht und blinkte mich aggressiv an. Der Verwalter war eine Ausgeburt der Hölle, die an Arroganz und Inkompetenz nicht zu übertreffen war. Er war einfach ein Arsch.

»Und wie lange will der Verwalter mich noch anstarren, bis Sie das Tor öffnen?«, fragte ich und deutete mit einem übertrieben breiten Lächeln auf die Kamera.

In dem Augenblick, als ich darüber nachdachte, wie ich möglichst beiläufig meinen Vater ins Spiel bringen konnte, erklang ein metallisches Klacken, die Riegel lösten sich, und das schwere Tor glitt mit einem lauten Ächzen zur Seite – gerade noch mal Glück gehabt.

Die meisten anderen Gäste des Hauses kamen standesgemäß in eleganten Luxuskarossen und fuhren die Anhöhe bis zum Vorplatz hinauf. Ich allerdings war mit der U-Bahn bis zur Endhaltestelle gefahren und lief die Einfahrt deshalb zu Fuß hinauf – ebenfalls standesgemäß. Leider blieben meine Absätze alle paar Meter in irgendwelchen Löchern und Unebenheiten stecken, und ich dachte darüber nach, irgendwann doch den Limousinenservice in Anspruch zu nehmen. Wahrscheinlich gab es keine andere Frau auf der Welt, die hochhackige Schuhe so sehr hasste wie ich. Es war ziemlich paradox, denn natürlich fand ich schöne Pumps ganz wunderbar, allerdings nur bis zu dem Zeitpunkt, an dem ich sie anzog. Dann schaltete sich augenblicklich mein Verstand ein und meldete die schmerzhafte Verstümmelung meiner Füße.

Sobald ich das Anwesen betreten hatte, schloss sich das Tor hinter mir und schottete das Gelände wieder von der Außenwelt ab. Der Verwalter legte nicht nur viel Wert auf Sicherheit, sondern auch auf absolute Diskretion im Hinblick auf die vadhumantische Welt vor dem Zaun. Niemand wusste, was hier Tag für Tag und Nacht für Nacht geschah, und das sollte auch so bleiben, dafür wurde gesorgt.

Mia, meine jüngere Schwester, hatte mir erst vor Kurzem unter Lachtränen erzählt, einige Leute in der Nachbarschaft glaubten, dass sich im Haus ein exklusiver Swingerklub befände und wir deshalb ein solches Geheimnis daraus machten, was sich hinter den dicken Mauern des Hauses abspielte. In gewisser Weise hatten sie ja auch recht: Es wurde häufig ziemlich schmutzig und manchmal auch sehr eklig, aber ein Swingerklub war es nun nicht, der mich beinahe jede Nacht herzog.

Das Haus selbst war ein aus mittlerweile dunkel gewordenem Sandstein kunstvoll erbautes Anwesen mit einem Mittelschiff, dessen Vordach von acht gewaltigen Säulen getragen wurde, und zwei lang gestreckten klassizistischen Seitenflügeln. Es wirkte wahnsinnig nobel und elegant mit seinen pompösen Erkern und Giebeln, die man in der Renaissance einfach an das Haus angebaut hatte, um eine noch protzigere Wirkung zu erzielen.

Auf dem geschotterten Vorplatz reihten sich Sportwagen an Sportwagen, Edelcoupé an Edelcoupé und Limousine an Limousine. Dazwischen standen mannshohe Eisenschalen mit glühenden Kohlen, die den Platz in ein unheimliches Licht tauchten. Es sah aus, als wäre ich auf dem Schlossvorplatz irgendeines stinkreichen arabischen Scheichs gelandet, die ja dafür bekannt waren, ihr gesamtes Geld zu verprassen, ähnlich wie die Leute, die hier ein und aus gingen – mit Ausnahme von meiner Person natürlich.

Das Vordach des Haupttraktes war zu beiden Seiten von einem schweren Vorhang aus Samt, der in Leder eingefasst war, versehen und machte es so verdammt schwer einen Blick in das Innere des Gebäudes zu werfen, denn abgesehen von der gläsernen Eingangstür gab es nicht ein einziges Fenster im gesamten Gebäude. Anstelle der Fenster waren goldene Rahmen in die Fassade eingelassen, die prunkvolle Wandmalereien umschlossen. Ich musste es ja zugeben, das Haus war wirklich ziemlich schön, nur, dass ich es eben dennoch einfach nicht ausstehen konnte.

Als ich die Stufen zum Eingang erreichte, schüttelte ich noch einmal mein widerspenstiges Haar zurecht und stieg dann die kleine Empore hinauf. Gleich zwei Männer in leuchtend ultramarinblauen Uniformen mit goldenen Revers und Knöpfen öffneten die doppelflügelige Tür mit einer schnellen Verbeugung und gaben den Blick ins Haus frei.

Das Innere des Gebäudes war tatsächlich noch ausladender gestaltet als seine Fassade: italienischer Marmor zu meinen Füßen, venezianische Spiegel an den Wänden und prunkvolle, kitschige Kronleuchter an der Decke, in denen Hunderte Kerzen brannten – keine Glühbirnen, sondern echte Kerzen. Ein weiterer Mann in blauer Uniform trat hinter einem Vorhang hervor, nahm mir meinen Mantel so elegant ab, dass ich kaum eine Berührung spürte, und verschwand dann so schnell wieder, wie er gekommen war.

»Principessa, welch wunderbaren Anblick Ihr wieder abgebt.«

Auf einem wackligen Stuhl saß mitten in der Eingangshalle ein alter Mann mit einem schwarzen Rollkragenpullover, der seine besten Tage lange hinter sich hatte – das galt für Stuhl und Mann. Sein Gesicht war von tiefen Furchen durchzogen, das graue Haar aber akkurat mit Pomade gescheitelt und glatt gestrichen. Er strahlte trotz seines gebrechlichen Aussehens Strenge und Dominanz aus, während mich seine so vertrauten dunklen Augen hinter der schmalen Brille herzlich anlächelten.

»Ach, Domenico, wenn ich nur zwei- bis fünfhundert Jahre älter wäre. Immer nur Komplimente von Ihnen«, sagte ich schmunzelnd.

»Es fällt mir nicht schwer.« Der alte Mann lächelte zurück.

Man sah es ihm zwar nicht an, aber Domenico war die letzte Hürde, um ins Haus zu gelangen. Er war von den Sieben zu einem der Torwächter gemacht worden, und das schon vor sehr, sehr langer Zeit. Er war nicht nur der Herr über die Tür dieses Hauses, sondern auch der Herr über das Tor ins Dunkel. Jede einzelne eingesammelte Seele in einem weiten Umkreis musste von ihm akzeptiert werden, damit sie passieren konnte. Ohne ihn war das Torhaus kein Torhaus.

»Und? Wie ist die Stimmung heute?«, fragte ich, während ich in einem der goldenen Wandspiegel noch einmal mein Äußeres kontrollierte. Ich sah dunkelbraune, beinahe schwarze Locken bis über die Schultern und ein Gesicht, das mehr dem eines Rehs als dem einer italienischen Rasse-Lady glich. Ich war wirklich nicht hässlich und wollte mich nicht beschweren, aber ich hatte das Gefühl, dass alle um mich herum – besonders hier im Haus – hundertmal schöner, langbeiniger, vollbusiger und vor allem stilvoller waren.

»Wie jede Nacht, Principessa.«

»Unausstehlich? Abgehoben? Ekelhaft?«, fragte ich und wandte mich ihm wieder zu.

»Noch schlimmer«, antwortete er und starrte mit seinen trüben Augen durch mich hindurch.

Ich lachte leise auf. Manchmal hatte ich das Gefühl, dass er der Einzige war, der mich ansatzweise verstand, aber wahrscheinlich saß er einfach nur schon zu lange auf diesem Stuhl und hatte sehr viele von uns kommen und gehen sehen.

»Dann machen Sie sich zumindest einen netten Abend, Domenico.«

»Wie jeden Abend, Principessa«, antwortete er, bevor ich mich wieder in Bewegung setzte und auf die Treppe zuhielt, die am Ende des Atriums in die Tiefe und damit in die Welt führte, die ich in den letzten Monaten abgrundtief zu hassen gelernt hatte.

Ich stieg die Treppenstufen hinab, und es dauerte eine ganze Weile, bis sich der schmale Schacht auf halber Strecke in die Tiefe und in die Breite öffnete und nahtlos in einen kreisrunden Saal überging, der sich wie ein Amphitheater weiter hinab erstreckte. Die Stufen der Treppe wurden breiter und breiter, bis sie schließlich zu großen Terrassen wurden. Im Zentrum und zugleich der untersten Ebene des Amphitheaters standen Dutzende Schreibtische, an denen Männer und Frauen in eleganter Businesskleidung saßen. Nur einige wenige Tische waren verwaist.

Dort unten befand sich die gesamte Administration der Torstadt, die wie die kirchlichen Diözesen Dreh- und Angelpunkt einer ganzen Region war. In unserem Fall war das Torhaus in Köln für die gleiche Region zuständig, die auch das Erzbistum Köln abdeckte, und das bedeutete manchmal wirklich unerträglich weite Wege, um irgendeine dahergelaufene Seele einzusammeln, die zu dämlich gewesen war, den heranrasenden Bus zu bemerken.

Smartphone, Straße, Bus, tot – so schnell konnte das gehen. Und dann kamen wir ins Spiel, fuhren zu jenen hinaus, die zum Zeitpunkt ihres Todes zu viele schlechte Taten auf dem Konto hatten, sammelten ihre Seelen ein und überführten sie in das Dunkel.

Allerdings wurde im Haus nicht nur gearbeitet, denn auf allen anderen Ebenen oberhalb der Administration waren elegante Sitzgruppen aus tiefroten Ohrensesseln, Stühlen aus den unterschiedlichsten Epochen der letzten Jahrhunderte und Biedermeiersofas geschmackvoll arrangiert worden. Der Boden bestand aus poliertem, beinahe schwarzem Ebenholz, und die Wände waren mit purpurfarbenem Samt verkleidet, sodass das Theater mit seinem schummrigen Licht und einem drückenden Parfumduft einer absolut seltsamen Mischung aus englischem Club, Moulin Rouge und Zirkuszelt glich.

»Catalea.«

Es war eine junge Frau, die mich zuerst entdeckte und natürlich sofort reagierte. Ich glaube, sie hieß Emile oder Carla oder vielleicht auch Geraldine. Wie auch immer ihr Name war, sie deutete einen Knicks an, während ich versuchte, möglichst stilvoll einige Ebenen herabzusteigen. Natürlich scheiterte ich – was auch sonst?

Ich setzte ein unverbindliches Lächeln auf, nickte nur freundlich und rauschte an ihr vorbei. Aber es passierte natürlich, was passieren musste: Obwohl aus dem großen goldenen Grammophon auf der untersten Ebene verzerrte klassische

Musik das gesamte Theater beschallte, verbreitete sich mein Name wie ein Lauffeuer unter den anwesenden Personen. Immer mehr Augenpaare richteten sich auf mich, die Anwesenden hielten in der Bewegung inne, musterten mich kurz, nickten mir zu oder hoben die Hand zum Gruß.

»Catalea.«

»Hallo, guten Abend, Catalea!«

»Catalea ist da.«

Einige von den Augenpaaren, die mich anstarrten, kannte ich, andere hatte ich noch nie gesehen: Männer in eleganten und unbezahlbaren Designeranzügen, Frauen in wunderschönen Kleidern und Röcken und auf Absätzen, die selbst Supermodels das Fürchten gelehrt hätten, und ein paar Gestalten, die außerhalb der Skala rangierten. Sie alle hatten die Eleganz von der Pike auf eingeprügelt bekommen und lebten sie jetzt in absoluter Perfektion. Jedes Lächeln war glamourös, die gesamte Körperhaltung aufrecht und jede Bewegung kontrolliert.

Auch ich war mein ganzes Leben lang darauf vorbereitet worden. Ich hatte immer gewusst, dass Augenblicke wie diese auf mich zukommen würden, aber schon als ich diesen Ort zum ersten Mal betreten hatte, war mir sofort klar gewesen, dass es sich hier um eine ganz andere Liga handelte. Selbst die Royals dieser Welt kämen sich in dieser Umgebung underdressed und unkultiviert vor. Und obwohl ich beinahe täglich hier war, lösten diese Situationen noch immer Unbehagen in mir aus.

Aus diesem Grund hasste ich es, hier sein zu müssen. Ich hasste es, die Tochter meines Vaters zu sein, die Tochter des Vorstandes, der die Geschicke der Firma seit langer Zeit lenkte, der Herr über alle hier Anwesenden war und der über jeden hier verfügen konnte, wie es ihm passte. Ich hasste es, die Tochter des Mannes zu sein, der Häuser wie dieses auf der ganzen Welt gebaut hatte, der sie mit Prunk und Protz bis unter die Decke vollgestopft hatte, der dafür gesorgt hatte, dass der Klerus sich nicht in diesen Teil der Stadt wagte, sondern sich von uns fernhielt. Ich war die Tochter des Mannes, der mehr Tote gesehen hatte als alle Bestatter der Welt zusammen.

Der Preis, den ich zahlte, war, dass ich nicht normal sein durfte, dass ich wusste, dass es mehr gab als diese eine Welt. Das war mein Tribut: Die Gewissheit meiner Herkunft, einfach nur zu wissen, wer ich war.

Die Tochter des Teufels.